OLIVIA

PAR

L'AUTEUR DE JOHN HALIFAX

TRADUIT DE L'ANGLAIS

I

PARIS

MICHEL LÉVY FRÈRES. ÉDITEURS

2 BIS, RUE VIVIENNE ET BOULEVARD DES ITALIENS, 15

A LA LIBRAIRIE NOUVELLE

1870

OLIVIA 74º

MICHEL LÉVY FRÈRES, ÉDITEURS

DU MÊME TRADUCTEUR

Format grand in-18

PARIS. — IMP. SIMON RAÇON ET COMP., RUE D'ERFURTH, 1.

OLIVIA

PAR

L'AUTEUR DE JOHN HALIFAX

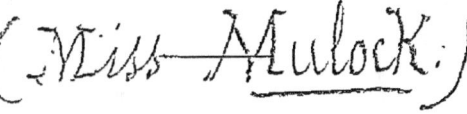

(Miss Mulock)

TRADUIT DE L'ANGLAIS

I

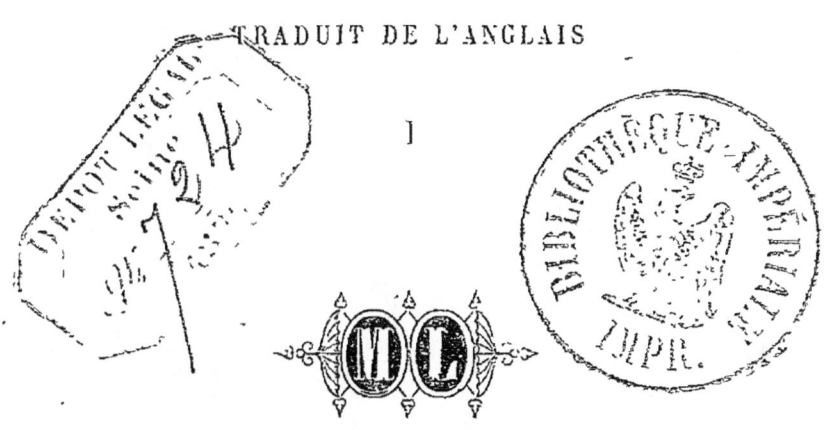

PARIS

MICHEL LÉVY FRÈRES, ÉDITEURS

2 BIS, RUE VIVIENNE, ET BOULEVARD DES ITALIENS, 15

A LA LIBRAIRIE NOUVELLE

—

1870

Droits de reproduction et de traduction réservés

OLIVIA ROTHSAY

CHAPITRE PREMIER

— Pauvre petit être! quel triste accueil tu reçois
dans ce triste monde !

·Telles furent les premières paroles par lesquelles
on salua, à son entrée dans le monde, mon héroïne,
Olivia Rothsay, si toutefois le titre d'héroïne, ou
même le nom plus simple d'Olivia Rothsay pouvait en ce moment lui être attribué. Qu'était-elle
alors, en effet, sinon une petite représentation sans
nom de l'humanité, dont la couleur et la substance
avaient une forte analogie avec cette terre rouge
d'où fut tiré le père de toutes les nations ? Aucun
présage de la vie à venir n'illuminait son visage

violacé, tout flétri et ridé, et qui, comme celui de
tous les nouveau-nés, avait une si ridicule ressemblance avec une vieillesse avancée ; aucun son
rappelant la voix humaine, si expressive, ne pouvait se discerner dans le cri inconscient qui fut son
premier signe de vitalité. Dans ses yeux grands
ouverts, mais sans pensée, il n'était pas possible
de discerner l'aurore de la belle âme humaine. Elle
était là gisante, comme vous et moi, cher lecteur,
et tous nos semblables, avons été une fois; une
portion inerte de chair, à peine douée d'un faible
souffle de vie animale, et presque pas du tout de
cette flamme intérieure que nous appelons l'esprit.
Et si nous considérons ainsi, en nous reportant en
arrière, notre première apparence enfantine avec
un sentiment mêlé de compassion et d'humiliation,
n'est-il pas permis de croire que, dans l'éternité,
quelques-unes des créatures qui auront été revêtues
dans ce monde d'une image extérieure pauvre,
abjecte et dégradée, jetteront de même un regard de
pitié sur leur vieille nature trop bien connue, alors
qu'elles seront transformées au sein d'une glorieuse
immortalité ?

Il semble que je m'égare bien loin de mon Olivia
Rothsay, n'est-ce pas vrai, cher lecteur? La suite

vous prouvera le contraire. — Pauvre petite âme
si récemment descendue sur la terre! qui sait si
cette triste salutation ne sera pas prophétique pour
toi ?

On aurait dit que la vieille nourrice qui pronon-
çait ces paroles, redoutait quelque chose de ce genre;
car, mue par la superstition dont aucune vieille
femme d'Écosse n'est complétement affranchie, elle
changea aussitôt avec précipitation sa lamentable
complainte en un : « Dieu nous garde! » Et pressant
la nouvelle venue sur son sein vieilli, elle se mit à
répandre les plus chaleureuses bénédictions sur
cette enfant de la seconde génération qu'elle allait
élever, sur la fille de celui qui était son maître, et
qu'elle avait autrefois nourri de son lait.

— Hélas! pourquoi faut-il qu'il soit si loin et
qu'il ne puisse te presser lui-même dans ses bras,
ma gentille fillette ! Te voilà arrivée dans ce monde
sans la bénédiction d'un père !

Et la bonne femme tout émue n'en serra que
plus tendrement sur son cœur le nouveau-né. En
même temps, le souvenir fugitif de ses propres enfants, qui avaient aussi été orphelins, traversa sa
pensée. Ne dormaient-ils pas tous deux, entre-
lacés comme lorsque jadis, jumeaux qu'ils étaient,

ils reposaient sur le même sein maternel ? ne dormaient-ils pas au fond du vaste Atlantique, ce tombeau de tant de jeunes marins ?

Cependant, ce souvenir était devenu assez vague avec les années pour qu'il s'évanouît aussitôt. L'enfant, s'éveillant, fit entendre des cris plaintifs. La vieille nourrice se mit à le bercer, allant et venant dans la chambre, et essayant de sa voix chevrotante une de ces chansons, longtemps oubliées, à l'usage du berceau. Une main qui se posa sur son épaule l'interrompit, et un visage, portant écrite sous chacune de ses lignes la gravité du mot « docteur » se fit voir.

— Eh bien, ma bonne...? excusez-moi, mais j'oublie toujours votre nom.

— Eslpeth, ou plus communément Elspie Muray. Ce n'est pas un si mauvais nom, docteur ! les Muray de Perth étaient....

— Sans doute, sans, doute, madame Elseppy.

— Elspie, monsieur ; comment osez-vous ainsi estropier mon nom, avec votre anglais malhonnête !

— Eh bien donc, Elspie, ou comme vous voudrez, de par le diable !... s'écria le docteur, vexé et jeté hors de son décorum...

Mais sa figure, d'un rose placide, devint plus rose

encore sous le regard stupéfait et indigné que lan-
çaient les yeux, d'un bleu clair perçant, d'Elspie,
lorsqu'elle se tourna vers lui. Il y avait dans son :
« Oh monsieur ! » tout un volume de sermons.

Puis elle ajouta tranquillement :

— Vous m'obligeriez en ne prononçant pas de
mauvaises paroles aux oreilles de cette pauvre petite innocente créature ; cela n'est pas bien.

— Bon ! il va falloir que je demande pardon, peut-
être ! Je ne pourrai jamais arriver à dire ce que je
veux, à savoir : qu'il faut vous tenir tranquille, ma
bonne dame, et observer le plus grand silence
auprès de madame Rothsay ; c'est une jeune femme
délicate, vous le savez, et elle doit être entourée de
tous les soins qu'exige son état.

Le docteur embrassa la chambre d'un regard rapide, comme si elle n'eût répondu qu'imparfaitement
à l'idée du confort qu'il jugeait nécessaire à des
gens du monde. Cependant, la pièce où il se trouvait, ainsi que l'antichambre, sans être meublés
avec luxe, indiquaient une position de fortune capable de fournir tout ce qui était indispensable à une
personne ayant des goûts et des désirs modérés. Un
esprit plus romantique ou plus doué de poésie que
celui du digne médecin aurait certainement trouvé

une ample compensation à l'absence d'un riche
ameublement dans la vue magnifique que l'on apercevait des fenêtres. C'était la campagne fertile, à
travers laquelle le « Forth » déroule, en anneaux
sinueux, ses mailles d'argent, jusqu'à ce que, dispa-
raissant aux regards, un brillant reflet indique çà et
là l'endroit où le fleuve se perd à l'horizon. Dans le
lointain, des montagnes bleues s'élèvent comme des
nuages et ferment la perspective, tandis qu'au premier plan se dresse sur la colline le vieux château
gothique. Ce paysage est un des beaux et des plus
célèbres du monde.

En résumé, Olivia Rothsay partagea avec maints
rois et maints héros, l'honneur de naître à Stirling.

Le lieu de notre naissance a peut-être plus d'influence sur le caractère que ne se l'imaginent bien
des gens positifs. Il est agréable, plus tard dans la
vie, de se rappeler que l'on a ouvert les yeux dans
un endroit fameux dans l'histoire, ou remarquable
par ses beautés pittoresques ; il est doux de se dire :
« Ce sont là mes montagnes. C'est là ma belle
vallée! » N'y a-t-il pas un charme analogue à celui de
l'enfant qui exalterait la noblesse ou la beauté de ses
parents, dans cet orgueil historique qui nous attache
aux lieux de notre naissance ? Il se pourrait donc que

cette petite parcelle de l'humanité, qui n'a pas encore de nom, et que par une prescience permise nous avons appelée Olivia, dût voir sa vie future influencée en quelque façon par le fait que son berceau fut placé à l'ombre de la colline de Stirling, et que les premières brises qui vinrent caresser son front d'enfant descendaient des Highlands.

Mais l'excellent génie qui présidait à l'intéressant événement ne s'abaissait pas à de pareilles considérations ; le docteur Jacob Johnson, ce personnage qui se tenait à la fenêtre, les mains dans ses poches, ne regardait guère ce vaste monde si beau, si riche, que comme un champ où il était appelé à exercer, pour son plus grand profit, son activité médicale. Ce n'était pour lui qu'un endroit où les vieilles gens mouraient, où les enfants venaient au monde. Il étudiait le progrès des ombres du soir qui s'épaississaient au-dessus du Ben-Ledi, calculant combien de temps il était convenable qu'il restât près de sa malade actuelle, et s'il lui serait possible de courir jusque chez lui pour y avaler son confortable dîner et sa non moins confortable bouteille de Porto, avant qu'un nouveau client fît requérir son ministère.

— Votre charmante jeune malade va à merveille,

je la trouve très-bien, dit enfin le docteur, de son ton le plus bienveillant.

— Vous pouvez bien dire cela, docteur, vous devez le savoir.

— Je pourrais même me retirer sans inconvénient, si ce n'était qu'elle me paraît si seule, si abandonnée, sans amis, sans personne pour la soigner, que vous, ma bonne dame.

— Et qui pourrait être une meilleure garde pour la femme et l'enfant du capitaine Angus Rothsay, que celle qui l'a nourri lui-même ? répondit Elspie, redressant sa grande taille osseuse, et, pour la seconde fois, réduisant le petit docteur à un silence plein de confusion. Quant à des amis, nous devons nous féliciter que la pauvre dame soit venue habiter ici, au lieu de rester parmi les siens. Des amis ! il n'y en a eu que trop. Sans eux ce cher enfant n'aurait pas eu une si triste entrée dans ce monde !

La femme murmura ces dernières paroles en elle-même plutôt qu'elle ne les prononça, et poussant un soupir, elle ensevelit à moitié son petit nourrisson dans un embrassement passionné.

— Je n'ai pas le plus léger doute sur la respectabilité du capitaine Rothsay, dit le docteur Johnson, comme correctif de ses précédentes paroles.

« Respectabilité! » Quel mot à appliquer au rejeton d'une famille qui avait eu l'honneur d'être à moitié exterminée sur le champ de bataille de Flodden et de Pinkie! Si la fidèle servante des Rothsay avait entendu cette expression, elle n'aurait pas manqué de rappeler à l'ordre le présomptueux Anglais; mais, heureusement pour lui, elle était occupée à calmer les cris du pauvre nouveau-né qui, en retour de toutes les peines qu'elle avait prises pour le déshabiller, commençait à donner des preuves évidentes que la faiblesse de ses poumons n'était pas du tout en proportion avec l'exiguité de sa taille.

— Cela lui fera du bien de crier. Un bel enfant, un enfant magnifique! observa le docteur en se préparant au départ, tandis que la garde, poursuivant sa tâche et ayant peu à peu débarrassé la petite créature de ses langes, faisait apparaître un assez maigre échantillon de notre espèce.

— Il est bien inutile de vous donner la peine de dire ce qui n'est pas, reprit-elle. C'est tout simplement la moitié d'un enfant ordinaire; il est extrêmement petit. Du reste, ce n'est pas étonnant quand on pense à tout ce que la pauvre mère a eu à souffrir.

— Le père vient de partir pour l'étranger, je crois?

1.

— Il y a juste deux mois. Ah ! mais voyez donc, docteur, s'écria Elspie en frottant doucement avec sa grande main brune l'épine dorsale de l'enfant, qu'elle venait enfin d'apaiser.

— Eh bien, qu'est-ce qu'il y a encore? reprit le docteur Johnson d'un ton assez bourru, en reposant de nouveau son chapeau et ses gants ; l'enfant est parfaitement bien conformé, plutôt un peu fluet, j'en conviens ; mais à cela près, il est impossible de voir une plus jolie petite fille. Tout va bien.

— Non, tout ne va pas bien, s'écria la nourrice, dont la voix tremblait de colère et d'appréhension. Regardez plutôt ici, docteur.

Et elle désignait de son doigt une légère courbe sur la partie supérieure de la colonne vertébrale, entre les épaules et le cou.

La sollicitude professionnelle du docteur fut aussitôt éveillée ; il s'approcha de la petite créature et l'examina d'un air qui devenait de plus en plus sérieux à mesure qu'il la considérait plus attentivement.

— Eh bien ? fit Elspie avec anxiété.

— Je regrette de n'avoir pas remarqué cela plus tôt ; mais du reste cela n'aurait remédié à rien, ajouta-t-il. Et son ton froid et mesuré parut s'animer d'une sincère compassion.

— Eh bien, quoi donc? répéta la nourrice.

— Je suis fâché d'être obligé de déclarer que l'enfant est difforme, légèrement, très-légèrement, j'espère, mais elle est certainement difforme, autrement dit bossue.

A cette terrible sentence, Elspie tomba en arrière sur sa chaise. Puis elle se leva par un brusque mouvement, et, serrant l'enfant convulsivement contre son sein, elle regarda le docteur en face :

— Mauvaise langue d'Anglais, comment osez-vous parler ainsi d'une Rothsay? Ne savez-vous pas que c'est parmi eux que se trouvent les hommes les mieux faits de toute l'Écosse et les plus belles femmes? Savez-vous qu'il n'y eut jamais dans cette famille une seule personne difforme? Comment osez-vous donc dire que l'enfant de mon maître puisse être...? Malheur à moi! je ne puis prononcer le mot.

— Ma pauvre femme, reprit le docteur avec douceur, je suis vraiment affligé, je vous assure.

— Laissez-nous, stupide Anglais que vous êtes! grommela Elspie entre ses dents. Elle étendit de nouveau l'enfant sur ses genoux et l'examina elle-même attentivement; mais, vraisemblablement, le résultat de son observation ne confirma que trop celle du médecin; car elle se mit à se tordre les mains avec désespoir, se balançant sur sa chaise et gémissant tout haut :

.. — Ah ! quel triste jour ! ah ! mon cher maître, toi que j'ai nourri de mon lait, bercé sur mes genoux ! que diras-tu quand tu reviendras et que tu verras ton premier né, le seul rejeton des Rothsay, une pauvre petite créature bossue, difforme ?

En ce moment, une faible voix qui appelait de la chambre voisine fit tressaillir le docteur et la garde.

— Grand Dieu ! s'écria le premier, il faut penser à la mère ! Restez, je vais me rendre vers elle. Elle ne sait pas cela et il faut qu'elle l'ignore pendant longtemps encore. Quelle bénédiction, n'est-ce pas, que je ne lui aie pas encore dit que son enfant était beau et bien fait ! Pauvre femme ! pauvre femme ! ajouta-t-il avec attendrissement. Puis il se hâta vers sa malade, laissant Elspie réduite au silence et contemplant encore avec tristesse son précieux dépôt.

Il eût été curieux pour un observateur de noter les changements qui se manifestèrent sur le visage de la garde pendant ce court espace de temps.

D'abord, son regard indiqua une sorte de répugnance, de mépris, tandis qu'elle considérait l'enfant si insensible à la scène que nous venons de dé-

crire ; puis, par un retour instantané, cette insen-
sibilité même de la pauvre petite créature parut
éveiller chez Elspie tous les trésors de la compassion
féminine.

— Pauvre petite, sans défense ! tu sais bien peu ce
qui t'attend ! Tout va te manquer à la fois, l'amour
de tes parents, la fortune et la beauté. Dieu me pardonne ! mais pourquoi t'a-t-il envoyée dans ce monde
de douleur ?

C'était là une question qui a jeté dans la perplexité les théologiens, les philosophes et les méta-
physiciens de tous les âges et qui ne cessera, jusqu'à
la fin du monde, de les agiter ; il n'était donc pas
très-surprenant qu'elle ne pût être résolue par notre
bonne et simple Écossaise. Peu à peu, comme Elspie
se tenait debout devant la croisée avec l'enfant qu'elle
berçait doucement, ses regards, qui erraient dans
le vague, s'arrêtèrent sur les montagnes lointaines
que dorait en ce moment un glorieux soleil couchant. Sans qu'elle s'en rendît compte, cette scène
grandiose la calma et elle se mit à définir le problème d'une façon que bien des esprits plus élevés
pourraient aussi employer avec avantage.

— Après tout, Dieu sait ce qu'il fait ; il a créé
le monde et tout ce qui respire ; il se peut bien

qu'il donne à cette pauvre petite créature si faible
un esprit de douceur et de résignation qui la rendra
capable de supporter son mauvais sort. A l'un le
travail, à l'autre la souffrance, et, comme dit le ministre , tout s'arrange à la fin.

Pendant ce temps, l'innocente créature continuait à dormir paisiblement ; le soleil s'inclina
à l'horizon, la nuit tomba sur la terre, et ainsi
fut le matin, ainsi fut le soir du premier jour de
cette nouvelle existence que nous allons voir se développer à travers les phases si variées qui compo-
sent l'étrange et touchant mystère de... la vie d'une
femme.

CHAPITRE II

Existe-t-il, à votre avis, cher lecteur, un sujet plus banal, et plus digne néanmoins de l'enthousiasme du poëte que la peinture d'une jeune mère tenant son enfant nouveau-né dans ses bras? Il faut convenir que c'est bien là le plus ravissant spectacle que puisse offrir toute la création, et il faut bien admettre qu'il présente éternellement le même caractère de sublime beauté, puisque dans tous les dans temps, tous les lieux, il s'impose à notre admiration toujours renaissante.

Tout poëte, peintre ou sculpteur aurait certainement été saisi du délire sacré en contemplant madame Rothsay pendant les jours de sa convalescence, alors qu'elle était assise à sa fenêtre avec son enfant sur ses genoux. Madame Rothsay, dans cette gracieuse attitude, offrait l'image exceptionnelle

— image qui devient chaque jour plus rare à mesure
que le monde vieillit, — d'une femme merveilleusement belle. Pourquoi le nombre n'en est-il pas plus
grand? Le sentiment de la beauté physique, passant
des yeux dans le cœur, y porterait avec elle l'idéal de
la beauté de l'âme, seul moyen par lequel nos sens
puissent l'apercevoir ?

Cette influence est si incontestable, nous sommes si disposés à associer instinctivement le type de
la beauté spirituelle avec celui de la beauté maté-
rielle, qu'il est bien permis de supposer que le
monde eût été meilleur et plus pur, si, dans leur
course rapide, ce qu'on appelle le progrès et la ci-
vilisation n'avaient altéré et à peu près détruit cette
forme, admirable de symétrie et de proportion,
célébrée par les antiques traditions.

Cela faisait du bien au cœur, rien que de regarder
Sybil Rothsay. C'était une de ces créatures que
l'on contemple à distance, dont on s'éloigne pour
en aller rêver, en se demandant si c'est bien une
femme et non un ange qu'on a vu. Il semble témé-
raire de la dépeindre; c'est pourtant ce que nous
allons tenter de faire. Sybil est de petite taille,
mais cette taille est parfaite dans ses proportions,
on dirait celle d'une fée; ses joues sont recouvertes

d'un léger duvet de pêche, comme celles d'une toute jeune fille ; elle a l'air presque d'un enfant, et jamais vous ne pourriez croire qu'elle est mère, à la voir, comme en ce moment, négligemment renversée et à moitié couchée dans son grand fauteuil de malade.

Tout à coup, sortant, par un gracieux mouvement, du nuage de blanche mousseline et de dentelle qui l'enveloppait, Sybil montra son jeune et heureux visage.

— Décidément, je ne veux plus de ce bonnet, Elspie ; je ne suis plus malade maintenant et je ne vois aucune nécessité de faire plus longtemps de moi une vieille femme. En parlant ainsi, elle rejetait d'un petit air mutin la lourde et laide création que venaient de produire les doigts actifs de la nourrice, et elle montrait sa belle tête découverte. C'était en effet une magnifique tête, exquise dans toutes ses lignes, parée d'une forêt de cheveux brun clair ; une mignonne petite oreille rose sortait de dessous ces masses soyeuses, indiquant le commencement de la courbe gracieuse du menton et du cou, ces lignes si chères à l'œil de l'artiste, beautés qu'il distingue parmi toutes les autres. Sa bouche était délicatement dessinée, les

lèvres avaient une gravité adorable qui paraissait à
chaque instant prête à se fondre en un sourire;
le nez de Sybil... — Comment détruire par une
pareille allusion la description d'une jolie femme?
Naturellement madame Rothsay avait un nez — mais
il était en si complète harmonie avec le reste de son
visage que jamais vous n'eussiez songé à vous demander s'il était grec, romain ou aquilin; quant à
ses yeux, ils ne pourraient être dignement décrits
qu'en vers, c'est pourquoi j'y renonce...

Y avait-il une âme sous cette forme idéale? Vous
ne pensiez pas à vous le demander; vous preniez la
chose pour sous-entendue; qu'elle y fût ou non,
d'ailleurs, vous trouviez que le monde entier et
vous-même en particulier, deviez être reconnais-
sants d'avoir pu seulement contempler une aussi
délicieuse image, n'eût-elle existé que pour prouver
que l'univers possédait encore un exemplaire de
la beauté parfaite. Et vous vous en alliez, pardon-
nant à tous les hommes de tous les âges d'en être
devenus fous, ou bien, si par hasard vous vous attar-
diez un instant pour vous demander si cette impression était magique ou réelle, en vous rappelant
les pures et saintes émanations que vous avez res-
pirées en présence de telle ou telle femme, belle

uniquement par son âme... Mais que dis-je? vous
n'auriez jamais pensé que Sybil Rothsay fût une
simple femme. — C'était une fée en chair et en os,
une Vénus de Médicis descendue de son piédestal.

C'est sans doute de cette façon que le capitaine
Angus Rothsay était tombé amoureux de Sybil
Hyde. Un jour il s'éveilla de ce rêve et découvrit
dans son ange de beauté... une femme enfant, qui
faisait une charmante petite moue parce que dans
leur brusque départ — il l'avait enlevée — elle n'avait
pas eu le temps de s'acheter un chapeau de mariée
et un voile de Bruxelles!

Aujourd'hui, c'est une « mère enfant; » elle joue
avec sa fille, comme tout récemment encore elle a
joué avec sa poupée, entrelaçant doucement les petits
doigts délicats du nouveau-né dans les siens, qui ont
eux-mêmes une finesse incomparable, car les mains
et les pieds de madame Rothsay sont d'une perfection
achevée; la nature généreuse ne lui a rien refusé,
elle qui, si souvent avare dans ses dons, n'accorde
pas toujours ceux-là aux plus jolies femmes, mais
qui, par contre, se plaît souvent à en favoriser d'autres, moins bien partagées, et par là plus capables
d'apprécier ses moindres faveurs.

— Voyez, ma bonne Elpsie, reprit madame

Rothsay, en riant de son rire enfantin, voyez comme
la chère petite créature serre mes doigts ! Vraiment
c'est une chose très-amusante qu'un baby, et ce sera
pour moi un charmant passe-temps, jusqu'à ce que
mon Angus soit de retour.

Elspie fit un mouvement dans le fond de la chambre où elle était assise et où elle cousait ; elle ne put
réprimer qu'à demi un soupir en regardant la femme
de son maître, dont la délicate beauté anglaise, la
voix claire, harmonieuse, anglaise aussi, formaient
un contraste frappant avec elle-même, et dont les
idées étaient si opposées à ses propres préjugés.
Néanmoins, elle avait appris à aimer la chère jeune
femme ; aussi, pour la centième fois étouffa-t-elle la
pensée vague que le capitaine Angus aurait pu faire
un meilleur choix.

— Les enfants sont une bénédiction du Seigneur,
et il est bien possible, madame Rothsay, que tôt
ou tard vous vous en aperceviez, dit-elle avec gravité ; puis « il faut les prendre comme ils vous sont
envoyés, et en être contente. »

Madame Rothsay éclata de rire à ces paroles :

— Je vous remercie, Elspie, de me faire un discours
aussi solennel ; il me semble entendre parler mon
mari, et c'est sans doute pour me faire penser à lui

que vous l'imitez ainsi, comme si cela était nécessaire ! Cher Angus, je me demande ce qu'il dira quand il verra sa petite fille : cette nouvelle demoiselle Rothsay qui arrive ainsi pour faire opposition à la vieille madame Rothsay. — Ha ! ha ! ha !

— La vieille madame Rothsay ! mais c'est la tante de votre mari, observa Elspie qui trouva nécessaire de défendre l'honneur de la famille. Miss Flora a été autrefois une très-jolie demoiselle, comme le sont toutes les Rothsay, du reste.

— Et cette demoiselle Rothsay, ici présente, sera jolie aussi, j'espère, quoiqu'elle soit un peu brune pour le moment ; mais ne s'accorde-t-on pas à dire, Elspie, que les enfants qui ont le teint le plus foncé deviennent les plus beaux par la suite ?

— Oui, on dit cela, répondit la garde avec un soupir plus profond que le premier, et en se baissant activement sur son ouvrage. Madame Rothsay continua son joyeux babil :

—J'aurais presque désiré que ce fût un garçon, car le capitaine Rothsay croyait que cela aurait fait plaisir à son oncle ; mais au fond cela est indifférent, et je suis sûr qu'il sera tout à fait charmé de sa fille, comme je le suis moi-même. Naturellement, tu seras une beauté, ma chère petite !

Et par un sentiment maternel qui perçait à travers
sa légèreté enfantine, la jeune femme se baissa vers
le nouveau-né, le prit dans ses bras d'une manière assez gauche et assez ridicule, comme si c'eût
été un jouet qu'elle avait peur de casser, puis se
mit à le bercer sur son cœur.

Elspie fit un brusque mouvement.

—Prenez garde, prenez donc garde! s'écria-t-elle.
Vous pourriez lui faire mal, à cette pauvre petite...
Oh! qu'allais-je donc dire?

—Ne vous donnez pas tant de peine, reprit la
jeune mère avec un air de charmante fatuité; je
saurai bien la tenir, je sais très-bien m'y prendre.

En effet, elle réussit à calmer l'enfant et à l'endormir. Ce triomphe ne fut pas plutôt obtenu qu'elle
recommença son bavardage, de cette voix musicale
si agréable à entendre; c'était bien à la garde qu'elle
s'adressait, mais, en réalité, elle ne faisait que se
livrer à sa nature simple et confiante qui ne lui
permettait pas de retenir une seule de ses pensées.

— Je me demande comment je l'appellerai, cette
chérie! nous ne pouvons attendre jusqu'au retour de
son père; il est impossible qu'elle reste « baby, »
pendant trois ans; il va falloir que je choisisse son
nom toute seule. Ah! quel malheur! moi qui n'ai

jamais pu rien décider! Pauvre cher Angus! il a toujours eu tout à diriger. C'est même lui qui a dû fixer
le jour de notre mariage!

Et là-dessus elle se mit à rire, de son rire argentin,
encore un de ses charmes. Elspie tourna la tête avec
un mélange de tendresse et de compassion.

— Allons, bonne nourrice, vous allez m'aider,
n'est-ce pas? Je suis là à me creuser la tête pour
trouver un nom qui convienne à cette jeune demoiselle : il faut qu'il soit joli. Quel est celui qui pourrait plaire à Angus? Un nom déjà porté par quelque personne de la famille, par un de ces vieux Rothsay à propos desquels vous et lui faites tant d'embarras.

— O madame, n'êtes-vous donc pas fière, vous
aussi, de la famille de votre mari?

— Oui, certainement, très-fière, d'autant plus
que je n'ai point de famille de mon côté. Ne m'a-t-il
pas choisie, moi, orpheline, sans appui, sans un seul
lien dans tout ce vaste monde, pour me serrer avec
amour dans ses bras?

Ici la voix de Sybil s'altéra, et son regard s'im-
prégna d'une angélique tendresse.

— Mon noble époux, Dieu le bénisse! Oui, je suis
fière de lui, de ses compatriotes, de toute sa race.

Allons, reprit-elle — et son enjouement enfantin
reparut — dites-moi les noms de toutes les femmes
remarquables de la famille Rothsay pendant les derniers siècles. Je gage que vous les connaissez tous,
Elspie, et sûrement, parmi ces noms, nous en trou-
verons un pour ma fille.

La garde, ou plutôt la nourrice, car c'est ainsi
qu'on la désignait, ne put dissimuler la satisfaction
que lui causait cette demande, et d'un air important, elle commença avec empressement un long
récit. Il fut d'abord question d'une lady Christine
Rothsay, dont la tradition rapportait qu'elle avait été
une sorcière accomplie, grande amie de « maître
Michel Scott. » Par ses sortiléges elle avait fait dépérir
et enfin passer de vie à trépas les sept fils de son mari.
Il y avait aussi une certaine lady Isabo qui faisait redescendre son amant par la fenêtre, au moyen
des longues tresses de ses cheveux d'or. Elspie raconta comment son frère découvrit les rendez-vous
et tua l'amant, à la suite de quoi la dame, pour se
venger, jeta un sort sur toutes celles de la famille
qui auraient les cheveux blonds, si bien qu'aucune
d'elles n'eut une vie heureuse, mais que toutes
moururent jeunes et avant d'avoir été mariées.

— J'espère que la malédiction est épuisée main-

tenant, s'écria gaiement la-jeune mère, et que le
dernier rejeton féminin ne sera pas une demoiselle
aux cheveux d'or. Et cependant, elle effleura de ses
doigts le tendre duvet qu'on apercevait sous le bonnet
de l'enfant, et qu'il était difficile, sans un effort considérable d'imagination, d'appeler des cheveux, —
ils sont jaunes d'or, voyez plutôt, Elspie. Dieu me
garde de croire à votre légende! ma fille sera belle
et aimée.

A ces paroles, la pauvre Elspie, saisie d'une subite
angoisse, s'écria :

— Ah! madame, ne songez pas à l'avenir. Ah!
ma chère dame, n'y songez pas!... Puis elle s'arrêta,
pleine de confusion.

— Elspie, réellement, vous êtes bien singulière!
Mais voyons, continuez votre revue, car je suppose
que nous ne voulons ni de Christine, ni d'Isabo.

Elspie se remit alors d'un ton agité à raconter
l'histoire de noble Jeanne Rothsay, qui mourut
frappée au cœur, d'une flèche destinée à son
mari ; de dame Alison, sa sœur, beauté célèbre
de la cour licencieuse de Jacques, et qui n'était pas
un modèle à suivre ; puis de Catherine Rothsay,
qui cacha chez elle deux des officiers du prince,
après Culloden, et qui se tint devant leur porte

1.   2

verrouillée, une paire de pistolets au poing.

— Assez, assez! je ne veux d'aucun de ces noms-
là, ils me font peur, interrompit Sybil; je me demande vraiment comment j'ai eu le courage d'épouser le descendant de ces terribles matrones. Non, ma
douce innocente, tu n'auras rien de commun avec
elles, pas même le nom, ajouta-t-elle en caressant
la joue de l'enfant. Tu ne leur ressembleras en rien,
si ce n'est que tu auras leur beauté, car elles étaient
toutes admirablement belles, n'est-ce pas, Elspie?

— Il n'y eut jamais, dans toute la lignée des Rothsay, homme ni femme qui ne fît plaisir à regarder.

— Eh bien, c'est ainsi que j'espère que sera mon
baby! Elle tiendra de son père, et peut-être aussi un
peu de sa mère, qui n'est pas si mal non plus, au
moins à ce que dit Angus.

En achevant ces mots, madame Rothsay redressa
sa gracieuse petite taille, admira sa main délicate,
celle qui portait son alliance. Prise alors par
une mélancolie passagère en songeant que celui
qui appréciait tant la finesse, la beauté de cette
main, ce qui l'en rendait plus fière elle-même, était
si loin, si loin... elle se renversa en arrière dans
son fauteuil, et soupira profondément.

Cependant, au bout de quelques minutes, Sybil

reprit l'entretien avec animation, et ses paroles
montrèrent combien sa rêverie était fugitive et ses
pensées vagabondes.

— Elspie, il me vient une idée; l'enfant sera
baptisée sous le nom d'Olivia.

— Je trouve le nom étrange, presque païen, madame
Rothsay.

— Pas du tout; écoutez plutôt comment cette
idée m'est venue. Ce matin, précisément avant que
vous vinssiez m'éveiller, j'ai eu le plus singulier, le
plus délicieux rêve...

— Un rêve! êtes-vous sûre que ce fût pendant la
marée du matin? s'écria Elspie avec un vif intérêt.

— Oui ; ainsi cela doit certainement signifier
quelque chose, vous allez voir, Elspie. C'était à
propos de mon enfant. Elle était couchée, profondément endormie sur mon sein, et sa douce et
chaude respiration me fit bientôt moi-même tomber
dans le sommeil. Je rêvai que sans m'en apercevoir
je l'avais laissée échapper de mes bras, je ne l'y
sentais plus, et, me trouvant toute triste, je m'é-
criai qu'il était cruel que l'on m'eût volé mon
enfant, jusqu'à ce que je reconnus que c'était moi
qui l'avais abandonnée volontairement. Au bout de
quelque temps j'aperçus, se tenant debout auprès de

mon lit, un petit ange, un ange enfant, avec une
branche d'olivier dans la main. Il me commanda de
le suivre ; je me levai et le suivis à travers une vaste
contrée déserte ; il fallait franchir des fleuves débor-
dés et affronter les bêtes sauvages ; mais, à chacun
de ces périls, l'enfant étendait son rameau d'olivier,
et nous passions en sûreté. Une fois je me sentis
lasse, mes pieds étaient devenus tout sanglants par
suite de ce fatigant voyage ; alors le petit ange les
toucha du bout de son rameau, et je sentis renaître ma
vigueur. Enfin nous atteignimes une magnifique
vallée. L'enfant me dit : « Vous voilà maintenant à
l'abri de tout danger. — Dis-moi, lui demandai-je,
qui es-tu, mon bel ange consolateur ? » Aussitôt
ses blanches ailes tombèrent, et je ne vis plus qu'un
doux visage d'enfant qui ressemblait moitié à Angus,
moitié à moi-même ; et il tendit ses deux petits bras
vers moi en m'appelant « sa mère. »

Tandis que madame Rothsay parlait, son insouciance avait encore une fois fait place à une profonde
émotion. Elspie l'étudiait avec étonnement et semblait dévorer ses paroles.

— Ce n'était pas un rêve, c'était une vision : oui
c'est Dieu lui-même qui vous l'a envoyée! dit la
vieille femme d'une voix solennelle.

— Je n'en sais rien ; Angus s'est toujours moqué de mes rêves ; mais j'éprouve une sensation étrange en pensant à celui-ci. O Elspie, vous ne pouvez vous imaginer combien il était délicieux ! C'est pourquoi j'aimerais que mon enfant fût appelée « Olivia ! » quand ce ne serait qu'à cause de ce bel ange avec son rameau d'olivier ; c'est peut-être ridicule, mais c'est une fantaisie : Olivia Rothsay ! Oui, cela sonne bien ; elle sera Olivia Rothsay.

— Amen ! et puisse-t-elle être pendant toute sa vie un ange à vos yeux ! Vous vous rappellerez cette vision bénie, n'est-ce pas ? et vous en aimerez d'autant plus votre enfant. O ma chère dame, promettez-moi cela ! s'écria la vieille nourrice, s'approchant du fauteuil de sa maîtresse et essuyant furtivement deux grosses larmes qui coulaient le long de ses joues brunes.

— Naturellement, je l'aimerai de tout mon cœur ; comment pouvez-vous en douter ? Est-ce parce que je suis si jeune ? mais, malgré mes dix-huit ans, je n'en ai pas moins un cœur de mère. Allons, Elspie, soyons joyeuses ; chassez-moi ces vilaines larmes ; et elle caressa de sa jolie main le vieux visage ridé de la nourrice. N'est-ce pas vous qui me répétiez l'autre jour ce dicton, ajouta-t-elle,

2

en imitant le patois écossais : « C'est de mauvais augure de pleurer devant un nouveau-né...? » Eh bien, est-ce que je ne réussis pas admirablement à prononcer votre langue du Nord ?

Quelle séduisante créature était cette jeune femme d'Angus Rothsay ! quel dommage qu'il n'eût pas voulu la voir ; le vieil oncle des Highlands, le frère de miss Flora, qui avait déshérité son neveu, son neveu bien-aimé, parce qu'il lui amenait une nièce du Maryland !

— Voilà une délicieuse scène de félicité maternelle, dit tout à coup le docteur Johnson en entr'ouvrant la porte et en montrant sa tête chauve et luisante ; je suis vraiment désolé de l'interrompre.

Madame Rothsay reçut son médecin de la manière la plus gracieuse et la plus cordiale. Elle était si disposée à s'attacher à tous ceux qui lui montraient quelque sympathie, et il avait été si bienveillant pour elle, il lui avait témoigné tant d'égards, que suivant son impulsion du moment, comme c'était son habitude du reste, elle s'était décidée à cause de lui à rester à Stirling et à y vivre jusqu'à ce que son mari fût de retour de la Jamaïque. Dans ce moment même, elle annonça au docteur Johnson sa résolution et lui demanda comme une preuve d'af-

fection, elle qui était habituée à être aimée, obéie de
tous, de vouloir bien être le parrain de son enfant.

— On la baptisera suivant votre mode anglaise,
docteur, ajouta-t-elle, et son nom sera Olivia. Comment la trouvez-vous aujourd'hui? N'est-ce pas
qu'elle embellit?

Le docteur fit un signe d'assentiment et sourit; il
se dirigea vers la fenêtre. Elspie l'y suivit aussitôt,
et lui saisit le bras avec angoisse.

— Il faut, dit-elle, que vous lui déclariez la vérité. Moi je n'ose pas. Pour l'amour de Dieu, dites-la
doucement, avec précaution.

Le docteur secoua la tête d'un air embarrassé;
il ne s'était jamais trouvé dans une position aussi
désagréable.

Madame Rothsay le rappela bientôt, et lui montrant
sa fille :

— Mais oui, docteur, reprit-elle, je vous assure
que ses traits ont gagné; nul doute qu'elle ne soit
une beauté; d'abord cela me fendrait le cœur si
elle n'était pas jolie; et puis qu'est-ce qu'Angus
dirait? Ah çà! docteur, de quoi parliez-vous donc
avec Elspie tout à l'heure, si mystérieusement?

— Ma chère madame... hum! j'espère... En
vérité, je suis persuadé... que votre fille sera excel-

lente pour ses parents. Et le docteur Johnson s'arrêta.

— Je l'espère bien aussi ; mais comme vous avez l'air sérieux !

— J'ai à remplir un devoir pénible, très-pénible, reprit-il.

Elspie le poussa du coude.

— Mais vous êtes fou, docteur, s'écria-t-elle, vous allez la tuer, dites-lui donc tout de suite la vérité !

A ces paroles, la jeune mère était devenue mortellement pâle.

— Quelle vérité, Elspie? que va-t-il me dire?... Angus !... oh !...

— Non, non, ma chère dame, votre mari est sain et sauf : — la vieille femme se jeta aux pieds de sa maîtresse, — mais l'enfant... ne craignez rien, car puisque c'est la volonté de Dieu, ce doit être pour un bien, sans aucun doute : votre chère petite fille est...

— Est, je regrette de le dire, bossue, ajouta le docteur Johnson, finissant la phrase d'Elspie.

La jeune mère le regarda fixement d'un air d'incrédulité, mais ses yeux s'arrêtèrent sur la nourrice et enfin sur l'enfant endormi. Alors, sans dire un mot, elle tomba à la renverse et s'évanouit dans les bras d'Elspie.

CHAPITRE III

Il s'écoula bien des jours avant que madame Rothsay pût se remettre du choc que lui avait causé cette nouvelle.

Pour elle l'idée que son enfant devait être affligée toute sa vie d'une difformité sans remède était presque plus cruelle que ne l'eût été sa mort même. Oui, cela paraissait une malédiction, une malédiction terrible à cette jeune et belle créature qui avait appris dès le berceau à considérer la beauté comme le plus grand des biens, elle qui en était en quelque sorte éprise, non-seulement de la sienne propre, mais encore de celle qu'elle apercevait chez les autres.

Ce sentiment, chez Sybil, prenait sa source plutôt dans l'enthousiasme que dans la vanité personnelle. Son cœur avait bien été effleuré par cette petitesse, mais il n'en était pas sérieusement atteint; peut-être qu'elle était trop pénétrée de ses propres charmes et s'admirait elle-même avec trop de complaisance pour faire grand cas de l'admiration d'autrui; du reste, elle admettait la chose comme toute naturelle et n'était pas plus étonnée d'être adorée que si elle eût été la déesse de la beauté en personne. Mais Sybil Rothsay, tout en se glorifiant de ses attraits personnels, n'en était pas moins fière des perfections de tous ceux qu'elle aimait et surtout de celles de son mari, qui avait l'air si noble et si distingué. Ils étaient si jeunes tous deux, ils avaient été si promptement unis et si promptement séparés, que cette émotion, naturelle d'ailleurs à toute jeune femme, n'avait guère eu le temps de se transformer en un sentiment plus profond, ce sentiment qui, unissant les âmes, les élève au-dessus du monde extérieur, qui communique à l'amour quelque chose de divin et le rend capable, en quelque sorte, de créer la beauté au lieu d'en être créé lui-même.

Rien d'étonnant donc que Sybil, avant d'avoir fait cette expérience, considérât la beauté comme le don par excellence. Et cette enfant — l'enfant d'Angus, — serait un être difforme, une honte pour

ses parents, un déshonneur pour sa race! Comment
pourrait-elle jamais se faire à l'obligation de l'avoir
sous les yeux? Bien plus, comment oserait-elle jamais
présenter à son père cette pauvre créature disgra-
ciée en lui disant : « C'est là notre enfant, notre
premier né? » Ne s'éloignerait-il pas de sa fille avec
dégoût? ne s'écrierait-il pas qu'il aurait mieux valu
qu'elle ne fût point née?

Telles furent les pensées exagérées et presque
criminelles qui vinrent assaillir la malheureuse
mère lorsqu'elle sortit de son long évanouissement.
Elle fut saisie d'un violent accès de fièvre, qui, sans
mettre absolument ses jours en danger, fut cependant une source de grande anxiété pour la fidèle
Elspie. Quant au pauvre enfant, cette folie (car ce
fut une sorte de folie momentanée), faillit causer sa
mort. Madame Rothsay refusa positivement de voir
sa fille ou de s'en occuper; elle dédaignait également
ment et les prières mêlées de larmes et les sévères
reproches de la vieille nourrice. Un jour enfin, Elspie,
lasse de combattre cette résolution coupable, s'élança
hors de la chambre; elle était tremblante de colère
et murmurait des paroles presque menaçantes :

— Dieu vous pardonne et qu'il sauve l'innocente
petite créature! Dieu vous a donné une fille et

c'est vous qui allez la tuer, ingrate que vous êtes !

Et Elspie hors d'elle-même, ferma la porte avec violence et se précipita vers le nouveau-né presque agonisant pour le secourir. En ce moment, la vieille femme sentit son cœur déborder d'une tendresse toute nouvelle pour la chétive créature.

— Ta mère te rejette, ma pauvre petite ! Il se peut que tu ne sois pas pour longtemps dans ce monde, mais, tant que tu y demeureras, tu seras mienne et je t'y tiendrai toujours lieu de mère.

Ainsi, comme la Noémi de la Bible, Elspie Murray mit l'enfant contre son cœur et en prit soin. Sans elle la vie de notre Olivia Rothsay — avec toutes ses conséquences, bonnes ou mauvaises, grandes ou petites, encore inconnues — se serait éteinte comme la flamme vacillante d'une torche. Qui sait si, dans son délire, la mère infortunée n'eût pas désiré une telle issue ?

Quoi qu'il en soit, à cette cruelle déception de ses espérances maternelles qui eut d'abord pour résultat une aversion déclarée, succéda bientôt la plus complète indifférence. Elle subissait la présence de son enfant, mais sans lui accorder aucune marque d'affection; on aurait dit, parfois, qu'elle avait oublié jusqu'à son existence. A la vérité, sa santé

ébranlée pouvait faire excuser jusqu'à un certain
point ce total abandon de ses devoirs maternels;
et ainsi fut laissée, à Elspie seule le soin d'alimen-
ter cette faible étincelle de vie.

De nuit comme de jour, il n'y eut plus désormais
d'autre lieu de repos pour l'enfant que les bras de
la vieille nourrice ; ceux de sa mère semblaient être
fermés pour toujours à son innocence sans défense.
Sybil embrassait sa fille une fois par jour, quand
Elspie la lui présentait et exigeait d'elle cet effort.
Madame Rothsay, jeune et facilement dominée,
n'osait pas se soustraire à cette obligation ; car la
fidèle servante de son mari exerçait sur elle une
influence à laquelle elle ne pouvait résister.

Elspie se trouva donc le seul arbitre de la destinée
de l'enfant ; seule, elle dut la présenter au baptême :
ce ne fut point la cérémonie pompeuse dont l'imagination de Sybil avait caressé la vision avec tous
ses accessoires de brillantes toilettes et de festins ;
ce fut l'acte simple et solennel en vertu duquel la
nouvelle chrétienne reçut son nom d'après le rite de
l'Église écossaise. Elspie comparut devant le ministre,
tenant l'enfant abandonné dans ses bras protecteurs,
et scellant dans son cœur la promesse qu'avait pro-
noncée sa bouche, de l'élever dans la connaissance

1.   5

et dans la crainte de Dieu. Avec cette pieuse crédulité qui renferme le germe de la véritable foi, se rappelant le rêve de la mère, elle fit baptiser l'enfant sous le nom d'Olivia.

Lorsqu'elle revint à la maison, son premier soin fut d'aller poser la nouvelle baptisée sur les genoux de madame Rothsay ; celle-ci, qui avait si étrangement renoncé à ses plus précieux priviléges, aurait volontiers repoussé sa fille, mais l'œil sévère d'Elspie l'observait.

— Il vous faut embrasser et bénir votre enfant : aucune autre bouche que celle de sa mère ne doit, pour la première fois après son baptême, proférer son nom.

— Lequel?

— Le nom que vous lui avez donné vous-même.

— C'est impossible, non, non, sûrement vous ne l'avez pas appelée ainsi. Emportez-la, ce n'est pas elle qui est le doux ange de mon rêve.

Et Sybil cacha sa tête dans ses mains, sans colère et sans répugnance, mais en proie à une amère douleur.

— Elle n'en est pas moins Olivia Rothsay, votre fille, répondit Elspie avec moins de dureté ; que savez-vous si elle ne sera pas vraiment un ange pour vous?

Tandis qu'elle parlait, il arriva qu'un de ces sourires que nous voyons quelquefois éclairer le visage
des jeunes enfants, sourire étrange, sans cause,
qu'on dirait un reflet de quelque invisible influence,
passa sur les traits du nouveau-né; ils en parurent
comme illuminés et revêtus d'un éclat angélique.
La mère dénaturée en fut frappée au cœur, et pour
la première fois depuis le triste jour qui avait opéré
une si fatale transformation dans son caractère, madame Rothsay, de son propre mouvement, prit sa fille
dans ses bras et la baisa. Elspie prêta l'oreille, mais
elle n'entendit point de bénédiction, le nom d'Olivia
ne fut pas prononcé; la digne femme ne s'en tint
pas moins pour satisfaite et vit pour le cher petit être comme un second baptême dans les larmes
de repentir qui inondaient le visage de sa mère.

Ce n'est pas qu'il y eût chez Sybil absence de
sensibilité ou de cœur; c'était le désappointement, le
dépit qu'éprouverait un enfant privé du jouet sur
lequel il a compté; il est possible que lors même
que son orgueil ou son espoir n'eussent pas été
déçus par la connaissance de la difformité d'Olivia,
au bout de peu de temps elle se fût fatiguée de son
enfant. Pour elle, l'amour semblait devoir toujours
être payé de retour; ce n'était pas ce don volontaire

qui n'exige rien. Ce culte de la maternité qui s'oublie
elle-même, et qui est si généreusement offert à la
première enfance et à l'égoïste jeunesse, était pour
Sybil un mystère incompréhensible.

Ces devoirs sacrés qui montent au cœur des jeunes
mères comme un instinct étaient inconnus de madame Rothsay; c'est du moins ce qui ressortait de
sa conduite actuelle, alors que, jeune fille par l'âge
et le caractère, elle se trouvait appelée à la plus
haute vocation de la femme. Orpheline, héritière,
sinon d'une grande richesse, du moins d'une fortune
indépendante, elle avait été élevée comme une fleur
dans une serre chaude ; tous ses penchants naturels
avaient été ou comprimés ou étouffés ; on ne s'était
occupé que de l'extérieur. Et pourtant c'était, après
tout, une plante exquise qui aurait pu croître et se
développer dans toute la perfection de la force et de
beauté; peut-être tout espoir n'était-il pas encore
perdu.

Quoi qu'il en soit, l'éducation de madame Rothsay — cette éducation du cœur et de la conscience,
si essentielle au bonheur de toute femme — était
à peine ébauchée à l'époque de son mariage, alors
qu'elle eût dû être complète. Ce fut un grand malheur pour elle que le capitaine Rothsay, après une

année d'union à peine, se trouva obligé de s'éloigner de sa femme et de s'embarquer pour la Jamaïque, pays d'où provenait la fortune de Sybil,
leur seule fortune maintenant, car M. Rothsay avait quitté l'armée au moment de son mariage.
Cette circonstance priva Sybil de l'influence salutaire qu'un mari exerce toujours sur la femme dont
il est aimé, influence grâce à laquelle il peut, s'il
en a la volonté, corriger ses défauts et modifier ses
dispositions.

Le temps s'écoula et madame Rothsay, femme et
mère, était, à vingt et un ans, précisément la même
qu'à dix-sept, aussi étourdie, aussi emportée par l'ardeur du plaisir, aussi près de tomber dans quelque
extravagance dangereuse; elle continuait à vivre à
Stirling, contrainte de demeurer dans cette ville par
les représentations, presque par les ordres d'Elspie
Murray, qui lui démontrait sans cesse que sa situation lui imposait une vie retirée pendant l'absence
du capitaine Angus, ne fût-ce que pour « l'honneur
de la famille. »

Sybil murmurait bien quelquefois contre Elspie
et fronçait ses jolis sourcils d'être ainsi empri-
sonnée dans cette ennuyeuse ville écossaise; mais,
le plus souvent, elle se vengeait de ces admonesta-

tions par quelques plaisanteries et se consolait de
ce contre-temps en allant dans le monde aussi souvent que le lui permettait le cercle assez restreint
où se mouvaient le docteur Johnson et sa femme.
Dans ces réunions peu nombreuses, elle était naturellement la plus admirée, la plus adulée et la plus
séduisante de toutes les beautés qu'on encensait;
aussi s'y trouvait-elle parfaitement heureuse; elle
menait la vie d'une enfant gâtée, capricieuse, mais
dont tous les instincts naturels tendaient vers le
bien et la vertu. C'était là fort heureusement ce qui
la préservait de tout danger sur cette pente glis-
sante, quoiqu'il y eût dans sa conduite plus d'une
inconséquence à noter !

Comme elle le disait elle-même en plaisantant,
elle jouait le rôle d'une veuve courtisée mais rarement celui d'une coquette, et, quand elle se laissait
entraîner à ce dernier rôle, conséquence innocente
chez quelques femmes du désir naturel de plaire,
jamais elle ne cessa de penser à son noble Angus
et d'en entretenir ses amis.

Lorsque Sybil recevait des lettres de son mari,
elle avait l'habitude de les baiser une demi-douzaine
de fois et de les mettre sous son oreiller la nuit,
absolument comme font les enfants, puis, à son

tour, elle lui écrivait régulièrement une fois par
mois de jolies lettres pleines de tendresse et d'enjouement. Une chose était à remarquer dans sa
correspondance, c'est qu'elle était totalement dépourvue de ce délicieux égoïsme maternel qui enre-
gistre avec tant de soin tous les petits incidents de
la première enfance. En réponse aux questions de
son mari, Sybil disait « qu'Olivia allait bien;
Olivia commençait à marcher; Olivia avait appris
à dire : Papa, Elspie. » Rien de plus.

Le fatal secret, Sybil n'osa pas le révéler.

Les premières lettres, empreintes du bonheur de
posséder le plus ravissant « baby » qui eût jamais
existé avaient provoqué en retour les plus vives démonstrations de l'orgueil paternel; mais ces ré-
ponses atteignant la jeune femme au plus profond
de son chagrin, ne firent que l'accroître encore.

Chacun de ces mots si simples d'Angus éveillait
en elle une nouvelle impression d'amertume, presque un sentiment de honte; comme si elle eût été
coupable d'avoir mis au monde la misérable petite
créature. Le capitaine Rothsay exprimait sa joie de
ce que sa petite fille était non-seulement bien portante, mais jolie, car, disait-il, il serait par trop
malheureux qu'Olivia en grandissant ne devînt pas

aussi belle que sa mère. Ces paroles perçaient le
cœur de Sybil ; non, elle ne pouvait pas, elle n'o-
sait pas lui dire la vérité, pas encore du moins ; et
quand Elspie, dans sa rude honnêteté, lui suggérait
que c'était son devoir, elle tombait dans de telles
crises de désespoir et d'emportement, que la vieille
nourrice se voyait forcée de renoncer à la persuader.
Dans d'autres moments, quand lettre après lettre
le père continuait à s'informer de ce premier enfant
si précieux, si désiré ; Sybil, qui était plus coupable
de faiblesse que de dissimulation préconçue, se ré-
solvait alors à accomplir sa terrible tâche. Mais
hélas ! bientôt son courage l'abandonnait, et elle en
reculait toujours l'exécution.

Cependant, les trois ans que devait durer l'absence du capitaine Rothsay se prolongèrent bien
au delà de ce terme ; il continuait à envoyer à sa petite fille cadeau sur cadeau, message après message ;
il écrivait à la mère, dont la conscience se soulevait
en le lisant, qu'il ne cessait de baiser « la petite
mèche de cheveux dorés » qu'elle avait coupée sur
la tête de l'enfant, et qu'il aimait à se représenter le
doux visage et la gracieuse petite personne s'agitant
autour d'elle.

Pendant qu'il faisait ce rêve, une enfant pâle,

contrefaite, se traînait sans bruit dans la vieille maison de Stirling. Petite, d'une apparence chétive, tout à fait hors de proportion avec son âge, sans animation, sans force, ayant à peine une ombre de ressemblance dans toute sa personne avec sa jolie jeune mère dont elle fuyait instinctivement la présence, telle était Olivia Rothsay.

Ainsi s'écoulaient les années pour elle, pour ses parents, chaque mois, chaque jour jetant des semences qui sûrement finiraient par germer, soit pour le bonheur, soit pour le malheur de ces trois destinées.

CHAPITRE IV

La quatrième année de l'absence du capitaine
Rothsay approchait de son terme, et sa femme n'é-
tait pas sans inquiétude à son égard, car on était
en guerre alors avec les colonies, et les lettres étaient
souvent interceptées. La première fois que le courrier vint à manquer, Sybil fut extrêmement agitée;
agitée est le mot, car c'était plutôt un état nerveux
qu'un véritable chagrin. Sybil ignorait la signification du mot « douleur. » Sa nature était celle de
ces régions éclairées par un éternel soleil, où les
pluies ne sont guère que des rosées ; de sorte qu'après
avoir subi deux ou trois fois ces désappointements,
elle se rassura en se persuadant que rien de fâcheux
ne pouvait arriver à son Angus, et prit la résolution
de ne plus compter à époque fixe sur ses lettres,
de ne plus l'attendre, jusqu'au jour où il annonce-

rait son arrivée. N'était-elle pas parfaitement sûre
qu'il ferait tout ce qu'il était convenable et possible
de faire, afin de revenir promptement auprès de sa
femme bien-aimée? Puis, bien qu'elle s'en fît à
peine l'aveu à elle-même, le retour de son mari
impliquait une si humiliante confession, sinon d'un
mensonge positif, du moins de la vérité dégui-
sée, que Sybil craignait d'y arrêter sa pensée.
Toutes les fois que la pauvre femme, si longtemps
délaissée, rêvait aux joies de revoir ce mari si aimé,
au bonheur d'être de nouveau serrée dans ses bras,
enlevée comme une enfant, dans son étreinte passionnée, car Angus à côté d'elle était un vrai géant :
alors se dressait entre eux, comme pour les séparer, le fantôme de la petite fille pâle et difforme.

Quel meilleur moyen, pour noyer ces tristes pensées, que de se plonger dans tous les amusements
que des relations aussi bornées que les siennes
pouvaient lui offrir? Aussi Sybil ne manquait-elle
pas une seule occasion de se divertir.

Elle se résolut un jour à exécuter un projet qui fit
frémir Elspie, et à l'audition duquel la bonne madame Johnson elle-même secoua gravement la tête.
Sybil voulait donner une soirée, que dis-je? un bal
dans sa propre maison.

— Cela ne prendra pas ici, disait la femme du docteur, qui, quoique Anglaise, s'était imbue de bon nombre de préjugés écossais depuis trente ans qu'elle habitait le pays : les gens ici sont trop parfaits, je n'ai jamais vu personne danser à Stirling.

— Eh bien, je le leur apprendrai, s'écria la vive madame Rothsay ; j'aspire à leur montrer ce certain quadrille, vous savez ? et même cette nouvelle danse qui scandalise tout le monde. Ah ! qu'une valse me ferait de bien !

Madame Jacob Johnson eût bien voulu être indignée, mais il y avait en Sybil un je ne sais quoi auquel nul ne pouvait résister. Aussi cette excellente femme finit-elle par céder.

Il fut décidé que madame Rothsay en ferait à sa tête, en renonçant toutefois à la valse, contre laquelle son amie protesta formellement. Elspie, elle, n'avait cessé de s'opposer à cette extravagance : mais, dans ce moment, son cœur était rempli d'inquiétude pour l'enfant, qui semblait devenir, chaque année, plus délicate ; jour après jour, on voyait la fidèle nourrice parcourir le pays, portant la petite Olivia dans ses bras, la conduisant, soit aux sources bienfaisantes du pont d'Allan, soit jusqu'aux pieds du Ben-Ledi, afin de fortifier sa faible constitution

par l'air salutaire de la montagne et les émanations
parfumées des bruyères. Ce fut au milieu de ces
influences et de ces impressions agrestes que s'épa-
nouit l'enfance d'Olivia ; elles ne devaient jamais
s'effacer de son souvenir.

Elspie avait à peu près oublié les intentions mon-
daines de sa maîtresse lorsqu'un jour, à la tombée
de la nuit, comme elle déshabillait la petite fille endormie, une vision féerique apparut à la porte de la
« nursery. » L'Écossaise tressaillit ; à peine pouvait-
elle croire que ce fût sa jeune maîtresse qui se présentait ainsi devant elle, toute vêtue de blanc, la
tête ornée d'une couronne de verdure.

— Mais, madame Rothsay, vous n'allez sans
doute pas vous montrer dans un pareil déguisement ?
s'écria-t-elle en regardant avec horreur les bras nus
de sa maîtresse, ses épaules d'une blancheur éblouis-
sante, et ses petits pieds chaussés de sandales de sa-
tin, qu'une robe courte et transparente laissait admirer dans toute leur perfection.

— Comment ! Mais certainement si ! C'est une vraie
fête pour moi que de porter une robe de bal ; j'ai
été assez défigurée dans tous ces horribles costumes
pendant cinq ans. Vois mes bijoux ! Et cette parure
de perles qui n'a vu le jour qu'une fois depuis mon

mariage, n'est-elle pas magnifique, Elspie? Puis c'est un cadeau d'Angus.

— Comment osez-vous prononcer ce nom? interrompit Elspie indignée et se mettant peu en peine d'être respectueuse ; je m'étonne que vous osiez parler du capitaine Angus, avec vos danses et tous vos oripeaux.! Comment songer à de pareilles vanités, tandis que votre mari est en voyage et que votre enfant est malade? Cela n'indique rien de bon, c'est moi qui vous le dis, madame Rothsay.

Sybil parut un peu confuse lorsque Elspie fit ainsi allusion à son mari, mais dès qu'elle entendit parler de la petite Olivia, son expression changea.

— Tu es toujours à me blâmer à propos de cette enfant, je ne peux plus le supporter. Elle va très-bien. N'est-ce pas, baby, que tu te portes bien?

La mère ne pouvait se décider à l'appeler son Olivia; on entendit une petite voix douce et tremblante répondre de derrière les rideaux :

— Oui, très-bien; merci, maman.

— Tu l'entends, Elspie ! Ainsi ne m'ennuie plus davantage de sa santé; il faut que je descende promptement.

Et Sybil, commençant à travers la chambre un

gracieux pas de valse, tendit les mains à son enfant.
En touchant celles de la petite, elle les sentit froides
et humides, et eut presque envie de les serrer sur
son cœur afin de les réchauffer ; mais rencontrant
les yeux perçants d'Elspie qui l'observaient, elle s'é-
loigna comme honteuse de ce mouvement et s'écria
simplement : « Bonne nuit, baby ! » puis elle disparut, toujours dansant, par la porte de la chambre
qui était restée ouverte.

Pendant plusieurs heures, Elspie resta assise dans
la chambre sombre de la petite fille qui, dormant
d'un sommeil agité, faisait entendre de petits gémis-
sements. Ce n'était guère que pendant son sommeil
qu'elle laissait échapper des plaintes, la pauvre
innocente ! Le son de la musique et des danses, la
voix de madame Rothsay qui chantait des roman-
ces, montaient des salons et venaient par intervalles
couvrir ses accents plaintifs. - - - - - - - - -

— Pourquoi ne vous occupez-vous pas plutôt à
calmer votre pauvre enfant malade, mère dénaturée
que vous êtes ! grommelait Elspie.

De plus en plus attachée à l'enfant abandonné,
la joie, la consolation de sa vieillesse, elle ne s'apercevait pas que son affection idolâtre pour Olivia et
les témoignages exaltés de sa tendresse étaient au-

tant de reproches dirigés contre la mère, et ne
devaient avoir d'autres conséquences que d'étein-
dre dans le cœur de celle-ci le peu d'affection qui
pouvait y rester.

Ce soir même, pendant que madame Rothsay
dansait et chantait, plus d'une fois le souvenir de
cette petite main froide vint faire frissonner la
jeune mère et éveiller en elle un sentiment voisin
du remords ; mais bientôt, avec la légèreté de son
caractère, elle repoussait cette pensée importune
et se laissait entraîner par tous les plaisirs de la
soirée.

Enfin sa joie fut à son comble lorsqu'une ancienne connaissance, un officier anglais en garnison
au château et qu'elle venait de retrouver, lui offrit
de valser. Avant qu'elle eût le temps de dire oui ou
non, la musique fit entendre un de ces rhythmes
enchanteurs qui, pour les vrais amateurs de la valse,
sont aussi irrésistibles que pour les Irlandais l'air
« merveilleux » de Maurice Connor.

Sybil se crut de nouveau la joyeuse jeune fille de
seize ans qui, en conduisant les danses lors de son
premier bal, avait tout aussitôt tourné la tête à une
douzaine de personnes, parmi lesquelles on citait
un vieux colonel, un lieutenant, un docteur, un

avocat, et finalement Angus Rothsay. La tentation
était trop forte; en un instant Sybil fut enlevée
par l'officier anglais. Tout à coup, au plus fort de
son enivrement, la porte s'ouvrit, et comme un
spectre de malheur, Elspie Murray parut sur le
seuil.

Jamais apparition plus bizarre ne se fit voir dans
une salle de bal. Son jupon gris laissait voir ses
pieds nus; sa robe, ce vêtement gracieux et pittoresque des paysannes écossaises, était relevée négligemment sur ses épaules; son bonnet était tout de
travers et, sous ces ruches volumineuses, son visage
blême semblait plus blanc que le bonnet lui-même.
Elle s'avança droit au centre du salon, posa sa
lourde main sur l'épaule de Sybil et dit:

— Madame Rothsay, votre mari est de retour.

La jeune femme resta un instant immobile, comme
changée en statue : elle devint toute pâle, puis pourpre, et, poussant enfin un cri de joie, elle s'élança
vers la porte et tomba dans les bras de son mari.

Ébloui par les lumières, le voyageur toujours
tenant sa femme serrée dans ses bras, ne résista
pas aux efforts d'Elspie qui, moitié le poussant,
moitié le conduisant, l'introduisit dans une petite
pièce attenant à la salle de bal, dont elle ferma pré-

cipitamment la porte, le laissant seul avec sa femme.

Alors, Elspie pénétra de nouveau au milieu des invités frappés d'étonnement :

— Vous pouvez vous en aller chez vous si vous voulez, vous autres païens ! s'écria-t-elle avec brusquerie. Partez, je vous le conseille, car le capitaine Rothsay est de retour chez lui !

Cependant Sybil et son mari se tenaient en face l'un de l'autre, dans la petite chambre qu'éclairait une faible lumière. La jeune femme s'était cramponnée au voyageur avec une étreinte si passionnée, que celui-ci ne pouvait voir son visage ; mais il sentait ses larmes qui coulaient à torrents et son cœur qui battait à se rompre contre sa poitrine ; toute cette émotion, il le savait, c'était de la joie. Toutefois, la scène qui avait passé comme un éclair devant ses yeux, alors qu'il se tenait à la porte du salon, jetait ses esprits dans une étrange confusion.

Après quelques minutes accordées à cette effusion, Angus attira sa femme vers la bougie qui brûlait sur la cheminée et, se dégageant de ses embrassements, il se mit à la regarder. Alors pour la première fois, tout revint en mémoire à Sybil ; ses joues, son cou se couvrirent d'une rougeur pénible ; elle commença à trembler lorsqu'elle aperçut les

yeux de son mari arrêtés sur sa brillante toilette ; il
la regardait fixement de la tête aux pieds. La jeune
femme vit son expression de bonheur se changer en
une surprise pleine de mécontentement ; elle vit la
sévérité remplacer l'amour et son regard lui parut froid, singulier, tel qu'elle ne l'avait jamais
connu.

— Ainsi, la jeune dame que je viens de voir tourner follement dans les bras du premier venu,
c'était vous, Sybil, vous, ma femme ?

A mesure que le capitaine Rothsay parlait, Sybil
distinguait dans le son de sa voix quelque chose de
nouveau, d'étrange, qui répondait à la dureté de
ses regards. Elle s'élança au cou de son mari,
en pleurant de douleur et d'effroi comme elle avait
d'abord pleuré de joie ; elle le supplia de lui pardonner, l'assura, avec une sincérité dont il était impossible de douter, qu'elle était heureuse de son
retour, qu'elle l'aimait tendrement, maintenant et
pour jamais. En réponse à ses ardentes supplica-
tions, Angus consentit à lui donner un baiser, sup-
porta même patiemment ses caresses, disant qu'il
n'avait rien à blâmer. Mais le coup était porté,
l'impression ineffaçable.

Tant qu'il vécut, le capitaine Rothsay n'oublia

jamais cette nuit-là, ni Sybil non plus; car ce_fut
alors que pour la première fois elle reçut de son
mari ce regard froid, qu'elle entendit sa voix si
changée. Ah! comme dans la suite elle devait
souvent entendre ces accents, subir ce regard !

CHAPITRE V

Le lendemain matin, le capitaine Rothsay et sa femme étaient tranquillement assis ensemble au coin du feu, à cette même place où si longtemps Sybil avait été seule. Celle-ci paraissait de très-bonne humeur ; son affection avait quelque chose d'extraordinairement expansif et dès qu'elle voyait son mari devenir sérieux, elle sautait sur ses genoux et le regardait en face avec enjouement.

— Aussi enfant que jamais, à ce que je vois! dit Angus Rothsay, avec un sourire un peu ironique.

Et Sybil, l'observant à la clarté du jour, s'aperçut du grand changement survenu en lui ; elle n'y pouvait rien comprendre, car il ne lui avait jamais parlé de ses soucis. Comment, lui qui avait à peine plus de trente ans, était-il devenu cet homme grave et mûr ? Elle lui en voulait presque d'être si vieux et

prononça même deux ou trois phrases dans ce sens,
en se mettant à lui arracher les quelques cheveux gris qui déparaient ses magnifiques boucles
noires.

— Vous me sermonnerez plus tard tant que vous
voudrez, ma chère, reprit le capitaine Rothsay,
mais vous oubliez que vous devez être deux ici à me
souhaiter la bienvenue et que je n'ai pas encore
vu ma petite fille.

Non vraiment, il n'avait pas encore vu son
enfant, Angus Rothsay. A toutes ses questions
pleines de sollicitude sur Olivia, le soir de son arrivée, on ne lui avait répondu que par une jolie
petite moue et par quelques phrases jalouses, sans
suite, telles que celles-ci : « Une femme doit être
beaucoup plus précieuse qu'une enfant ; baby est
endormi, et puis il était si tard que sûrement Angus pouvait bien attendre jusqu'au matin. » A quoi,
tout en étant passablement surpris, Angus avait
consenti. Aujourd'hui encore, des caresses, des pré=
textes avaient reculé jusqu'à ce moment la terrible entrevue ; mais enfin l'impatience du père ne
pouvait davantage être contenue.

— Allons, Sybil, allons voir notre petite Olivia
— Ah! Angus, je vous en supplie !...

Et Sybil devint mortellement pâle. Le capitaine
Rothsay parut alarmé.

— Ne vous jouez pas de moi, Sybil : qu'y-a-t-il
donc? l'enfant est-elle malade?

— Non, non, elle se porte aussi bien que possible.

— Alors pourquoi Elspie ne l'amène-t-elle pas ?
Et il agita la sonnette avec violence.

La nourrice parut aussitôt.

— Ma bonne Elspie, lui dit le capitaine Rothsay,
voilà bien longtemps que vous me faites attendre
ma petite fille ; amenez-la-moi de suite.

Elspie lança un regard à la mère, qui se tenait
immobile, muette, se cramponnant au dossier de
son fauteuil comme pour s'y soutenir. Mais dans ce
regard se lisait moins la compassion qu'une sorte
de supériorité triomphante. A peine eut-elle quitté
la chambre, que Sybil se jeta aux pieds de son mari :

— Angus, ah! Angus, dites-moi seulement que
vous me pardonnez, avant que...

La porte s'ouvrit et Elspie introduisit la petite
fille. D'après sa taille, on ne lui eût guère donné
que deux ans ; mais son visage était celui d'un enfant beaucoup plus âgé, pensif et grave ; ses membres étaient frêles et délicats, mais bien propor-

tionnés ; on pouvait en dire autant de ses traits, qui
étaient réguliers, presque jolis, malgré cet air mélancolique et cette expression de maturité particuliers aux êtres difformes. La tête, bien proportionnée à son corps, était parée d'une abondante
chevelure d'un blond pâle, ce qui, joint à la trans-
parence extraordinaire de son teint, donnait à tout
son extérieur quelque chose de fantastique et d'aérien. Elle ressemblait moins à un enfant qu'à une
femme en miniature ; on aurait dit un de ces êtres
célébrés dans les légendes des fées, qu'on se serait attendu à voir surgir tout à coup du sein du
marais solitaire ou apparaître au bord d'un berceau.
Il y avait en elle quelque chose de surnaturel, mais
en même temps d'une beauté indéfinissable ; elle
était vêtue de blanc et avec le plus grand soin ; des
rubans bleus garnissaient sa robe, et ses beaux cheveux étaient arrangés de façon à dissimuler autant
qu'il était possible la triste difformité qui, hélas !
n'était déjà que trop visible. Ce n'était ni une bosse
proprement dite, ni une déviation de l'épine dorsale; mais le cou était sensiblement trop court et
la tête enfoncée dans les épaules. Cette imperfection, à la vérité, n'inspirait aucun sentiment de
répulsion, mais on se sentait saisi, en la voyant,

d'une compassion instinctive, et l'on s'écriait involontairement :

— Pauvre petite créature ! quel dommage !

Telle était donc l'enfant, la première née des filles
de la race des Rothsay si célèbre par sa beauté ;
telle était celle qu'Elspie présentait en ce moment,
pour réclamer le baiser paternel. Olivia leva vers
son père des yeux pensifs pleins de tristesse : elle
était dépourvue de toute timidité enfantine ; l'étonnement seul dominait dans l'expression de sa physionomie. Lui ne répondit à son regard que par une
stupeur pleine d'incrédulité ; puis sa main alla
serrer le bras de sa femme, comme dans une étreinte
de fer :

— Sybil, parlez ! Quoi ! cette triste créature...
serait-ce là notre fille, Olivia Rothsay !

— C'est elle, articula avec effort Sybil atter-
rée.

Son mari s'éloigna d'elle avec colère, jeta encore
un regard à l'enfant, puis, se détournant comme
s'il n'en pouvait supporter la vue, il couvrit son visage de ses mains,

Olivia vit le geste ; toute jeune qu'elle était, ce
geste lui alla droit au cœur ; Elspie le vit aussi, et
sans plus accorder d'attention à son maître ni à

Sybil, elle saisit la petite fille et se précipita hors
de l'appartement.

Le père et la mère restèrent seuls en face de cette
crise, la plus fatale de toutes celles qui puissent
bouleverser le bonheur conjugal : la découverte de
la première dissimulation.

Le capitaine Rothsay demeurait assis, silencieux,
tournant le dos à Sybil; celle-ci versait des torrents de larmes; ce n'étaient pas les pleurs du repentir, qui, semblable à une douce ondée, amol-
lissent le cœur de l'homme, mais bien ces pleurs nés
de l'impatience et du dépit, qui ne peuvent avoir
d'autre résultat que de le pousser à bout.

— Sybil, venez vers moi !

Les paroles étaient d'un mari affectionné; le ton,
celui d'un maître qui affirme ses droits. Jamais
Augus n'avait parlé ainsi : l'esprit capricieux de sa
femme se révolta.

— Je ne puis me lever, je n'ose même pas vous
regarder, vous êtes trop en colère.

Elle ne reçut d'autre réponse que l'ordre déjà
donné :

— Sybil, venez ici !

Alors la jeune femme se traîna de l'extrémité de
la chambre, où elle sanglotait comme un enfant

qui tremble dans l'attente du châtiment, et elle alla se placer debout devant Angus. Pour la première fois elle s'aperçut qu'elle avait un mari, un maître auquel elle devait obéir; et lui, de toute la puissance de sa nature irritée, il était prêt à lui enseigner la signification de ce mot.

— Sybil, commença-t-il lentement en la regardant sévèrement en face, dites-moi pourquoi vous m'avez ainsi trompé pendant de longues années? pourquoi ce mensonge?

— Tromperie! mensonge! O Angus, quels mots cruels, terribles !

— Eh bien, je suis fâché de les avoir employés; choisissons, si vous voulez, une expression moins forte, disons dissimulation. Pourquoi avez-vous ainsi dissimulé vis-à-vis de votre mari?

— Je n'en avais pas l'intention, répondit la jeune femme en sanglotant, et il est bien dur à vous de me traiter ainsi, Angus! Comme si le ciel ne m'avait pas assez punie en m'envoyant cette misérable enfant!

— Silence! je n'ai pas parlé de l'enfant, mais de vous, de ma femme, de celle à laquelle je me fiais, et qui, pendant cinq longues années, m'a volontairement abusé; pourquoi avez-vous agi ainsi?

— Parce que j'avais honte, peur, que vous
dirai-je? Et maintenant que ces sentiments sont
évanouis, s'écria Sybil avec plus de résolution, je
vous répondrai que si Dieu m'a rendue mère de
cette malheureuse enfant, il vous a fait son père ;
vous n'avez pas le droit de me le reprocher.

— Dieu m'en préserve! Non, ce n'est pas le malheur qui me frappe, c'est le mensonge qui me perce
le cœur.

Et son ton, qui était grave et triste, s'éleva
jusqu'à celui du plus amer ressentiment. Il allait et venait dans la chambre, agité par la colère,
tel, en un mot, que sa femme ne l'avait jamais vu.

— Sybil, s'écria-t-il en s'arrêtant subitement devant elle, vous ne savez pas ce que vous avez fait ;
vous ne vous figurez pas ce qu'a été mon amour pour
vous et vous ignorez tout ce que j'ai eu de luttes
à soutenir, de souffrances à endurer pendant ces
cinq années de séparation ; je vous ai été fidèle, —
oui, jusqu'au plus profond de mon cœur, — et
vous, vous n'avez pas été vraie vis-à-vis de moi.

Ici le capitaine Rothsay fut interrompu par une
violente explosion de pleurs hystériques ; il aurait
voulu réclamer l'assistance d'une femme pour apai-

ser cette ébullition absolument féminine, à laquelle
il n'entendait rien, mais sa fierté le retenait : il essaya de son mieux de calmer sa femme par des paroles plus douces ; ces expressions paraissaient être
devenues presque étrangères à ses lèvres après
tant d'années d'absence.

— Je n'ai pas eu l'intention de vous offenser
aussi gravement, Sybil ; je n'ai pas dit que vous
eussiez cessé de m'aimer !

Pourquoi Sybil ne suivit-elle pas alors sa première impulsion? pourquoi, se jetant dans les bras
de son mari, ne murmura-t-elle pas ces mots de repentir qui conviennent à la femme? Qui sait? son
humilité eût peut-être désarmé Angus ; mais non !
Sybil avait encore toute l'humeur capricieuse de
l'enfant gâté et, s'imaginant que son mari allait
comme autrefois se jeter à ses pieds, elle était résolue à le maintenir dans cette posture, agréable pour
sa vanité ; elle continua donc à larmoyer et se dé-
roba à la réconciliation.

A la fin, Angus lassé se leva, froid et digne. Ce
n'était plus l'amant, mais le mari tranquille, à moitié indifférent.

— Je vois, dit-il, qu'il vaut mieux renoncer à
traiter ce sujet, jusqu'à ce que vous soyez plus

4.

calme; peut-être même vaut-il mieux le laisser complétement de côté : ce qui est passé est passé et ne peut être réparé.

— Angus! Et Sybil le regarda en face, effrayée de ses manières; elle vit qu'elle avait été trop loin et voulut essayer de le ramener. — Que voulez-vous de moi? Que je dise que je me repens, que je demande pardon? Eh bien, oui, je le dirai, moi, mais vous le direz aussi, Angus? ajouta-t-elle avec un petit air de coquetterie dominatrice.

La plaisanterie ne venait pas à propos; Angus était dans une disposition d'esprit trop pénible.

— Excusez-moi; en vérité, madame Rothsay, c'est être un peu trop exigeante.

— *Madame Rothsay!* Oh! appelez-moi Sybil, ou mon cœur va se briser, s'écria la jeune femme en se jetant dans les bras de son mari. Celui-ci ne la repoussa pas; il la contempla même un instant avec une expression mêlée de reproche et de tendresse.

— Comme nous aurions pu être heureux! dit-il; combien ce retour eût été différent si seulement vous aviez eu confiance en moi, si vous m'aviez tout dit dès le commencement!

— Et vous, m'avez-vous tout dit? N'y a-t-il rien

que vous m'ayez caché pendant ces cinq années?

Angus tressaillit, puis il répondit résolûment :

— Rien, Sybil, je le déclare devant Dieu, rien, sauf peut-être quelques circonstances insignifiantes dont je pourrai vous parler n'importe quand, maintenant si vous voulez.

— Oh! non, plus tard, je suis trop épuisée en ce moment, murmura Sybil avec un air de langueur moitié affecté, car elle craignait de reperdre le terrain qu'elle avait gagné.

La douceur de cette fin de querelle d'amoureux lui en avait presque fait oublier la triste cause. Angus, après un moment de profonde méditation, pendant laquelle il parut en proie aux sentiments les plus contradictoires, revint à l'enfant.

— C'est notre fille, après tout, je ne dois pas oublier cela; dois-je la faire redemander? Et ces derniers mots furent plutôt prononcés dans l'intention d'adoucir le cœur blessé de la mère.

Hélas! dans le cœur blessé de Sybil, le sentiment maternel était encore à l'état latent.

— Faire demander Olivia! répondit-elle : oh! non, non, je vous en supplie : sa seule vue m'est pénible. Soyons heureux tous les deux ensemble, et laissons-la aux soins d'Elspie.

Ainsi parlait Sybil, pensant non-seulement s'é-
pargner à elle-même, mais aussi à lui, son Angus,
ce qui devait être pour tous deux un spectacle de continuelle douleur. Combien elle connaissait mal son
mari et se doutait peu de l'effet que devaient produire ses paroles! Angus Rothsay regarda fixement
sa femme, d'abord avec étonnement, puis avec un
déplaisir marqué :

— Ma chère, vous oubliez que votre langage est
à peine celui d'une mère; et vous ne considérez
pas davantage que vous vous adressez à un père, à
un père qui, quel que soit le degré d'affection
qu'il porte à son enfant, n'oubliera jamais ses devoirs. Allons, venez, allons voir Olivia.

— Je ne puis pas, non, je ne le puis, dit Sybil en
reculant de quelques pas, et versant de nouvelles
larmes.

Telle était donc sa femme, cette charmante, gracieuse idole de ses souvenirs de fiancé, la femme
qu'Angus Rothsay retrouvait, après tant d'années
d'absence, et qu'il envisageait maintenant avec les
yeux de l'homme fait, qui a vécu et souffert; Sybil,
elle aussi, ne pouvait s'habituer au changement
que le temps avait apporté dans les allures de
l'amant d'autrefois. Pourquoi son œil avait-il cette

expression de reproche? Pourquoi sur son front ce
nuage sombre, douloureux ?

Il marcha vers elle, serra ses mains dans les
siennes avec force :

— Encore une fois, Sybil, prenez garde; pendant toutes ces années de séparation, je n'ai cessé
de rêver à la jeune femme, à la jeune mère que
j'allais retrouver; ne faites pas que le songe ait été
plus doux que la réalité.

Sybil parut embarrassée; mais elle, l'enfant gâté
de tous, pouvait-elle comprendre la signification
d'une parole amère?

— Ne parlons pas, je vous en prie, d'une façon si
ridicule, répondit-elle.

— Vous trouvez cela ridicule? Eh bien donc, à
l'avenir, nous cesserons ces entretiens confidentiels,
je vous le promets; vous savez que je tiens toujours
mes promesses.

— J'en serai bien aise, fit tranquillement
Sybil.

Elle vécut pour regretter le jour où son mari lui
fit cette promesse, quoique pour le moment elle ne
fût sensible qu'au soulagement de voir la colère
d'Angus passée et le fatal secret découvert. Elle
laissa, toute joyeuse, son mari quitter la chambre,

ne s'arrêtant que pour lui demander encore un
baiser, en signe de complète réconciliation.

Il le lui accorda, mais en gardant une réserve
pleine de dignité, puis il sortit. Sybil n'osa pas lui
demander s'il allait revoir leur malheureuse enfant.

Pour Elspie, elle ne s'était pas inquiétée de ce
qui se passait entre le père et la mère, qu'elle avait
laissés enfermés ensemble, cela lui était assez indifférent ; elle employa tout ce temps en caresses passion-
nées vis-à-vis de son trésor. Elle voulait effacer l'impression si pénible qu'elle avait vu se produire
dans le cœur de l'enfant ; c'étaient des exclamations,
des phrases inachevées, les unes pleines de pitié,
les autres de colère. Olivia ne pleura pas, cela lui
arrivait rarement ; il semblait que, dans sa jeune
âme, régnât une sorte de paix réfléchie qui la rendait
supérieure aux chagrins et aux frayeurs de l'enfance. En ce moment elle était assise sur les genoux
de sa nourrice et plongée dans une de ces rêveries
que nul ne peut voir chez ces petites créatures
sans éprouver un sentiment mystérieux d'étonnement, presque de respect.

— Nourrice, dit-elle, en fixant soudain sur Elspie
ses grands yeux, est-ce bien papa que j'ai vu ?

— Lui-même, ma douce mignonne, répondit

Elspie en essayant de l'interrompre par ses baisers,
mais la petite fille continua :

—Il ne ressemble pas du tout à maman, il est
grand et fort comme toi ; mais il ne m'a pas prise
dans ses bras, ni embrassée, comme tu me l'avais
dit.

Elspie n'eut point de réponse pour ces paroles,
prononcées d'un ton de tranquille tristesse qu'on
se serait si peu attendu à rencontrer chez un enfant.
C'est ordinairement plus tard dans la vie que nous
apprenons à souffrir sans nous plaindre. Était-ce
donc dans des vues de miséricorde, que Dieu avait
implanté dans le cœur de cette pauvre créature dis-
graciée cette douce résignation qui n'est habituellement l'apanage que de l'expérience et de la maturité ?

De semblables réflexions traversèrent l'esprit
d'Elspie, comme elle se tenait avec la petite Olivia
auprès de cette fenêtre où nous l'avons trouvée au commencement de cette histoire, la ber-
çant sur ses genoux, et méditant amèrement sur
son avenir. Cet avenir ne paraissait guère moins
sombre, si l'on avait égard aux circonstances extérieures ; mais un rayon d'espérance commençait à
poindre, et ce rayon provenait d'Olivia elle-même ;

en elle était quelque chose qui dépassait la compréhension d'Elspie. La vieille femme contemplait parfois avec un certain malaise cette petite fille douce,
silencieuse, qui jouait peu, qui n'avait pas besoin
d'être distraite comme les autres enfants, mais
qui pouvait rester assise pendant des heures entières à observer le ciel, la verdure, les arbres agités
par le vent ; on ne l'entendait pas rire, mais de temps
en temps elle souriait d'une façon particulière, qui
avait quelque chose de surnaturel, comme le disait
Elspie. Aussi la vieille Écossaise, originaire de ce
territoire mixte situé entre les Highlands et les
Lowlands, et qui unissait à la rigide dévotion de
cette dernière contrée beaucoup de superstitions
des montagnes, était-elle portée à croire par moments
que la petite fille était possédée par quelque esprit.
Mais ce ne pouvait être qu'un bon esprit, Elspie
en était bien convaincue : sa bien-aimée Olivia, si
patiente, si douce, si obéissante, n'était-elle pas plutôt un ange qu'un enfant de la terre ?

Ah ! si ses parents égarés pouvaient comprendre
cela ! Et pourtant, dans le secret de son cœur, Elspie
était presque heureuse qu'il en fût autrement : son
amour égoïste, passionné, aurait supporté difficilement qu'une autre affection, même celle d'un

père ou d'une mère, vint se placer entre elle et
l'enfant de son adoption.

Tandis qu'elle était plongée dans ses pensées, un
léger coup fut frappé à la porte, et la voix du capitaine Rothsay se fit entendre au dehors : oui,
c'était bien sa voix, si connue d'Elspie, cette voix
pleine de distinction, révélant un gentleman accompli, et à laquelle une forte émotion pouvait seule
ravir son charme habituel.

— Nourrice, je désire voir mademoiselle Olivia
Rothsay.

C'était la première fois que cette appellation cérémonieuse était donnée à la petite fille; c'était en
quelque sorte la reconnaître. Elspie l'entendit avec
joie et se hâta de répondre au capitaine Rothsay,
en le priant d'entrer.

Nous n'avons pas décrit le père d'Olivia ; peut-il
y avoir une meilleure occasion que celle qui se présente en ce moment? Disons donc que haute, souple,
sa taille dénotait maintenant une force musculaire
qui n'appartient pas à la première jeunesse ; c'était
celle d'un véritable hercule des montagnes. Son visage réunit les beautés et les défauts du type écossais, défauts qui cessent presque d'en être lorsqu'ils
reproduisent la physionomie nationale. Il a un œil

I.   5

d'aigle, les traits grands, la bouche comme taillée
dans du marbre ; il a le signe caractéristique de sa
race, les pommettes saillantes, et ce menton carré
qui, tout en détruisant la régularité des lignes,
donne au visage un caractère de mâle fermeté.

A mesure qu'il approche, il est facile de s'apercevoir que les traits du père se reflètent dans ceux
de son enfant. Tenez compte de la différence entre
la faiblesse et la force, entre la beauté virile et une
délicatesse presque maladive, si vous le voulez,
mais la ressemblance n'en sera pas moins frap-
pante. Elspie ne manqua pas de le remarquer.

Olivia regardait les nuages, son petit menton
appuyé contre l'embrasure de la fenêtre ; elle les
regardait avec tant d'intensité, qu'elle ne paraissait
entendre ni la voix, ni les pas de son père. Elspie
fit signe à ce dernier, de marcher doucement et tous
deux s'avancèrent vers l'enfant.

— Ne voyez-vous pas, capitaine Angus, murmura
la nourrice, que c'est votre bonne figure ? oui, et celle
de votre mère aussi ; vous vous la rappelez encore,
n'est-ce pas ?

Le capitaine Rothsay ne répondit rien, mais regarda avec attention sa fille ; elle, alors, en se retournant, rencontra ses yeux. Il y avait quelque

chose qui la toucha dans leur expression, car une
légère rougeur vint couvrir ses joues, elle sourit,
tendit vers lui ses petites mains, et s'écria : « Papa ! »

Comme Elspie se félicita de ce que son enseignement avait fait, de l'image du père absent, une
image adorée pour l'enfant !

Au son de cette voix, le capitaine Rothsay sortit
de sa rêverie : l'accent, le mot, tout brisa le charme
fatal ! Il se rappela qu'il était père, non du beau
petit ange rose qu'il s'était figuré, mais de cette
pauvre petite fille difforme. N'était-il pas un de ces
hommes chez lesquels le sentiment sérieux du devoir tient la place des plus aimables vertus ? Il avait
résolu de faire son devoir, il était venu pour le
remplir ; il n'y avait plus à reculer. Aussi, il prit
les deux petites mains de l'enfant, les joignit dans
les siennes et dit :

— Votre papa est content de vous voir, ma petite.

Puis il retomba dans le silence.

Elspie en profita pour offrir un fauteuil au capitaine Rothsay, et Olivia, se glissant sans bruit de son
siége, vint se placer devant lui. Il ne parut pas vouloir reprendre les petites mains de l'enfant, mais
il ne les repoussa pas non plus quand Olivia, les
posant timidement sur ses genoux, fixa son regard

interrogateur, tantôt sur Elspie, tantôt sur son père.

— Que veut-elle dire? demanda le capitaine.

— Pauvre innocente! je lui ai dit que quand son père reviendrait, il la prendrait dans ses bras et l'embrasserait.

M. Rothsay jeta un regard irrité autour de lui, mais se remettant aussitôt, il dit :

— Votre nourrice a raison, ma chère.

Alors, s'arrêtant un instant comme pour s'armer du courage nécessaire à l'accomplissement d'un devoir qui lui répugnait visiblement, il prit sa fille sur ses genoux et lui donna un baiser, un seul ; mais elle, se rappelant les instructions d'Elspie, et poussée d'ailleurs par sa nature aimante, s'attacha à Angus de ses deux petits bras et lui rendit son baiser avec usure. Le père fut ému. Qu'y a-t-il de plus doux au monde que la caresse, le baiser spontané d'un jeune enfant?

Il commença à lui parler alors avec un peu d'embarras, de gaucherie, mais pourtant sans se décourager, puis, la posant à terre :

— Allons, dit-il, cela suffit quant à présent, petite... — Quel est ton nom !

— Olivia Rothsay !

— Ah! je me rappelle, en effet! Le nom, au moins, était vrai!... Et paraissant évidemment soulagé, il se dirigea vers la porte.

— Est-ce que papa s'en va déjà? demanda Olivia avec un regard inquiet.

— Oui, mais il reviendra demain.

— Une fois par jour, cela suffira, dit-il comme se parlant à lui-même; et pourtant, quand Olivia présenta sa joue pour un autre baiser, il ne put le refuser.

— Sois sage, mon enfant, et dis ta prière tous les soirs; aime bien ta nourrice Elspie.

— Et papa aussi, n'est-ce pas?

Il parut en proie à un violent combat intérieur, et ce fut avec un effort visible qu'il répondit :

— Oui, aime aussi ton papa.

Ensuite le capitaine ferma brusquement la porte derrière lui, et bientôt Elspie l'aperçut marchant à pas précipités le long de la magnifique promenade qui entoure le pied du rocher sur lequel s'élève le château. La vieille femme resta longtemps à la fenêtre, le suivant des yeux, puis termina ses réflexions par sa phrase favorite :

— Dieu nous garde! tout finira bien, vous verrez!

Pauvre âme, humble et honnête !

CHAPITRE VI

Le retour du mari et du père avait dû nécessairement produire un changement considérable dans le petit établissement de Stirling. Une maison qui n'a été longtemps composée que de femmes se ressent jusque dans ses fondements de l'intrusion de quelques représentants du plus noble sexe.

Dès le premier matin où l'on entendit résonner continuellement la sonnette, craquer les bottes sur l'escalier, la gloire du sexe féminin fut éclipsée ; son commode laisser-aller, ses règlements faciles, son indifférence totale pour toute exactitude, prirent fin du même coup. Désormais il devenait impossible à madame Rothsay de s'abandonner à sa paresse ; à l'avenir plus de déjeuner au lit, plus de furtives apparitions au salon en papillotes ; les visites cancanières et interminables de ses mille et une connaissances

allaient se changeant en de cérémonieuses entre-
vues, où le fantôme refrigérant du mari apparaissait, fronçant les sourcils dans son coin et étouffant tout vain bavardage. Le système favori de
Sybil, ce système qui consistait à tuer le temps
par des occupations variées, aussitôt abandonnées
qu'entreprises, soit à la maison, soit au dehors,
fut brusquement aboli désormais. Il lui fallait apprendre à remplir ses devoirs de femme soumise,
toujours prête à répondre à l'appel de son mari et
attentive à ses moindres désirs.

Au premier abord, cette nouvelle vie épouvanta
Sybil. Chose monstrueuse! le capitaine n'avait-il
pas exigé qu'on lui servît chaque jour, à heure
fixe, un dîner bien préparé, sans l'ennuyer d'a-
vance en lui demandant « ce qu'il désirait pour son
dîner? »

Il écouta bien une fois ou deux avec patience
les récits de différentes petites misères domestiques,
puis il pria poliment sa femme de vouloir bien dorénavant renfermer ces détails dans sa cuisine, requête devant laquelle la pauvre madame Rothsay se
retira tout en larmes. Le capitaine exprima le désir
qu'elle restât à la maison le soir pour lui verser son
thé, lui faire la lecture ou écouter celle qu'il ferait

lui-même. Cette tâche, de toutes celles qu'elle avait
à accomplir, était la plus dure pour Sybil, car, si
agréable que fût la voix de son mari, il lui était impossible de s'intéresser aux livres ennuyeux qu'il
lui lisait, et fréquemment il lui arrivait de s'endormir. Le capitaine, alors, s'interrompait brusquement, paraissait contrarié, quelquefois même triste,
puis invariablement, peu d'instants après, il lui
allumait sa bougie, en lui insinuant doucement
qu'il était temps de se retirer. Bien avant dans la
nuit, lorsque Sybil se réveillait, elle entendait son
mari aller et venir dans le salon, ou tisonner sans
discontinuer, comme un homme qui est forcé de
faire du feu son seul compagnon.

Alors le cœur aimant, mais léger, de la jeune
femme se gonflait de regret et de tristesse; l'image
de son mari, qui s'y reflétait autrefois sous de si
brillantes couleurs, commença à pâlir; le véritable
Angus n'était plus celui de son imagination; si
heureux qu'eût été son retour à la maison, il n'a-
vait cependant pas été tout ce qu'elle avait attendu;
autrement comment se faisait-il qu'au milieu de
toute sa reconnaissance envers Dieu pour ce retour,
elle songeât si souvent au passé avec regret, et à
l'avenir avec inquiétude, presque avec effroi?

C'était quelque chose de fort nouveau pour Sybil que de réfléchir. Quel que fût le sujet de ses réflexions, cela lui fut bon en dépit d'elle-même.

Tandis que, chez les parents, ces éléments confus de douleur future se décomposaient avant de germer, le petit bourgeon abandonné, méconnu, qui avait surgi à leurs pieds, végétait de sa même vie monotone et négligée. Olivia Rothsay avait atteint sa cinquième année, croissant à peu près comme la primevère de la forêt solitaire, dont nul, excepté Dieu, ne sait pourquoi ni comment elle existe. Que le ciel s'en occupât et y prît garde, c'était bien évident par le charme qui, jour après jour, venait embellir cette pauvre petite fleur délaissée sur le bord du chemin; il viendrait sûrement un temps où l'on respirerait son doux parfum.

Le capitaine Rothsay tint fidèlement la résolution qu'il avait prise, de visiter au moins une fois par jour sa fille dans la nursery. Peu à peu, la visite de quelques minutes qu'il lui accordait s'allongea sensiblement; il lui arriva plus d'une fois de rester presque une heure auprès d'elle, écoutant avec intérêt les détails qu'Elspie lui donnait de sa bien-aimée et les éloges qu'elle en faisait. La bonne femme allait bien un peu loin, en vantant la beauté de ce maigre vi-

5.

sage d'enfant, affirmant qu'Olivia avait tous les
traits d'une véritable Rothsay ; mais, sur ce point, le
père lui coupait invariablement la parole, et, avec
un regard froid et digne, il ajoutait :

— Si vous le voulez bien, nous laisserons ce
sujet de côté, ma bonne Elspie.

Néanmoins, guidé par le sentiment rigoureux
de ses devoirs, M. Rothsay traitait son enfant avec
la plus grande bonté et la plus grande douceur,
et son influence toute-puissante obtint de sa femme,
jusqu'alors si indifférente, la même considération.
Il se pouvait aussi que chez Sybil, par suite de sa
nature capricieuse, changeante, le cœur insensiblement refroidi de la femme eût éveillé celui de la
mère ; Sybil s'étonnait alors des retours de tendresse passionnée que provoquaient chez son enfant
les expressions à peine définies de la sienne.

Pendant quelques mois encore après le retour du
capitaine Rothsay, la petite famille vécut dans la
vieille maison retirée sur la colline de Stirling. L'u-
niformité de son existence n'était guère rompue de
temps à autre que par les courtes absences de son
chef, qui avait, disait-il, des «affaires » au dehors de
la ville. Le mot « affaires » inspirait à Sybil tant de
répugnance, sinon d'horreur ; il sonnait si mal

à ses oreilles, qu'elle n'adressait aucune question au capitaine Rothsay à cet égard ; et, de son côté, son mari ne lui communiquait aucun renseignement. De fait, il n'avait pas l'habitude d'en donner à personne sur ces matières, qu'on l'interrogeât ou non.

Un jour, comme il était assis après dîner entre sa femme et sa fille, — il ordonnait toujours que « mademoiselle Rothsay » fût amenée à ses parents au dessert, — Angus fit cette observation inattendue :

— Ma chère Sybil, j'ai à vous consulter sur un sujet de quelque importance.

Sybil leva la tête avec un petit air de surprise naïf :

— Me consulter, moi ? Ah ! Angus, je vous en prie, ne venez pas me rompre la tête de quelqu'une de vos ennuyeuses affaires d'argent ; vous savez que je n'y puis rien comprendre.

— Je n'ai jamais cru un instant que cela vous fût possible ; d'ailleurs, vous m'avez dit vous-même que vous ne vouliez pas en entendre parler ; aussi, convenez, ma chère, que je ne vous en ai jamais beaucoup fatiguée, répondit M. Rothsay avec une légère nuance d'ironie ; mais cette impression s'évanouit dès que Sybil, s'élançant de son siége, vint s'asseoir à ses pieds sur un tabouret, dans une atti-

tude d'attention jouée. Il caressa doucement et en
souriant ses beaux cheveux. Il était toujours son
mari, après tout, et n'était-elle pas un charmant
jouet, bien capable de remplir le vide d'une heure
de loisir? Un jouet! ah! pourquoi toutes les femmes ne se rendent-elles pas compte du sens complet de ce mot? Un jouet! une chose pour laquelle
on a soupiré, qu'on a arrachée à quelque rival, que
l'on a caressée, dont on s'est ensuite fatigué, que l'on
a négligée, puis dédaignée. Ah! pourquoi toute
femme ne comprend-elle pas que sa destinée dépend
moins de ce que son mari fait d'elle que de ce
qu'elle fait de lui!

    —Allons, Angus, commencez; je suis tout oreilles.

    Le capitaine jeta un regard sur Olivia et parut
hésiter à parler devant elle. L'enfant était assise
sur sa petite chaise, à l'autre extrémité du salon,
avec son petit air sérieux; elle avait devant elle un
plat de prunes rouges qu'elle ne songait pas à manger, mais avec lesquelles elle jouait, les arrangeant
sur des feuilles vertes de mille façons gracieuses,
se souriant à elle-même lorsque le soleil du midi,
glissant à travers la sombre croisée, venait teinter
les fruits des plus riches couleurs.

    — Renverrons-nous Olivia? demanda sa mère.

— Non, qu'elle reste ; elle n'est d'aucune importance.

Et les parents, regardant le pâle et intelligent visage de leur enfant, se sentirent repris dans leur
conscience. Ils soupirèrent peut-être tous deux.
L'auraient-ils aimée, si sa vue n'eût réveillé dans le
cœur de la mère un sentiment de honte et dans
celui du père le pénible souvenir d'une récente dissimulation ?

— Sybil, dit enfin le capitaine Rothsay, ce que
j'ai à dire est simplement ceci : dans combien de
temps croyez-vous être prête à quitter Stirling?

— Quitter Stirling !

— Oui, j'ai loué une maison ailleurs.

— En vérité! et vous ne m'en avez rien dit? répliqua Sybil d'un ton mécontent.

— Voyons, ma petite femme, soyez raisonnable.
Vous savez que vous ne voulez jamais entendre parler d'affaires ; je vous prends au mot. De quoi vous
plaignez-vous donc?

Elle se plaignit néanmoins, moitié grondant,
moitié plaisantant; elle trouva contre le plan proposé une foule d'objections et, pendant cinq minutes, ses divagations puériles ne permirent pas à
son mari de placer une parole. Au fond, Sybil

n'avait aucune bonne raison à faire valoir, si ce
n'est l'ennui de penser d'avance à ce changement;
seulement elle trouvait juste de défendre ses pré-
rogatives conjugales.

Angus l'écouta dans un silence absolu. Lorsqu'elle eut fini, il dit avec calme :

— C'est entendu, Sybil, nous quitterons Stirling dans un mois, à partir de ce jour. J'ai décidé
que nous irions vivre en Angleterre. Old-Church
est une ville très-agréable, et je ne mets pas en
doute que vous ne trouviez Merrivale-Hall une charmante résidence!

— Merrivale-Hall !... Allons-nous vraiment vivre
dans un domaine à nous? s'écria Sybil en frappant
dans ses mains avec une joie enfantine; mais tout
aussitôt elle changea de visage. Vous vous moquez
de moi, Angus, j'en suis sûre, dit-elle. Je ne
connais rien aux affaires d'argent, mais je sais que
nous ne sommes pas assez riches pour habiter ou
posséder un château.

— Nous ne l'étions pas assez, mais tout est changé
maintenant; je suis heureux de vous l'apprendre,
répondit le capitaine Rothsay d'un air de triomphe.

— Nous sommes riches, très-riches, et vous ne
me l'aviez pas dit?

Et Sybil laissa tomber ses mains sur ses genoux
avec une expression où il était difficile de savoir ce
qui prédominait, ou de la colère, ou de l'amour-
propre blessé.

Angus parut ennuyé.

— Ma chère Sybil, écoutez-moi avec calme, oui,
avec calme, si toutefois cela vous est possible, reprit-il en voyant que sa femme changeait de couleur
à tous moments et que ses lèvres tremblantes mena-
çaient de livrer passage à une explosion de reproches.

— Quand je quittai l'Angleterre avec vous, on
m'accusa d'avoir enlevé une héritière; cela n'était
pas, car vous étiez infiniment moins riche que le
monde ne le croyait et j'aimais ma jolie Sybil
Hyde pour elle-même, non pour sa fortune; toutefois je ressentis vivement cette accusation, et après
m'être séparé de vous, je résolus de ne jamais revenir qu'en possession d'une fortune considérable
et qui me fût personnelle. Cette fortune, j'ai réussi
à l'acquérir; n'en seriez-vous pas heureuse, Sybil?

— Heureuse!... heureuse qu'on m'ait tenue dans
l'ignorance comme une enfant, comme une personne sans raison! Non, ce n'est pas là un traitement convenable pour votre femme, Angus!

Et Sybil, avec vivacité, repoussa son mari qui, de son bras, comme d'un muet pacificateur, cherchait à entourer sa taille.

— C'est bien maintenant que vous vous montrez une enfant, répondit Angus. Si j'ai agi ainsi, c'était par affection, par amour pour vous; que vous le croyiez ou non, tel a été mon motif : je ne voulais pas que vous fussiez instruite, préoccupée de mes efforts, de mes peines, de mes travaux. Le but atteint, la récompense obtenue, cette richesse n'était-elle pas toute pour vous?

— Non, non, ce n'était pas pour moi.

— Je vous en prie, Sybil, écoutez la raison, reprit son mari d'un ton tranquille, presque insouciant, qui, employé vis-à-vis d'une femme aux sentiments vifs et passionnés, n'était propre qu'à jeter de l'huile sur le feu.

— La raison! belle raison, vraiment! Ainsi, depuis quatre ans vous rouliez sur l'or, tandis que votre femme et votre enfant... O Angus!

Et les larmes de Sybil commencèrent à couler.

Le capitaine Rothsay tenta d'abord, par des explications et par quelques caresses, d'arrêter ce torrent de mauvaise humeur et de reproches; mais toutes ses paroles furent ou mal comprises, ou mal

interprétées. Sybil ne voulut rien entendre, sinon
qu'il l'avait négligée, méconnue, trompée. A ce dernier mot, son mari se leva d'un air sévère.

— Madame Rothsay, que dites-vous? Qui donc a
été trompé de nous deux?

Et, en parlant ainsi, il désignait la petite Olivia.
Celle-ci était toujours assise à quelque distance;
mais ses gracieux jouets, les fruits, s'étaient échap-
pés de ses mains. Ses grands yeux, si doux, paraissaient dilatés par une telle expression de terreur et
d'étonnement, que ses parents, dans cet instant,
auraient voulu fuir de devant elle. Ne semblait-il
pas, en effet, que ce regard inconscient de l'enfant venait les frapper comme le reproche de quelque ange d'innocence descendu d'un monde plus
pur?

Un profond silence suivit les paroles d'Angus.
La petite fille, profitant de ce calme, se glissa doucement jusque devant ses parents et, étendant ses
petits bras vers eux avec ses yeux pleins de larmes,
elle s'écria dans son joli langage enfantin :

— Olivia n'a rien fait de mal... Papa et maman
ne sont pas fâchés contre la pauvre petite Olivia?

A cet accent, à l'expression touchante de ce visage, une pensée étrange traversa comme un éclair

le souvenir de Sybil : pour la première fois, elle
trouva à sa fille une ressemblance avec l'ange de
son rêve. Presque avec colère, elle repoussa cette
pensée importune, mais en vain. Alors, se baissant
vers l'enfant, Sybil la saisit dans ses bras et la
serra sur son cœur, comme entraînée par un irrésistible élan.

— Il vaudrait mieux envoyer l'enfant se coucher,
dit le capitaine Rothsay d'un ton froid.

Olivia fut emportée doucement, dans les bras
de sa mère.

Lorsque Sybil reparut, sa mauvaise humeur
était dissipée ; mais un sombre nuage couvrait encore son front. Elle fit tranquillement le thé pour
son mari, essaya une ou deux fois d'entamer des
sujets indifférents, tentatives auxquelles le capitaine
Rothsay donna peu d'encouragement. Enfin, avant
de se retirer, elle se rapprocha de lui et lui dit timidement :

— J'espère, Angus, qu'il n'y a pas de querelle
entre nous ?

— Pas la moindre, ma chère, répondit celui-ci
indifférent, comme s'il était impossible qu'il pût
être offensé par de pareilles puérilités ; seulement
nous ne discuterons plus de choses sérieuses ; les

femmes ne peuvent jamais raisonner tranquillement... Bonne nuit, Sybil!...

Il leva imperceptiblement la tête, afin qu'elle pût
lui donner le baiser accoutumé. Sybil le lui donna,
mais ne put réprimer un soupir.

Angus ne parut pas faire grande attention à l'un
ni à l'autre; il était plongé dans la lecture d'un
grand in-folio, un *Commentaire sur les Proverbes;*
car c'était le dimanche soir. Plus d'une heure encore il médita sur le dernier chapitre de ce livre, et
en particulier sur ces passages :

« Qui est-ce qui trouvera une vaillante femme?

« Son prix surpasse de beaucoup celui des perles.
Le cœur de son mari s'assure en elle et il ne man-
quera point de dépouilles... Elle ouvre la bouche
avec sagesse et la loi de la charité est sur sa langue. »

Enfin, le capitaine Rothsay ferma le livre, posa
ses mains dessus et soupira... Oh! quel soupir!
Cette nuit-là il ne gagna sa couche que longtemps
après que sa jeune femme, en proie à l'insomnie,
ballottée entre les pensées de repentir et les meil-
leures résolutions pour l'avenir, se fut enfin endormie dans la lassitude de ses larmes et de son chagrin.

CHAPITRE VII

N'est-il pas vrai que lorsque nous regardons en arrière, vers ces paisibles années de l'enfance qui s'écoulent si calmes, si monotones, — et par l'enfance nous voulons désigner cette période composée d'à peu près sept ans, placée entre la sortie des bras de la nourrice et l'éveil de la dignité chez la jeune fille, — n'est-il pas vrai que ces années ressemblent à un paysage enveloppé de brouillard, dont quelques points saillants se détachent seuls de l'ensemble vaporeux? Alors, les champs nous paraissaient plus vastes, le ciel plus bleu; les personnes, les lieux, les événements étaient pleins d'une mystérieuse importance, et quand nous y pensons plus tard, quand ces noms familiers viennent à être répétés devant nous, quelque chose de ce monde fantastique s'attache encore à eux comme du temps

où nous voyions les arbres marcher et vivre
comme les hommes.

L'enfance d'Olivia se passa dans les lieux désignés
par son père. Merrivale ! Old-Church ! quels échos
ces noms vinrent éveiller plus tard dans le cœur
d'Olivia ! C'était pour elle comme revivre dans cet
heureux temps du rêve qui marquait alors son
existence ; son jour de fête, les jouets de Noël, la
première perce-neige trouvée dans le jardin, la
première marguerite dans la prairie, tels furent
les événements qui formèrent toute la chronique de
son enfance.

Cette période fut cependant traversée par plus
d'un incident remarquable, par plus d'un chagrin
qu'elle était trop jeune pour observer ou ressentir
vivement : tout cela passait au-dessus de sa tête
comme des nuées d'orages sur la fleur sûrement
abritée et qui ne s'en aperçoit guère que par l'ombre momentanée qu'il projette sur elle. Une fois, —
c'était le premier été qu'on passait à Merrivale,
—l'enfant remarqua combien tout le monde était content et comment papa et maman étaient maintenant toujours ensemble, comment ils lui parlaient
plus affectueusement que de coutume. Elspie lui
expliqua la cause de ce changement : ce qui

rendait M. et madame Rothsay si heureux, et Olivia devait l'être aussi, c'est que Dieu allait bientôt lui envoyer un tout petit, tout petit frère ; un
de ces jours, elle le trouverait dans le joli berceau
qu'Elspie lui montra, préparé pour le recevoir.

Dès lors la petite fille alla chaque matin regarder
dans le berceau, mais toujours en vain, jusqu'à ce
qu'enfin la nourrice lui dit qu'il était inutile d'aller
davantage chercher le petit frère, parce que Dieu
l'avait repris presque aussitôt après l'avoir donné.
Olivia fut fort désappointée et elle se hâta de descendre vers son père pour lui raconter son chagrin ;
mais il la renvoya en colère vers sa nourrice et
pendant longtemps elle considéra le berceau vide
avec un mélange enfantin de regret et de terreur.

Un jour vint où elle ne le trouva plus vide.

Jamais la petite fille réfléchie de sept ans n'oublia l'impression que lui causèrent un matin, à son
réveil, les cloches de Old-Church sonnant à toute
volée. Les servantes lui dirent en souriant que
c'était en l'honneur du petit frère qui était enfin
venu. On lui permit de le baiser ; elle passa la
moitié de sa récréation à le regarder dormir, à examiner avec admiration et étonnement la petite
figure délicate, les petites mains maigres et mi-

gnonnes. Ensuite on lui défendit d'en approcher ;
quelques jours de plus, et Elspie lui montra, dans
le cimetière, un petit monticule de gazon, en lui disant que c'était là dorénavant le berceau de son petit frère ! Pauvre Olivia ! elle ne connut des doux
liens de la famille que ce jour fugitif de silencieuse
contemplation et le petit monticule verdoyant. Dans
le cimetière fut la seule trace que le petit frère laissa
après lui.

A partir de cette époque, il survint, dans toute la
maison, un changement graduel dont se ressentit
aussi l'existence d'Olivia. Désormais, plus d'heures
tranquilles, après dîner, son père occupé à lire, sa
mère à quelque ouvrage à l'aiguille ou étendue sur
le sofa dans une délicieuse oisiveté ; tandis qu'Olivia à laquelle on faisait peu attention, mais qui était
traitée avec bonté par ses parents, était assise sur
le tapis, jouant avec le chat ou absorbée dans quelque vague rêverie, suscitée dans son imagination
enfantine par la flamme du foyer. Plus d'orgueilleuse joie, lorsque le dimanche après midi, admise
sur les genoux de son père, elle lisait les lettres
dans la grande Bible de famille et se faisait un immense bonheur de ce qui n'était pour le capitaine
qu'un devoir et une sorte de formalité à remplir.

Ces joies enfantines s'évanouirent les unes après les autres, elle ne sut trop comment. Elle ne vit plus son père qu'à de rares intervalles ; il vivait très en dehors de chez lui, et la tranquille maison qu'elle aimait à parcourir devint le rendez-vous de nombreux visiteurs pour lesquels sa jolie maman était un centre d'attraction et de plaisir. Olivia était reléguée dans sa « nursery, » et le reste de son enfance, depuis l'événement que nous venons de mentionner, ne s'écoula plus, en compagnie d'Elspie, que comme un long rêve solitaire.

Dans ce rêve, comme dans un clair transparent, venaient s'imprimer toutes les scènes au milieu desquelles elle vivait. C'était d'abord le château, situé sur une éminence et dominant une vue qui avait son caractère et sa beauté particulière, si l'on considère que Merrivale était placé sur les confins d'un district manufacturier, d'une part, et, de l'autre, d'une riche contrée agricole ; puis les usines, avec leurs feux rouges qui s'élevaient de la terre dans la brume du soir et éclairaient tout l'horizon, semblables à des yeux flamboyants et toujours ouverts tant que durait la nuit. Comme ces spectacles paraissaient étranges à la rêveuse enfant et allaient hanter mystérieusement sa jeune imagination ! Venait ensuite la ville d'Old-Church. Comme elle la distingua de toute autre ville plus tard! elle lui apparaissait comme un lieu fantastique, et pourtant si réel, si distinct! Elle revoyait le vieux château sur la colline et la petite île au milieu du vaste étang qui avait autrefois servi de fossé et de défense à la forteresse. Elspie, qui faisait peu de cas des traditions historiques, ne manquait pas de dire que ce château ne méritait pas seulement d'être mentionné à côté de celui de Stirling, si grand, si magnifique. Ce n'était plus qu'une ruine, et quoique Olivia eût lu dans l'histoire d'Angleterre le nom d'Old-Church et qu'elle y eût appris que John Gount l'avait autrefois construite, Elspie ne voulait pas en entendre parler et cherchait continuellement à imprimer à l'enfant un sentiment de vive admiration pour son pays natal. Il en résulta pour Olivia qu'à mesure qu'elle avança dans la vie, le souvenir des lieux où s'était écoulée son enfance lui paraissait certainement plein de charmes, de poésie, mais qu'elle se rappelait l'Écosse comme une vision du paradis. On aurait dit que l'ombre des montagnes au pied desquelles elle était née devait planer doucement sur toute son existence, influencer ses idées, son caractère, en un mot toute sa destinée.

Old-Church exerça pourtant sur son esprit une
curieuse fascination; elle ne l'oublia jamais. Il y
avait les deux grandes rues High-Street et Batcher-
Row, se coupant l'une l'autre en forme de croix; il
y avait les deux églises, la vieille toute sombre et
d'architecture normande, avec son cimetière à revenants, la nouvelle tout étincelante de blancheur, entourée d'un agréable jardin, au milieu duquel, sous
un parterre de fleurs, était la tombe du petit frère;
il y avait les deux boutiques, les seules qu'Olivia
connût, celle du confiseur où elle faisait de fréquentes visites au moment de la foire, et celle du
libraire où elle traînait sa nourrice sous le plus léger prétexte, afin d'en sonder les innombrables
trésors.

Par-dessus tout elle se rappela l'aspect extraordinaire qu'offrit la ville un certain jour : c'était celui
d'un couronnement, la plus grande fête à laquelle
assista son enfance. Un roi était mort et avait été
enterré. Olivia vit la chaire tendue de noir; elle
entendit le service funèbre qui fut solennellement
célébré le soir. Le lendemain, un autre roi fut pro-
clamé et Olivia se réjouit du spectacle des feux de
joie et des moutons rôtis. Innocente enfant! elle ne
savait rien du monde, ni de ses destinées; elle ne

sut qu'une chose, c'est qu'elle se leva de bonne heure au son des cloches joyeuses, qu'on lui mit une belle robe blanche toute neuve et qu'on la mena par la ville; parée aussi, elle, d'arcs de triomphe, de fleurs et de processions. Comme elle se chauffait au soleil et écoutait les acclamations de la foule et le *God save the king!* Elle se sentit si royaliste que, dans son enthousiasme, elle fondit en larmes.

Tels furent à peu près les seuls liens qui unirent Olivia au monde extérieur; elle demeurait habituellement dans un petit éden qui était tout à elle et dont les limites étaient rarement franchies, soit par la joie, soit par la douleur.

On ne pourrait dire de l'enfant qu'elle fût ni abandonnée, ni maltraitée par ses parents : loin de là ; mais elle ne connut jamais cette plénitude de tendresse qui fait que l'on dit plus tard dans la vie, en poussant un soupir : « Oh! j'étais vraiment une heureuse enfant. » Son jeune cœur ne fut pas positivement comprimé dans ses épanchements, mais il contenait un monde d'affections latentes qui, n'étant jamais réclamées, s'exhalaient en toutes sortes de fantaisies bizarres. Elle aimait toutes les fleurs des champs, tous les oiseaux de l'air; passionnée pour l'étude et la lecture, elle s'éprenait de ses auteurs favoris, admirait leurs caractères comme si c'étaient des personnages qu'elle eût réellement connus. Elle n'aurait pu parler à personne de poésie; elle en ignorait même le nom et l'existence. Et toutefois elle éprouvait une sensation étrange et délicieuse, lorsque, ayant surmonté les répugnances d'Elspie pour les pieds crottés et les champs boueux, elle l'entraînait, aux premiers jours du printemps, dans les prairies. Alors, elle ne pouvait s'empêcher de bondir de joie, cueillant toutes les marguerites qu'elle voyait, et comme hors d'elle-même à force de bonheur. Elle n'avait jamais entendu parler de Wordsworth; mais cependant, lorsqu'elle entendait la première note du coucou, elle pensait, avec ce poëte, que ce n'était pas un oiseau, mais bien une *voix errante*. Jamais la belle ode de Shelley n'avait résonné à son oreille et cependant jamais elle n'entendait le chant de l'alouette sans se dire que c'était l'esprit de l'air ou quelque ange glorieux qu'on entendait chanter aux portes du ciel. Plus d'une fois, il lui arriva de regarder attentivement les nuages, croyant voir ces portes prêtes à s'entr'ouvrir, et se demandant à quel endroit exact du ciel elles pouvaient bien être.

On ne lui avait jamais dit ce que c'était que l'art, et pourtant il y avait, dans la vue d'un beau soleil couchant, quelque chose qui faisait battre son cœur; dans les longues lignes de nuages, elle retrouvait les montagnes d'Écosse et son imagination y créait des palais de cristal pareils à ceux des contes de fées. Aucun être humain ne lui avait expliqué ces liens mystérieux qui rattachent le fini à l'infini; on ne lui avait pas dit comment, hors des illusions de la superstition antique, la foi et la science pouvaient évoquer les grands esprits du passé et pourtant, lorsqu'elle s'endormait chaque soir, elle croyait voir, que dis-je? elle voyait un ange qui veillait sur elle et qui planait au-dessus de son lit, en la regardant avec ses beaux yeux d'azur.

O sainte enfance! beau rêve d'inconsciente poésie, de pureté si parfaite, que tu ignores jusqu'à l'existence du péché, jusqu'à ta propre innocence! sainte enfance! tu t'écoules dans la paix, dans la solitude et le rêve; mais tu contiens les germes de toute la vie.

CHAPITRE VIII

Olivia Rothsay avait donc atteint l'âge de douze ans sans avoir jamais appris la signification du mot douleur ni de cet autre mot qui retentit sur toute l'étendue de la terre — la Mort! Il n'avait pour elle aucun sens ; elle savait qu'il existait quelque chose que l'on appelait ainsi; elle l'avait lu dans ses livres; elle avait vu, senti son ombre glacée passer sur son front, lorsqu'elle trouva le berceau du petit frère vide. Toutefois, jamais la mort ne lui était apparue dans sa réalité et ne lui avait dit : « Regarde, c'est moi! » Le cercle de ses affections était si étroit, qu'on aurait dit que l'effrayant spectre le dédaignait ; elle l'apercevait de loin, il est vrai, dans ses rêves poétiques, mais c'était paré d'une douleur imaginaire qui avait une singulière beauté. N'était-il pas doux d'être triste, doux de pleurer? Elle alla même jusqu'à se créer des chagrins délicieux. Ainsi, lorsqu'une jeune fille, dont elle avait admiré la beauté à l'église, mourut, Olivia devint pensive et triste ; elle prit un plaisir mélancolique à se dire qu'elle avait maintenant dans le nouveau cimetière une tombe sur laquelle elle avait le droit d'aller pleurer.

Telles furent les dispositions d'esprit d'Olivia Rothsay. A cet âge, la mélancolie et la beauté l'attiraient également. D'une nature réfléchie, elle n'avait aucune jeune compagne qui vînt éveiller sa gaieté ; elle possédait néanmoins, au milieu de sa mélancolie, un calme, une sérénité qui faisait penser à tous ceux qui la voyaient que la Providence l'avait douée d'un caractère bien approprié à sa situation. Ne valait-il pas mieux pour elle qu'elle fût préparée à la solennité, au sérieux de sa destinée? qu'elle aspirât plutôt à la souffrance qu'au plaisir?

Mais il était temps, après ces douze années d'ignorance des peines de la vie, que l'enfant reçût la première et amère leçon.

Le trait l'atteignit à travers le cœur fidèle d'Elspie, ce cœur sur lequel elle s'était toute sa vie reposée, sur lequel elle se reposait encore avec l'aveugle sé-

curité de la jeunesse, qui croit que tout ce qu'elle
aime est immortel!... Qu'Elspie pût vieillir, c'était
un événement relégué dans un obscur avenir : mais
qu'Elspie pût être malade ou mourir, cette pensée
n'avait jamais traversé l'esprit d'Olivia.

Un automne, vers la chute des feuilles, la vieille
femme, jusqu'alors si saine et si vigoureuse, tomba
malade et, pendant plusieurs jours, fut forcée de
garder sa chambre. Olivia, quoique affligée du présent, ne songea pas un instant à l'imminence d'un
malheur ; elle soigna sa nourrice avec tendresse et
enjouement, montrant la maturité d'une petite femme
dans toutes sortes de services ingénieux qu'elle lui
rendait, appréciant même beaucoup la tranquillité
de la chambre de la malade.

C'était une saison de plaisir pour ses parents ; le
château était plein de visiteurs , si bien qu'Elspie
et sa bien-aimée, qu'on laissait d'ailleurs volontiers
ensemble, furent alors complétement abandonnées à
la société l'une de l'autre. Personne ne s'aperçut que la
nourrice était souffrante, ou du moins on mit son in-
disposition sur le compte de la faiblesse inhérente à la
vieillesse ; d'ailleurs Elspie, elle-même, ne proféra
aucune plainte. Une ou deux fois, lorsque Olivia
faisait tous ses efforts pour l'égayer, elle surprit les

regards de la nourrice fixés sur elle avec une ardente tendresse; puis, tout aussitôt, elle vit ces
regards se perdre dans une sombre rêverie, d'où il
fallut plus d'un baiser pour la tirer.

Une nuit, Olivia fut éveillée en sursaut par l'apparition d'une figure blanche qui se tenait debout près
de son lit; elle en aurait été effrayée, si Elspie, qui
dormait dans la même chambre qu'elle, n'avait eu
l'habitude de se lever plusieurs fois dans la nuit
pour venir la regarder, et sans doute c'était là son
but dans ce moment.

— Retourne te coucher, ma chère nourrice, je
t'en prie, s'écria avec anxiété Olivia : quelle imprudence de te lever ainsi! Serais-tu plus mal?

— Oui, oui, peut-être ; ne crains rien, ma
chérie, cela ira bien jusqu'au matin, répondit Elspie
d'une voix faible, en essayant de se mouvoir et en
s'appuyant sur le lit ; mais ses forces la trahirent
et, prise d'un étourdissement, elle tomba sur le
plancher.

— Je ne puis me relever, dit-elle, après un moment; viens, mon doux agneau, viens aider un peu
ta pauvre vieille nourrice!

Olivia s'élança aussitôt hors de son lit. En s'appuyant sur elle, et après quelques efforts, Elspie

fut reconduite vers le sien ; lorsqu'elle l'atteignit,
elle dit d'un ton inquiet :

— C'est singulier, bien singulier, je n'ai plus de
force.

— Ce n'est rien, bonne Elspie, tu es seulement
faible, parce que tu es malade ; mais tu iras mieux
bientôt, oh ! oui, bientôt.

— Ce n'est pas cela qui m'inquiète, reprit Elspie
en pressant les mains de son enfant dans les siennes,
et en la regardant fixement : Olivia, si tu allais perdre ta pauvre vieille nourrice ! si je m'en allais ?

— T'en aller... où ?

— Vers Dieu, répondit Elspie d'un ton solennel ;
je ne voudrais pas t'affliger, mais je suis sûre que
ma vie approche de sa fin.

Chose étrange ! Olivia ne se mit pas à pleurer,
comme plus d'un enfant sans doute l'eût fait à sa
place ; mais, à ces paroles, un frisson mortel parcourut tous ses membres ; néanmoins elle demeura
calme. Ne fallait-il pas épargner à Elspie toute émotion violente ? Olivia prit sur elle de ne montrer
aucun signe d'inquiétude ou de chagrin ; d'ailleurs
elle ne pouvait pas, elle ne voulait pas croire à une
chose aussi affreuse que la mort d'Elspie ; c'était
impossible.

— Il ne faut pas penser à cela, bonne nourrice, il ne faut penser qu'à te guérir; couche-toi et essaye de dormir, ajouta-t-elle.

Elle prononça ces derniers mots presque avec l'autorité d'une femme; Elspie céda machinalement. Olivia aurait voulu réveiller les domestiques, mais la malade le lui défendit expressément, et, suivant son désir, Olivia alla se recoucher. Bientôt Elspie l'appela de nouveau; c'était la coutume de l'enfant de se glisser dans le lit de sa nourrice dès qu'elle s'éveillait; mais le jour était encore bien loin lorsqu'elle dut obéir à ce faible appel.

— Mon enfant, viens auprès de moi, viens dans les bras de ta nourrice; il se peut que tu n'y sois pas bien longtemps, dit la vieille femme en serrant l'enfant contre son cœur avec une tendresse passionnée; puis, se tournant vers la muraille, elle tomba dans un pesant sommeil.

Olivia, elle, ne dormit pas; elle resta éveillée jusqu'à ce qu'il fît grand jour, comptant heure après heure et réfléchissant sur des questions bien étranges, bien profondes pour un enfant de son âge : réfléchissant à la mort et à l'éternité. Non, elle ne voulait pas croire aux paroles d'Elspie... Mais pourtant si elles étaient vraies, si sa nourrice allait mourir,

si c'était bien la dernière fois qu'elle se pressait
contre son cœur palpitant? Olivia lutta contre ces
terribles menaces, mais en vain; elles s'attachaient
à son esprit avec une effrayante obstination; ce
qu'elle avait entendu dire de la mort, du cercueil,
de la destruction, lui revenait à la mémoire avec
une saisissante clarté. Dans peu de semaines, dans
peu de jours peut-être, cette main qu'elle tenait dans
la sienne serait glacée, sans vie. Cette respiration
s'arrêterait; ce cœur, dont elle écoutait les faibles
pulsations, cesserait de battre; on emporterait sa
nourrice hors de ses regards, on l'enfermerait dans
une tombe, sous une pierre! Que deviendrait alors
Elspie, la tendre, la fidèle nourrice, celle qui ne
semblait vivre que pour l'aimer? On avait dit à Olivia
qu'à la mort, le corps seul était déposé dans le tombeau, tandis que l'âme montait au ciel pour être
avec Dieu; mais tout l'effort de son raisonnement enfantin ne pouvait se rendre compte de cette séparation.

Il était étrange qu'aimant Elspie comme elle
l'aimait, de telles pensées pussent traverser son esprit sans qu'elle en fût paralysée de terreur et
d'anxiété. Olivia était une singulière enfant, en vérité; il y avait dans sa jeune âme des profondeurs
que personne ne devinait.

Heure après heure, elle restait immobile, en proie à cet horrible cauchemar et à une sorte de fascination bizarre; elle frissonnait chaque fois que le silence de la nuit était rompu par le tintement régulier de l'horloge, qu'elle entendait en bas. Que ce pas des heures paraissait solennel et lent au milieu de la nuit, à celle qui veillait seule et si jeune! Combien elle soupirait après le matin! Et pourtant, lorsque l'aurore parut enfin, les objets semblèrent revêtir des apparences fantastiques sépulcrales; sa robe blanche, suspendue derrière la porte, lui fit l'effet d'un linceul dans lequel.... un frisson mortel la saisit à cette pensée; puis, au milieu de toutes ces émotions, elle ne pouvait s'empêcher de se demander avidement quelle forme visible pouvait bien avoir la mort.

Enfin, incapable de supporter davantage ce supplice, elle essaya de réveiller sa nourrice. A son attouchement, Elspie tressaillit et, dévorée d'une fièvre brûlante, elle saisit l'enfant dans ses bras en lui demandant qui elle était et ce qu'elle avait fait de sa petite Olivia.

— Mais je suis ta petite Olivia, nourrice, lui répondit l'enfant effrayée.

— En es-tu bien sûre? Eh bien, chérie, ne pleure

pas, murmura la pauvre Elspie, s'efforçant de lutter contre le délire qui s'emparait d'elle rapidement.

Sera-t-il bientôt jour, mon enfant? Oh! que j'ai
soif! Ma langue est attachée à mon palais.

— Je puis me lever et aller appeler les servantes;
mais ce sombre passage qu'il faut traverser.... O!
nourrice, j'ai peur!

— Ne te tourmente pas, mon enfant, prends
patience jusqu'au matin, répondit Elspie; puis elle
retomba dans son assoupissement.

Mais l'enfant ne put reposer. N'était-il pas cruel
de laisser ainsi sa pauvre nourrice dévorée par cette
soif ardente, plutôt que d'affronter quelques vagues
terreurs? Et si Elspie allait être longtemps malade,
si elle allait mourir, quel souvenir plein de remords
ne serait-ce pas pour elle?

Sans tarder un instant de plus, Olivia s'élança
hors du lit et, en tâtonnant, chercha son chemin
vers la porte.

Il est facile de rire des images terribles, que se
font les enfants, de revenants et de fantômes. Mais
ceux qui se rappellent leur propres impressions à
cet âge comprendront tout ce qu'il fallut à Olivia
d'héroïque courage, d'abnégation d'elle-même,
pour s'aventurer seule dans cette longue galerie,

toute peuplée, dans la pâle lueur du matin, de fantastiques apparitions. L'effroi de Dante dans la forêt
enchantée n'était guère plus grand que celui de la
pauvre petite Olivia, lorsque, d'un cœur tremblant,
elle se traîna dans l'obscurité de la galerie.

A moitié chemin, elle heurta la poignée froide
d'une porte et ne put réprimer un cri. Sans que
ses appréhensions prissent une forme positive, elle
se crut entourée d'objets effrayants. Aucun courage
humain ne pouvait lui donner la force de surmonter
l'épouvante qui la tenait immobile, glacée. Que
faire? Elle ferma les yeux et récita intérieurement
l'*Oraison dominicale*. A mesure qu'elle répétait :
« Délivre-nous du mal, » elle se sentait plus forte,
plus capable d'avancer. C'est alors que, pour la
première fois, entra dans son cœur le germe de
cette foi puissante « qui peut remuer les montagnes, » cette fervente hardiesse de la prière qui
appelle une réponse. Et qui pourrait affirmer que
dans ce moment l'ange de cette enfant, un de ces
anges dont les regards sont toujours fixés sur la face
de notre Père qui est dans les cieux, ne se tint pas
à ses côtés et ne lui révéla pas, comme à travers un
léger voile, les mystères de sa vie future?

Les pressentiments d'Olivia ne se réalisèrent que

trop ; jamais elle ne reposa plus sur le sein de sa vieille nourrice. Vers le milieu du jour, Elspie, dont la fièvre augmentait rapidement, tomba dans cette torpeur, dernier symptôme de la mort ; elle ne faisait plus aucune attention à l'enfant, qui allait et venait dans la chambre remplie de monde, ne parlant à personne, ne pleurant pas, ne tremblant plus, mais frappée comme d'une crainte solennelle qui donnait à toute sa contenance, à tout son extérieur, un calme céleste

— Il faudrait l'éloigner d'ici et la conduire à ses parents, dit le docteur à l'un des assistants.

Mais la mère était absente depuis la veille, le capitaine Rothsay depuis plus d'une semaine ; il n'y avait dans la maison que les domestiques, qui se contentèrent de la regarder et de dire : « Pauvre enfant ! » en la laissant agir à sa guise.

Olivia suivit le médecin, lorsqu'il descendit l'escalier.

— Va-t-elle mourir? demanda-t-elle en le touchant de sa douce petite main, douce, mais froide.

Le médecin tressaillit ; il regarda la petite créature, dont le visage avait une expression si peu enfantine ; il ne songea pas à lui caresser la joue ou à la traiter comme une enfant de douze ans ; mais il

lui répondit avec gravité, comme s'il avait parlé à
une personne raisonnable :

— J'ai fait de mon mieux, mais il n'y a plus de
remède ; dans trois heures, quatre au plus, tout
sera fini.

En achevant ces mots, il quitta la maison. Olivia
entendit le bruit des roues de sa voiture sur le gra-
vier ; bientôt ce son s'éteignit, et tout resta silencieux ; rien ne venait troubler la quiétude de cette
belle soirée d'octobre, si ce n'est le gazouillement
de quelques oiseaux. Olivia se tenait debout devant
la fenêtre du vestibule. Machinalement, elle leva
les yeux vers le couchant ; les nuages couraient
dans le ciel, formant de longs plis, tantôt d'un rose
pâle, tantôt d'un gris nacré. Sur la pelouse, les arbres étendaient leurs ombres ; derrière eux, se levait
la lune comme un globe de feu. Quelle beauté, quel
calme dans la nature ! Et pourtant dans la maison,
au-dessus d'elle, était — la Mort.

Olivia essayait de se faire à cette vérité terrible.
Elle se répétait à elle-même de temps en temps :
« Elspie va mourir ! Elspie va mourir ! » Et cependant elle ne pouvait encore y croire. Comment les
petits oiseaux pourraient-ils chanter au coucher du soleil, si Elspie allait mourir ? Enfin, le dernier rayon de

lumière s'évanouit de l'horizon. Olivia commença
à croire, à comprendre. La nuit et la mort lui semblèrent descendre en même temps sur la terre.

Soudain elle se rappela les paroles du docteur :
« Trois heures, quatre au plus, » avait-il dit.
Était-ce tout ? Et Elspie ne lui avait pas parlé depuis
le moment où elle s'était écriée qu'elle avait peur de
se lever dans l'obscurité. Elspie allait partir pour
toujours, sans qu'elle eût reçu un baiser, un mot
d'adieu de celle qu'elle avait tant aimée !

A cette pensée, Olivia, le visage inondé de larmes,
s'élança dans la chambre de sa nourrice. Plusieurs
femmes entouraient le lit de la mourante. La pauvre
femme était toujours plongée dans le même anéan-
tissement ; sans l'incarnat de la fièvre qui colorait ses
joues, sans sa respiration pénible, haletante, on aurait déjà pu la croire morte. Était-ce bien là Elspie ?
A ce spectacle, les larmes d'Olivia se tarirent. Les
domestiques voulurent alors l'entraîner loin de cette
lugubre scène ; mais elle murmura d'une voix sup-
pliante :

— Oh ! non, non, je vous en prie, laissez-moi
la regarder, laissez-moi encore toucher sa main !

Cette main pendait hors du lit, roidie, crispée,
une main de mourant. Olivia la toucha ; elle était

si froide, si froide ! A partir de ce moment elle sut ce
que c'est que la mort! Les servantes l'emportè-
rent évanouie.

Madame Rothsay revint enfin. Effrayée et affligée,
elle pleura sincèrement auprès du lit de mort de
sa fidèle domestique ; puis, s'occupant de sa petite
fille, elle la prit dans sa propre chambre, la coucha sur le sofa et la veilla avec tendresse. Olivia,
épuisée et à moitié insensible, entendit comme
dans un rêve sa mère demander à sa femme de
chambre :

— Vous viendrez m'avertir lorsqu'il y aura quelque chose de nouveau.

Quelque chose de nouveau? Quoi donc? le passage de la vie à la mort, de la terre au ciel!... Et
allait-il avoir lieu de suite? pourraient-ils dire le
moment où l'âme d'Elspie s'envolerait, pour être
au delà des étoiles ! La verraient-ils?

Telles étaient les pensées singulières qui flottaient
dans l'esprit de l'enfant. Puis, de ces aspirations
précoces vers l'infini, l'imagination d'Olivia se re-
portait vers les choses de la terre, et elle se représenta avec une curieuse exactitude ce qu'elle éprouverait le lendemain matin, lorsqu'elle s'éveillerait
et trouverait Elspie morte ; elle pensa à l'enterre-

ment. Comme la maison serait différente après !
Que ferait-on du chapeau noir et du châle d'Elspie,
que la pauvre nourrice avait suspendus elle-même
derrière la porte, il y avait deux jours, pour ne plus
jamais s'en servir?

Une longue crise de silencieuse douleur suivit
cette rêverie. Sa mère, la croyant endormie, restait
paisiblement assise à côté d'elle; mais, dans aucun
cas, Olivia n'eût songé à s'adresser à madame
Rothsay pour en être consolée. Si jeune qu'elle fût,
elle savait qu'elle devait supporter seule son chagrin, car personne ne pouvait la comprendre.

Pour la seconde fois dans cette journée, Olivia
songea à Dieu, non pas simplement à ce Dieu à qui
elle offrait ses prières quotidiennes et celles du dimanche, avec le pasteur, dans l'Église, mais à celui à
qui, en disant : « Notre Père! » elle pouvait exposer
ses besoins, et qui pouvait les exaucer! Tant il est
vrai que ce n'est que lorsque nous sommes seuls
sur la terre, que nous nous apercevons que nous
ne sommes pas seuls dans le ciel.

Olivia, étendue sur le canapé auprès de sa mère,
sans même se lever pour se mettre à genoux, pria
Dieu dans son simple langage, lui demandant qu'il
voulût bien la consoler quand Elspie serait morte,

lui enseigner à ne pas s'affliger, à rester bonne et
patiente, afin d'être admise un jour dans le ciel avec
sa chère nourrice, pour ne plus jamais s'en séparer.
Elle entendit la femme de chambre rentrer et parler
bas à sa mère; alors elle comprit que tout était fini ;
— qu'Elspie était morte. Mais, si profonde était la
paix qui s'était emparée de son âme depuis sa dernière prière, que cette nouvelle ne lui causa ni
frayeur ni angoisse.

— Olivia, ma chérie ! appela madame Rothsay,
accablée elle-même de douleur.

— Je comprends, maman, répondit-elle; maintenant je n'ai plus personne que vous pour m'aimer.

A ces paroles, madame Rothsay serra sa fille dans
ses bras avec une émotion singulière et se dit, avec
un tressaillement et une sorte de joie jalouse,
qu'Olivia était maintenant tout à elle.

—Où couchera mademoiselle Rothsay cette nuit?
demanda la femme de chambre, très-bas. Mais
Olivia l'entendit et fondit en larmes.

— Elle couchera auprès de moi. Ma chérie, ne
pleure pas ainsi ta pauvre nourrice. Est-ce que ta
mère ne peut pas la remplacer ?

Et Olivia, en relevant la tête, rencontra le regard

7.

de sa mère tout brillant d'amour ; il lui parut beau comme ceux des anges. Désormais elle devait le voir toujours ainsi.

Que de fois, dans la destinée humaine, la même main rend au centuple ce qu'elle paraît enlever !

CHAPITRE IX

Madame Rothsay, sous l'impulsion de ses regrets
affectueux, montra tout le respect convenable à la
mémoire de l'honnête femme qui avait servi son
mari et son enfant avec tant de dévouement.

Pendant toute une longue semaine, Olivia erra
dans une maison soigneusement fermée, et toutes
les solennités usitées pour la mort vinrent pour la
première fois assombrir sa jeune âme. Hélas ! pourquoi nul auprès d'elle n'était-il capable de l'élever
des terreurs du tombeau jusqu'aux sublimes mystères de l'immortalité? Abandonnée à son ignorance,
l'enfant parcourait la maison silencieuse, renfer-
mant en elle-même toutes ses frayeurs ; lorsque la
nuit venait, elle osait à peine passer devant la cham
bre, — hier encore la sienne et celle d'Elspie, —
maintenant celle de l'hôte inconnu. Elle voyait les

différentes personnes qui composaient la domes-
ticité y entrer avec des figures sérieuses et en sortir
en fermant soigneusement la porte derrière elles.
Qu'y avait-il donc derrière cette porte? Quelque
chose sur quoi elle n'osait arrêter sa pensée et que
rien au monde n'aurait pu la forcer à aller contempler.

D'autres fois elle oubliait son chagrin et, se tenant
serrée aux côtés de sa mère, elle s'amusait avec ses
jouets ordinaires, assemblant des cartes de géogra-
phie ou dessinant sur une ardoise; mais elle faisait
tout cela avec une tranquillité plus triste à voir que
des larmes.

La veille des funérailles, madame Rothsay voulut
aller donner un dernier regard à la dépouille de sa
fidèle vieille servante. Elle persuada à Olivia de venir
avec elle; l'enfant l'accompagna jusqu'à la porte;
mais, saisie de sanglots convulsifs, elle s'enfuit et
courut se cacher dans une pièce voisine. De là, elle
entendit sa mère sortir de la chambre mortuaire,
pleurant aussi, car la nature de Sybil Rothsay n'a-
vait rien perdu de sa douceur et de sa sensibilité.
Olivia entendit le bruit de ses pas sur l'escalier, puis
tout redevint silencieux.

L'affection passionnée qu'elle avait eue pour sa

vieille nourrice se réveilla dans ce moment, et
chassant toutes ses craintes enfantines, elle sentit
se fortifier en elle une résolution qu'elle n'avait pas
eu jusque-là le courage de former. Demain ils
allaient emporter Elspie pour toujours. Sur la terre
elle ne contemplerait plus ce visage qu'elle avait
tant aimé. Pouvait-elle laisser ainsi partir Elspie,
sans lui donner un regard, rien qu'un? Elle se résolut à pénétrer seule dans la chambre objet de son
effroi.

Il était environ six heures du soir; il faisait encore jour, quoique la maison avec ses volets fermés
fût toute sombre. Olivia poussa un des volets, fixa
un instant le riant paysage éclairé par le soleil couchant, comme si elle eût voulu y puiser des forces
et calmer son âme agitée, puis elle marcha d'un pas
ferme vers la chambre d'Elspie. La porte, cette fois-ci,
n'était pas fermée, mais entr'ouverte; l'enfant jeta
un regard furtif dans la pièce qui lui était si fami-
lière, elle vit les meubles à leur place accoutumée,
et tous les objets lui parurent les mêmes; seulement
tout était comme imprégné d'une atmosphère de
silence et de solennel repos. Que pouvait-il y avoir
là de si terrible?

Elle se glissa donc timidement jusque dans la

chambre ; le silence était si profond qu'elle enten-dait les battements de son cœur.

Elle est auprès du lit ; il n'est pas recouvert de sa courte-pointe habituelle, composée de morceaux bigarrés et minutieusement ouvragés, et sur laquelle les doigts agiles d'Elspie se sont exercés pendant plusieurs années, sur laquelle aussi elle lui enseignait pour la première fois à tenir une aiguille ; il est recouvert d'un grand drap blanc.

Olivia est immobile, elle retient son haleine, elle sait à peine si elle doit fuir ou rester, lorsqu'un bruit de pas se fait entendre dans l'escalier. Un instant encore, et il sera trop tard ; alors, d'une main hardie, elle lève le linceul ; elle voit cette forme froide, ayant la rigidité du marbre, qui n'offre pas l'apparence du sommeil, mais de la mort.

Un cri perçant, effrayant, retentit dans toute la maison ; Olivia court vers la porte de toutes ses forces, elle traverse le corridor, mais avant d'être parvenue à l'extrémité, elle tombe en proie à de violentes convulsions.

Pendant la nuit, l'enfant fut atteinte d'une maladie grave, qui dura plusieurs semaines. Lorsqu'elle recouvra la conscience d'elle-même, un frais gazon avait déjà recouvert la fosse de la pauvre Elspie.

Dieu, dans son infinie bonté et dans sa sagesse
suprême, a voulu que le souvenir de la crainte ou
de la douleur s'efface promptement de la mémoire
des enfants. C'est pourquoi, lorsque Olivia reprit
ses forces, toutes les horreurs du sépulcre avaient
disparu de son âme; elle vit la maison sous un aspect tout souriant, et la nature, parée des teintes de
l'automne, lui sembla plus belle que jamais; ses
regrets revêtirent, comme la saison, une nuance de
douce mélancolie. Peut-être, au fond, était-il bon
qu'elle eût contemplé le visage de la pauvre morte,
afin d'être bien sûre que ce n'était pas Elspie, car,
à partir de ce moment, elle ne se la représenta jamais sous ce terrible aspect, mais telle qu'elle l'avait
vue pendant sa vie, tricotant auprès de la fenêtre de la
nursery, ou bien marchant de son pas lent à travers
les vertes allées, portant le panier de fleurs ou de
racines qu'elles avaient cueillies dans leurs promenades; ou bien encore elle la voyait, par une paisible
après-midi du dimanche, assise avec sa Bible sur
ses genoux; puis, passant du souvenir d'Elspie sur
la terre à celui d'Elspie dans le ciel, Olivia, avec son
imagination ardente, idéalisait par la poésie tout
son chagrin. Jamais elle n'observait le soleil couchant, jamais elle n'admirait un ciel étoilé sans se

dire : « Elspie est là, dans ces gloires! » toutes les
petites faiblesses , toutes les particularités de sa
vieille nourrice chérie avaient disparu, son image
était toute transformée. C'était pour elle maintenant
un invisible gardien, un céleste et pur esprit qui
attirait son âme vers le ciel, où il lui était doux
d'avoir quelqu'un à aimer, quelqu'un qui, à son tour,
l'aimait et veillait sur elle.

A partir de cette époque, toutes les affections
d'Olivia changèrent de direction; aucune ombre ne
vint voiler la chère mémoire de celle qu'elle pleurait; mais le courant de tendresse qui débordait
de son jeune cœur alla tout entier vers madame
Rothsay. De son côté aussi, la mère avait soif de son
amour filial.

Il y avait sept ans que le capitaine Rothsay était
de retour, sept ans que ce léger nuage qui s'était
levé entre le mari et la femme grandissait lentement, mais sûrement, et qu'il jetait son ombre épaisse
sur toutes les joies de leur foyer domestique. Comme
plus d'un autre couple qui s'est uni dans l'ardeur de
la passion ou dans le caprice irréfléchi de la jeunesse,
leurs caractères, leurs goûts, qui n'avaient jamais
complètement sympathisé, se séparèrent chaque
jour davantage, jusqu'à ce que leurs deux vies fussent

complétement partagées. Il n'y eut point de rupture
déclarée, point de ces scandales dont le monde cruel
pût repaître ses yeux avides comme d'un spectacle ;
mais il existait entre eux comme un gouffre, un
abîme d'indifférence, de froideur, de méfiance, que
jamais l'amour ne devait plus franchir.

Angus Rothsay avait été déçu, trompé dans son
attente ; il avait pris à vingt-cinq ans une belle et
joyeuse enfant à moitié élevée, pour en faire « sa
femme et sa bien-aimée, » oubliant qu'à trente-cinq
ans il lui faudrait une femme raisonnable en qui il
pût se fier, se reposer du soin de gouverner sa maison. De dures expériences l'avaient rendu vieux et
sage un peu avant le temps ; il revint chez lui, croyant
la trouver, elle aussi, mûrie et sérieuse. Cet espoir fut trompé ; il retrouva Sybil telle qu'il
l'avait laissée, une véritable enfant ; souple et aimante comme elle l'était, il aurait pu encore la diriger, former son esprit, son caractère, en un mot
la rendre telle qu'il la voulait, mais il ne l'essaya
pas. Dans son orgueil blessé, il aima mieux garder
le silence, renfermer dans son cœur ses espérances
de bonheur détruites et, quoiqu'il ne lui fît point de
reproches et ne cessât de lui témoigner une sorte
d'affection banale, tout respect et toute sympathie

pour elle avaient disparu de son cœur. Les goûts, les habitudes de Sybil ne concordaient plus avec les siens; était-ce à l'homme, au mari, de céder?

Après plusieurs années de luttes, moins avec sa femme qu'avec lui-même, Angus décida qu'il suivrait sa route et qu'il laisserait Sybil suivre la sienne.

D'abord Sybil essaya de le ramener, mais non avec cette douce et calme dignité d'un amour qui, toujours à l'affût, jamais lassé, coule invisible comme le ruisseau sous d'épais taillis, à peine entendu, jamais aperçu. Les artifices de Sybil, les seuls qu'elle connût, étaient tous tirés de cet arsenal de la coquetterie féminine, qui passe alternativement des démonstrations d'une tendresse passionnée à des reproches exagérés, de la colère à des ruses enfantines. Son mari restait invulnérable à tous ses coups; on eût dit un rocher, indifférent aux sourires comme aux orages. Et pourtant il n'en était rien; il y avait dans son âme de profondes et belles retraites, toutes pleines de tendresses ; mais il était de ces hommes qui veulent être aimés à leur manière.

Dure leçon pour cette femme, dont les sentiments étaient exclusivement dirigés, non par des principes arrêtés, mais par des impulsions tout instinctives.

Sybil ne put découvrir son secret, et ainsi fut brisé
le bonheur de leurs deux existences, sans qu'il y eût,
chez l'un ou chez l'autre, apparence de vices, ou seulement défaut de valeur morale, mais simplement
parce qu'ils ne se comprenaient pas réciproquement.
Comme deux rivières qui, d'un cours silencieux et
inégal, vont en ligne parallèle, sans jamais pouvoir
se rencontrer : ainsi en était-il de leur vie!

La société d'Old-Church connut le capitaine Rothsay sous deux faces différentes : elle vit en lui, tantôt
le grave, quelque peu fier, mais très-respecté seigneur
de Merryvale-Hall, tantôt le spéculateur hardi, aven-
tureux, qui doublait ou triplait sa fortune d'un
coup de dé, dans ces jeux de bourse que la loi au-
torise et dans lesquels se plongent les hommes des
capitales.

C'était une vie pleine d'excitation et d'intérêt ; le
capitaine Rothsay s'y précipita tout entier. Qui sait si
'autres à sa place n'auraient pas cherché par des
distractions plus coupables à combler le vide de
leur foyer désolé?

En madame Rothsay le monde ne vit qu'un de
ses plus gracieux ornements, une de ces jolies
femmes qui rendent les salons agréables, aimable et bonne, autant du moins que sa légèreté

le lui permettait. Sybil aimait peut-être un peu trop le plaisir, car il en résultait que certaines personnes, observant le contraste entre le maître et la châtelaine de Merryvale-Hall, étaient amenées à se poser cette question qu'aucune femme ne devrait provoquer : « Pauvre femme ! croyez-vous qu'elle soit heureuse avec son mari ? »

Malgré tout, cependant, entre monsieur et madame Rothsay, il subsistait encore un lien, quoique bien faible et à peine remarqué. Ce lien, c'était la pauvre petite fille difforme.

CHAPITRE X

— Capitaine Rothsay!

— Ma chère?

Lecteur, avez-vous jamais remarqué ce-qu'il peut
y avoir d'indifférence glaciale contenue dans ces
deux petits mots : « Ma chère? » L'auteur sait à
quoi s'en tenir, depuis que, dans sa jeunesse, il a
entendu le plus froid, le plus cruel des maris les employer envers sa femme. Pauvre jeune créature, pâle,
au cœur brisé! il lui donna du : « Ma chère » jusque
dans son tombeau.

Le capitaine Rothsay se servait aussi de cette
expression et il y mettait un formalisme passablement réfrigérant. Il avait prononcé ces mots sans
lever les yeux de dessus son livre, *la Richesse des
nations* de Smith, ouvrage dont il faisait l'objet de ses études toutes les fois qu'il passait la soirée

chez lui, — ce qui lui arrivait assez rarement, du
reste, aujourd'hui, — et qui était loin, par cette
raison même, d'être apprécié à sa juste valeur par
sa femme et sa fille, alors réduites au silence le plus
absolu. Hélas! pourquoi fallait-il que la présence
de celui qui aurait dû être le soleil, la joie de son
foyer domestique, ne se manifestât au contraire
qu'en projetant une ombre attristante sur eux
tous !

Le feu qui brûlait dans l'âtre éclairait ce même
trio que nous avons vu, il y a quelques années, réuni
après dîner, à Stirling. Un grand changement s'est
produit dans ce petit cercle. Le père et la mère
sont assis, non plus à côté l'un de l'autre, dans cette
intimité qui est si douce aux époux, alors que chaque
souffle, chaque frôlement, vous rappelle la présence
de celui que vous aimez.

Aujourd'hui, nous les retrouvons en face l'un de
l'autre, séparés par une grande table, absorbés dans
leurs occupations respectives ; l'un lisant avec une
ardeur concentrée, l'autre brodant silencieusement;
chacun enfermé dans un cercle de pensées et d'intérêts, comme derrière un solide retranchement
dans lequel il est interdit à l'autre de pénétrer. Le
seul terrain sur lequel ils peuvent maintenant se

rencontrer, c'est l'existence de leur enfant, autrefois
banni de leur présence.

La petite Olivia a grandi, c'est presque une femme;
cependant on l'appelle encore la « petite Olivia, »
ce qui s'explique par l'exiguïté de sa taille et par
son costume enfantin; son visage a, comme autrefois,
une expression précoce. Il est facile de comprendre
à son attitude qu'elle prévoit tous les soucis inhé-
rents à la vie de la femme; nous ajouterons qu'elle
n'a pas acquis un jour trop tôt la sagesse, le jugement, qui lui sont nécessaires.

Assise entre son père et sa mère, tantôt elle vient
en aide à celle-ci dans l'ouvrage de fantaisie qui
l'occupe, tantôt elle dispose la lampe pour la plus
grande commodité du lecteur. Quand elle est tranquille pendant quelques instants, on la surprend,
observant ses parents avec une attention anxieuse.

— Le dernier : « Ma chère » du capitaine avait
trouvé Sybil plongée dans les difficultés d'un dessin de tapisserie de Berlin; en sorte qu'il s'écoula
quelques minutes avant qu'elle s'adressât de nouveau au capitaine Rothsay. Elle lui donnait rarement
un autre nom à présent; hélas! le temps des « Angus »
et des « Sybil » était passé.

— Eh bien, ma chère, qu'aviez-vous à me dire?

— Que je voudrais bien ne pas vous voir toujours absorbé dans votre lecture ! Cela rend les soirées si tristes !

— Vraiment ?

Et M. Rothsay, tournant une page d'Adam
Smith, se disposa paisiblement à continuer son
étude.

— Papa est sans doute fatigué et désire être tranquille... Si nous causions ensemble, maman, qu'en
dites-vous ? murmura Olivia à l'oreille de sa mère,
en mettant de côté son propre travail.

C'étaient de gracieux dessins, des arabesques,
que son crayon capricieux traçait au hasard dans
son album ; puis, se rapprochant de sa mère, elle
commença une conversation à demi voix avec elle,
discutant une question importante : si la rose
qu'elle brodait devait être rouge ou blanche, quelle
soie il fallait employer pour les rayures de la tu-
lipe, absolument comme si c'eût été le sujet le plus
intéressant du monde. Une seule fois ses yeux cher-
chèrent vainement la Sabrina abandonnée, qui,
à moitié esquissée, gisait entre les feuilles de son
« Comus. »

Madame Rothsay observa ce regard et lui dit avec
bonté :

— Voyons donc ce que tu fais, mon amour ?...
Ah! c'est très-joli!... Qui était Sabrina? Raconte-
moi ce que tu sais d'elle.

Et Sybil écouta avec un sourire et un air de satisfaction tout maternels le récit que sa jeune fille
lui fit de son cher et aimé poëme « Comus, » dont
elle s'empressa de lire quelques passages à madame
Rothsay.

— C'est très-joli, très intéressant, mon amour,
répéta encore madame Rothsay en caressant
les cheveux d'Olivia; tu es vraiment une fille
intelligente; mais parlons maintenant d'autre
chose : Quelle robe d'hiver aurons-nous cette
année?

Ici, un observateur attentif se serait aperçu du
léger nuage qui vint couvrir le front d'Olivia, nuage
aussitôt dissipé, car la jeune fille ferma de suite le
Comus qui contenait son dessin et vint se rasseoir
auprès de sa jolie maman pour résoudre avec celle-ci
le problème de toilette qui venait de lui être posé.
Mais le goût naturel d'Olivia sut rendre ce sujet
même intéressant; car c'était avec une prédilection
d'artiste qu'elle se plaisait à orner et à parer sa
mère, dont l'exquise beauté n'était nullement dimi-
nuée par les années; elle y mettait toute l'ardeur

de l'amant fier des charmes de sa fiancée, ou du
peintre qui se délecte devant son modèle. Cette admiration lui tenait lieu de toute vanité personnelle;
de fait, il était bien rare que ses pensées se rappor-
tassent en quoi que ce fût à elle-même. La conscience de l'imperfection de sa taille s'était presque
entièrement effacée de sa mémoire, et sa reclusion
complète, car elle ne voyait jamais d'étrangers,
empêchait qu'elle lui fût rappelée d'une façon pénible.

— Je suis d'avis que nous quittions ce deuil, reprit madame Rothsay. Il en est temps, ce me semble; il y a bientôt six mois que sir Andrew Rothsay
est mort, et certes il ne nous a pas témoigné de son
vivant assez de bienveillance pour qu'on se souvienne
longtemps de lui.

— Cependant il a été bon pour mon père, quand
celui-ci était enfant, et ma tante Flora aussi, interrompit doucement Olivia, dans la mémoire enthousiaste de laquelle flottaient toujours les récits d'Elspie sur ses parents du Perthshire. Mais, voyant que
sa mère devenait nerveuse, comme il arrivait pres-
toujours dès que l'on faisait allusion à l'Écosse ou
au temps passé, la jeune fille changea de conversation et madame Rothsay se retrouva bientôt en

sûreté sur son terrain favori, occupée des combinaisons de ses toilettes d'hiver.

— Tes costumes, Olivia, doivent aussi être plus soignés et plus élégants cette année, plus en rapport avec ton âge, car j'ai l'intention de commencer à t'emmener avec moi dans le monde ; je suis fatiguée d'y aller seule. Je comptais causer de ce projet avec ton père ce soir, mais il ne me paraît pas de bonne humeur.

— Il est fatigué de son voyage, hasarda la douce petite médiatrice. N'est-il pas vrai, papa ?

Le capitaine Rothsay, ainsi interpellé, parut sortir d'une pénible méditation dans laquelle sa lecture devait l'avoir plongé peu à peu, car, relevant son front assombri par quelques lourdes préoccupations, il tourna vers sa fille ses sourcils froncés, et dit d'un ton impatient, irrité : ·

— Eh bien, enfant, que veux-tu ?

— Ne grondez pas Olivia, Angus ; c'est moi qui ai désiré vous parler.

Et sans se rendre compte que le moment était évidemment mal choisi pour cet entretien, madame Rothsay se mit à parler avec animation de la prochaine entrée d'Olivia dans le monde ; il fallait décider si ce serait ici ou à l'étranger ; mais non, dé-

cidément, un bal à Merryvale-Hale serait ce qu'il y
aurait de mieux, et là-dessus Sybil de discuter en
long et en large la question d'un bal costumé. Il n'y
avait rien qui fût absolument à blâmer dans ce
qu'elle disait, seulement le moment était mal
choisi. Son mari l'écouta d'abord avec indifférence;
puis il commença à s'agiter sur son siége avec une
impatience visible, mais sans se départir d'un silence menaçant.

— Pourquoi donc ne me répondez-vous pas,
capitaine Rothsay? dit enfin Sybil lasse d'attendre.
— Il avait pris le tisonnier et cassait avec violence le
charbon en petits morceaux. — Dites-moi donc que
vous serez raisonnable, continua sa femme, et que
tout se passera comme je le propose? Est-ce convenu?

— Non!

Ce mot sortit comme un coup de foudre des lèvres du capitaine Rothsay. Et, sans ajouter une parole, il se leva et quitta la chambre brusquement, en
tirant la porte avec violence.

Il était rare qu'il montrât une pareille colère; ordinairement il conservait, au sein de ses contrariétés domestiques, son calme et sa dignité.

Sybil, pâle et tout émue de cette scène, eut peine

à réprimer ses larmes; elle chercha à les cacher à Olivia, car elle était trop sincère, trop fidèle à son mari pour essayer en aucune façon, par ses plaintes, de détacher la fille du père; néanmoins elle pleurait. Bientôt, attirant Olivia dans ses bras, elle se consola en pensant qu'elle avait une fille, une fille telle qu'Olivia à aimer. A mesure que le cœur de la femme se fermait, celui de la mère s'ouvrait en proportion.

Peu après, le capitaine Rothsay fit demander sa fille dans la bibliothèque pour qu'elle lui fît la lecture de son journal du soir.

— Va, mon amour, lui dit madame Rothsay.

Et Olivia partit sans crainte, car son père ne lui avait jamais dit, à elle, une seule parole dure, et chaque année elle comprenait mieux la valeur, la sévère droiture de ce caractère qu'elle ne pouvait s'empêcher de respecter tout en idolâtrant sa mère, si douce, si aimable.

Le capitaine Rothsay ne fit aucune allusion à ce qui venait de se passer; il ne parla que de ce qui avait rapport à la lecture et rentra au salon avec Olivia pour le thé, absolument comme de coutume. Lorsqu'il eut achevé sa tasse de thé et qu'il parut prêt à retomber dans une de ses pénibles rêveries

8.

qui semblaient l'oppresser, sa femme, sans jugement, sans réflexion, recommença l'attaque. Pauvre
Sybil! elle s'exprimait avec beaucoup de douceur
et de tendresse. Ne s'agissait-il pas d'Olivia? Elle
était persuadée qu'elle faisait son devoir et que lui,
Angus, en ne voulant pas l'écouter, se conduisait
en père dénaturé.

Il l'écoutait cependant, car lorsque, prenant son
silence pour un acquiescement, elle ajouta en ter-
minant : « Eh bien donc, c'est décidé, le bal
aura lieu à Merryvale, le 20 du mois prochain, »
Angus tourna vers elle ses yeux bleus brillant
d'un éclat métallique, froid comme celui de l'acier,
et il dit à madame Rothsay :

— Puisque vous voulez m'arracher du cœur,
comme avec une vrille, la vérité, vous la saurez.
Dans un mois, il est possible que vous n'ayez pas
un toit au-dessus de votre tête.

Il s'était levé et avait quitté la chambre avant que
sa femme eût le temps de se remettre de la conster-
nation où l'avaient jetée ces paroles et d'oser en demander l'explication. En vain essayait-elle de se
rassurer en se disant : Angus n'a parlé ainsi que
parce qu'il est en colère ou qu'il a voulu m'effrayer;
je ne veux pas le croire. Sa conscience lui murmu-

rait tout bas que jamais, dans toute sa vie, Angus
Rothsay n'avait proféré un mensonge. Alors elle
trembla, puis les larmes vinrent, puis les attaques
de nerfs, accidents qui se déclaraient fréquemment
chez Sybil, affaiblie comme elle l'était par les fati-
gants plaisirs de sa vie monotone et les chagrins secrets qui accablaient son âme.

Cette nuit-là, et ce n'était pas la première fois,
la jeune fille de quinze ans dut déployer l'énergie et
le sang-froid d'une femme. A elle seule incomba le
soin de soulager les maux de sa mère, d'arranger ses
oreillers, de la consoler et enfin de la veiller jusqu'à
ce qu'elle la vit s'endormir. Ce ne fut qu'après être
rassurée qu'Olivia descendit sans bruit et alla frapper à la porte du cabinet de son père. Une voix
triste, apaisée, lui répondit : « Entrez! »

Le capitaine Rothsay était assis, la tête dans ses
mains, accablé et comme affaissé sur lui-même; il
contemplait les dernières braises du feu, qui allait
s'éteignant sans qu'il songeât à le ranimer. Si quelque ressentiment eût existé dans le cœur de sa fille,
il se fût certainement évanoui à cet aspect.

— Ah! c'est toi, Olivia?

Et sans rien ajouter, il se mit à remuer quelques
papiers, comme pour se donner l'air d'être occupé;

mais il retomba bientôt comme abîmé dans ses
pensées. Ce ne fut qu'après quelques instants qu'il
parut avoir conscience de la frêle apparition qui se
tenait à ses côtés, muette, immobile, sa bougie à la
main.

— Vous apporterai-je votre lumière, cher père?
Il est plus de minuit.

— Où est ta mère, Olivia?

— Elle vient de se mettre au lit, répondit Olivia.

Elle s'arrêta, incertaine si elle lui dirait que sa
mère était malade. Pendant cette pose, le capitaine
Rothsay, qu'il le voulût ou non, ne pouvait détacher ses regards de cette physionomie à la fois ca-
ressante et mélancolique. A la fin, il l'attira sur ses
genoux et, prenant la tête de l'enfant dans ses deux
mains, il lui dit d'une voix émue :

— Tu ne ressembles pas à ta mère, toi; tu es
toute de mon côté. Tu m'es chaque jour plus dévouée à mesure que tu deviens femme.

— Ah! pourquoi ne suis-je pas une femme? Mon
père pourrait alors causer avec moi et me confier
ce qu'il a sur le cœur, murmura Olivia osant à peine
exprimer la pensée qu'elle avait mûrie pendant son
attente silencieuse à la porte du cabinet.

— Enfant, que sais-tu? répondit le capitaine

Rothsay qui reprit de suite toutes ses manières hautaines.

— Je ne sais rien et ne veux rien savoir, sinon ce que mon père voudra bien me dire, répondit Olivia avec humilité.

Son père la regarda de nouveau fixement; il crut deviner, sous ses traits calmes et réfléchis, une nature résolue, clairvoyante, peu différente de la sienne; seulement, à la ferme volonté de l'homme elle joignait toutes les délicatesses de la femme. A partir de cette heure, le père et la fille se comprirent.

— Olivia, quel âge as-tu? je l'ai oublié.

— Quinze ans, père.

— Ah! tu es une fille sérieuse pour ton âge; je puis te parler comme à une femme... une femme raisonnable, j'entends. Pose ta lumière et viens t'asseoir près de moi.

La jeune fille obéit et elle écouta pendant près de deux heures, dans le cabinet de son père, les explications que celui-ci lui donna sur les revers inattendus qui avaient atteint et compromis sa fortune au point qu'il était devenu nécessaire de quitter Merryvale-Hall et de prendre une maison moins importante.

— Ce n'est pas que nous ayons à craindre la pauvreté proprement dite, ma chère enfant, ajouta le
capitaine Rothsay ; mais il faut penser à l'avenir et
y pourvoir. Il faut penser au douaire de ta mère, si
je venais à mourir — Voyons, n'aie pas l'air aussi
triste... Mettons, si tu veux, ce sujet de côté — et
puis il y a aussi la question de ta dot, quand tu te
marieras.

— Je ne me marierai jamais, papa, répondit-elle
en rougissant, mais sans que sa pensée allât au delà
de cette sorte d'effroi que l'idée du mariage inspire
tout d'abord aux enfants qui aiment trop leurs parents pour croire qu'ils pourront jamais s'en séparer.

Le capitaine Rothsay tressaillit comme s'il avait
été subitement rappelé à lui-même. Il la regarda
sérieusement, et, dans ce regard, il y avait une expression singulière de tristesse qui frappa Olivia
et qu'elle se souvint d'avoir déjà remarquée plus
d'une fois.

— J'avais oublié... balbutia le capitaine Rothsay
comme se parlant à lui-même... Naturellement
elle ne se mariera jamais. Pauvre enfant ! ma pauvre fille !

Il l'embrassa en poussant un profond soupir, puis

il alluma sa bougie, et, tenant Olivia par la main, il
la conduisit jusqu'à la porte de sa chambre. Là ils se
séparèrent, mais non sans qu'il lui eût donné un
second baiser ; Olivia en profita pour lui dire à
l'oreille :

— Maman a l'habitude de s'éveiller quand vous
entrez ; embrassez-la aussi.

Cette nuit-là, Olivia se coucha plus heureuse
qu'elle n'aurait pu l'imaginer si quelqu'un lui eût
dit, le matin, qu'avant la fin du jour elle appren-
drait la triste nouvelle qu'il faudrait quitter Merryvale-Hall. Mais quelle compensation ne trouvait-elle
pas à ce malheur en songeant que ses parents la
tenaient pour leur consolation, eux qui retiraient si
peu de joie l'un de l'autre !

Seulement, juste au moment où le sommeilla
gagnait, une autre pensée vint flotter dans l'esprit
d'Olivia :

— Pourquoi donc mon père a-t-il dit : *Naturellement*, elle ne se mariera jamais... *Naturellement !...*
qu'entendait-il par-là ?

CHAPITRE XI

— Chère maman, cette maison n'est-elle pas très-agréable pour une maison de ville? En vérité, elle est si jolie qu'il me semble que c'est à peine si nous devons regretter Merryvale-Hall.

Ainsi parlait Olivia, un soir d'hiver qu'elle et sa mère, depuis peu de temps installées dans leur nouvelle demeure, écoutaient ensemble les cloches d'Old-Church sonnant le couvre-feu de leur voix mélancolique. Old-Church était une de ces vieilles paroisses anglaises où cet usage s'est conservé.

— Hum ! une jolie maison, si l'on y voyait quelqu'un, ma chère ; mais personne n y vient. Puis, la voiture fermée me manque beaucoup ; imagine-toi que pour cette raison j'ai été obligée de refuser le bal des Stantons et un grand dîner à Everingham !.. Que ces longues soirées d'hiver vont être tristes, Olivia !

Olivia ne répondit ni oui ni non, mais essaya
tranquillement, par toutes ses actions, de chasser
les pénibles impressions de sa mère. Elle n'était encore qu'une enfant et une enfant qui n'avait à première vue rien de bien remarquable ; elle n'était ni
très-causante, ni musicienne, et pourtant elle avait
une foule de petites recettes pour tuer le temps d'une
manière attrayante. Sous sa douce influence, les minutes fuyaient comme le dauphin dans l'Océan, laissant derrière elles une trace lumineuse ; — comparai-
son bien poétique, qui certes n'aurait jamais traversé
le cerveau d'Olivia. — Elle ne savait qu'une chose,
l'innocente fille, c'est qu'elle aimait sa mère; elle ne
laissait pas échapper une occasion de la distraire et
de l'égayer, afin qu'elle ne s'aperçût pas trop du
changement de leur position, changement peu important pour Olivia, capital pour madame Rothsay.

Ce soir-là, Olivia fut particulièrement heureuse
dans ses petites ruses d'amour filial; sa mère l'é-
couta attentivement, tandis qu'elle lui expliquait un
ouvrage illustré qui venait de paraître sur les prin-
cipaux poëtes modernes. Madame Rothsay alla jusqu'à lui demander de lui lire quelques-uns des morceaux les plus célèbres et, bien qu'elle ne fût pas
très-romantique de sa nature, elle ne put s'empê-

cher de verser des larmes sur la « Reine du Mai » et la
« Fille du meunier » de Tennyson. Finalement Olivia,
tout en la cajolant, la décida à poser pour son portrait, déclarant qu'il se rapporterait parfaitement à
l'héroïne de ce dernier poëme et particulièrement
à ces vers :

« Regarde avec tes yeux à travers les miens, véritable épouse, enlace mon cœur fidèle de tes bras.
Toi, de ma vie la plus chère vie, regarde avec ton
àme à travers la mienne ! »

Tandis que, tout en dessinant, elle disait et redi-
sait ces vers comme pour faire passer sur le visage
de sa mère les sentiments qu'ils exprimaient, la
jeune fille s'étonna de ce qu'ils y faisaient naître en
même temps une expression mélancolique et chagrine ; tout aussitôt elle s'arrêta, balbutia quelque
excuse et voulut mettre un terme à la séance.

— Non, non, mon enfant, je t'assure que cela me
distrait, dit madame Rothsay ; d'ailleurs je puis causer tandis que tu dessines.

Cependant madame Rothsay parlait peu et tombait sans cesse dans de profondes rêveries. Une fois,
elle rompit le silence pour dire :

— Olivia, ma chère enfant, ne crois-tu pas que,
maintenant que nous menons une vie beaucoup plus

sédentaire, nous aurons ton père plus souvent avec nous à la maison ? Cette habitation semble lui plaire. Il n'aimait guère Merryvale, je crois.

— Cher vieux Merryvale ! s'écria Olivia en poussant un soupir. Il lui semblait qu'il y avait des siècles qu'elle avait quitté ces lieux familiers à son enfance.

— Ne l'appelle pas ton cher Merryvale, interrompit sa mère. C'était, après tout, une triste résidence. Je ne le trouvai pas au premier abord, mais je l'ai reconnu plus tard.

— Et pourquoi as-tu ainsi changé d'opinion, maman ? demanda Olivia contente de faire causer sa mère, quand ce n'eût été que pour chasser ce nuage qui convenait si peu à la beauté placide de madame Rothsay.

— Tu étais trop jeune, mon enfant, pour rien savoir de tout cela ; et vraiment, tu l'es encore trop aujourd'hui ; mais je ne sais comment il se fait que je prends l'habitude de m'entretenir avec toi comme avec une personne raisonnable, comme avec une femme, en un mot, Olivia.

— Merci du compliment, chère mère ; mais voyons un peu ce qui vous déplaisait dans ce cher Merryvale.

— Ce fut alors que ton père, pour la première
fois, entreprit ses grands voyages... ses longues,
longues absences. Il y était forcé, sans doute, par
ses affaires, mais ce n'en était pas moins fort triste
pour moi et jamais je ne passai un été plus pénible
que le premier de notre installation à Merryvale. Tu
ne t'en souviens pas, naturellement, quoique...
Non, tu n'avais que dix ans.

Olivia cependant se rappelait bien quelque chose,
mais vaguement. C'était une époque où son père
avait un visage plus sévère, où sa mère était plus
nerveuse qu'aujourd'hui, où l'ombre de plus d'un
orage domestique avait passé sur l'enfant ; mais elle
avait le tact de n'en jamais parler, et dans ce moment même, de peur que sa mère ne ne se plon-
geât dans ses pénibles souvenirs, elle chercha à ra·
mener la conversation sur des sujets moins sérieux.

Toutefois, quoique la douce société de sa fille
unique fût un baume pour le cœur de madame Rothsay, il y restait une secrète blessure qu'il n'était
pas au pouvoir d'Olivia de guérir. Était-ce que
l'amour maternel avait pris naissance sur les ruines
de son bonheur conjugal et que, tandis qu'elle
s'efforçait de sourire à sa fille, la pensée de Sybil
Rothsay allait chercher l'époux qui, chaque année,

jour après jour, s'éloignait d'elle davantage? Était-ce
qu'elle découvrait trop tard qu'il lui eût été possible,
avec un peu plus de patience et de tact, de l'enchaî-
ner pour toujours à ses côtés ?

Ces peines secrètes étaient incomprises de la
jeune Olivia ; elle vivait de la vie rêveuse de l'adolescence. Son âme habitait dans cette atmosphère
pure et sereine, semblable à une vaporeuse aurore
de printemps éclairée des premiers feux de l'astre
du jour. Tout ce qu'elle savait, elle l'avait puisé
dans ses lectures, car, bien qu'elle eût reçu à l'occasion les leçons de quelques maîtres, on ne l'avait
jamais envoyée en pension et son éducation s'était
pour ainsi dire faite seule. Elle le regrettait par
moments, songeant combien il lui eût été agréable
d'avoir des compagnes, ou au moins une amie de
son âge avec laquelle elle pût s'entretenir de « tous
ces sujets » qui lui venaient à l'esprit depuis quelque temps ; ses rêves, ses pensées fugitives reste-
raient donc enfermés dans le paisible sanctuaire de
son âme, car un secret instinct lui disait que sa mère
ne pouvait les comprendre. Elle s'abandonnait tout à
son aise à son imagination, lorsqu'elle se promenait
seule dans le petit jardin attenant à leur maison et
qui descendait par une pente douce jusqu'à la rivière ;

ses pérégrinations s'étendaient souvent dans une propriété qui était contiguë à la leur et contenait une serre ainsi qu'une fort belle maison depuis longtemps fermée. Ce fut une grande contrariété pour Olivia lorsqu'une famille vint tout à coup l'habiter et lui enlever la jouissance de ce beau domaine ; mais, d'un autre côté, c'était une nouveauté que d'avoir des voisines et elle éprouva bientôt une vive curiosité de connaître ceux qui parcouraient maintenant ses promenades favorites ; curiosité qui redoubla, du jour où, depuis la fenêtre de l'escalier, elle aperçut trois jeunes êtres tout à fait intéressants.

C'étaient d'abord deux petits garçons d'environ neuf à douze ans, jouant assez bruyamment, suivant la coutume des garçons. Ce ne fut guère d'eux que s'occupa Olivia, si ce n'est peut-être du plus jeune qui avait l'air moins tapageur que l'autre ; son attention fut surtout captivée par une jeune fille qui paraissait être leur sœur aînée et qui marchait solitairement, montant et descendant l'allée. Olivia lui trouvait un air romanesque, avec son châle de couleur éclatante jeté sur sa tête et ses cheveux noirs agités par le vent impétueux de mars ; il lui sembla voir la reproduction vivante de quelques-unes de ses ébauches où son imagination se complaisait à représenter Norma attendant Conrad.

Lorsque la jeune étrangère s'approcha plus près d'elle, l'admiration d'Olivia ne fit que s'accroître, car elle aperçut un ravissant visage, qui n'avait certes pas besoin des charmes que lui prêtait une imagination romantique pour être trouvé merveilleusement beau.

Olivia en fut occupée pendant toute la soirée qui suivit cette apparition et se mit à la dessiner de mémoire, en lui attribuant le caractère des héroïnes de Walter Scott, de Byron ou de Moore.

Pendant plusieurs jours, elle prit un intérêt trèsvif à observer cette famille et particulièrement la jeune fille, parce qu'elle était si jolie et qu'elle paraissait avoir à peu près le même âge qu'elle, peut-être un an ou deux de plus. Olivia prit l'habitude de se promener dans son jardin à la même heure que ses voisins, en sorte qu'elle pouvait entendre les voix joyeuses des jeunes garçons de l'autre côté de la grande haie. Elle apprit ainsi que leurs noms étaient Robert et Lyle! Elle trouva ce dernier nom charmant et parfaitement appliqué au plus jeune frère, joli enfant à l'air délicat ; elle désirait vivement savoir comment s'appelait leur sœur, mais elle n'y parvenait pas,

car la jeune fille faisait peu attention à ses frères,
qui, de leur côté, ne s'occupaient guère d'elle.

Olivia, après avoir beaucoup réfléchi et en avoir
causé avec sa mère, qu'elle amusa fort en lui faisant la
description de la « belle voisine, » finit par la baptiser
du nom de Madeleine.

Après quelques semaines de cette muette observation, il parut à Olivia que l'intérêt que lui inspi-
raient ses jeunes voisins était réciproque, et elle crut
remarquer qu'on l'observait, elle aussi, à la dérobée
depuis la fenêtre de l'escalier ; un jour même, pendant sa promenade, elle aperçut, par-dessus le mur,
les yeux malins de l'aîné des garçons qui la désignait du doigt, tandis que le plus jeune disait d'un
ton de reproche :

— O ! Bob ! cesse donc, je t'en prie ; que tu es
méchant !

En entendant ces paroles, Olivia rougit sans
savoir pourquoi, s'enfuit vers la maison et fut plusieurs jours sans faire sa promenade accoutumée.

Enfin, par une belle soirée de printemps, comme
elle était accoudée sur le petit mur d'appui qui
fermait l'extrémité du jardin et qu'elle regardait
nonchalamment la rivière couler à ses pieds, il
arriva que, en se retournant, elle vit deux yeux fixés

sur elle avec une curiosité mêlée de sympathie; c'étaient les yeux noirs de « Madeleine. »

Les jeunes filles sourirent en même temps; ce fut la plus âgée qui rompit la glace la première :

— La soirée est magnifique, dit-elle; mais ce doit être bien triste de se promener ainsi toujours seule.

Olivia ne s'en était jamais aperçue; il est vrai qu'elle y était habituée, tandis que la jeune voisine, ayant toujours vécu dans une grande ville, ne pouvait se faire à l'idée d'un isolement aussi complet.

Quelques insignifiantes questions du même genre défrayèrent cette première conversation, qui dura une dizaine de minutes. Le lendemain elle fut reprise et se prolongea plus d'une demi-heure, pendant laquelle Olivia apprit que le nom de sa jeune beauté, bien loin d'être le nom imposant de Madeleine, était tout simplement *Sarāh*, ou plutôt Sārā, comme sa propriétaire prit soin de l'expliquer. Olivia fut désappointée, mais elle pensa à la « belle » de Coleridge et, pour se consoler, elle appliqua à sa nouvelle amie ce passage de son poëte favori :

« Ma rêveuse Sara, ton doux visage penché, etc. »
A laquelle citation mademoiselle Sara Derwent éclata

de rire et demanda qui avait composé ces jolis vers.

Olivia devint toute confuse ; elle s'imaginait que tout le monde avait lu Coleridge, et sa compagne en baissa d'un degré dans son estime ; mais lorsque, relevant la tête, elle contempla de nouveau ce ravissant visage, ces grands yeux languissants et d'une douceur tout orientale, cette bouche délicate si finement dessinée, tout son enthousiasme reparut. Jamais, sur l'imagination d'aucune jeune fille, la beauté, sous quelque forme qu'elle se montrât, n'exerça autant d'empire que sur l'imagination d'Olivia. Avant la fin de la semaine, elle était positivement ravie de sa jolie voisine et, avant qu'un mois se fût écoulé, il s'était noué entre les deux jeunes filles une de ces amitiés romanesques tout à fait en rapport avec leurs seize ans.

Il n'y a pas de spectacle plus attrayant que celui de ces premiers attachements passionnés, qui ressemblent tellement à ceux d'un premier amour qu'on pourrait dire qu'ils en sont comme les avant-coureurs. Qui ne se souvient, tout en souriant de son apparente folie, d'un doux rêve de ce genre ? Quelle est la mère de famille, entourée de ses enfants, qui ne se rappelle parfois quelqu'une des anciennes compagnes de ses jeux, et ne se reporte

à cet heureux temps de l'adolescence où les sentiments ont tant de vivacité et de fraîcheur ?

Comme on soupirait après le rendez-vous quoti-
dien, après les longues promenades, après ces cau-
series pleines de toutes sortes d'innocents secrets !
Et, pendant l'absence, quelles interminables lettres !
de vraies lettres d'amour, semées de « Ma très-
chère ; Ma chérie ; Ma bien-aimée, » et de baisers sur le cachet. Quel ravissement dans le revoir ! quelle douleur dans la séparation ! N'était-ce
pas celle de deux amants ? Que de baisers, que de
larmes ! des baisers plus doux que tous les autres,
et des larmes... Mais nous sentons les nôtres s'a-
monceler à mesure que nous écrivons ces lignes.
Ah ! c'est que « nous aussi, nous avons été en Ar-
cadie. »

Aimable lectrice, sérieuse mère de famille, bien
établie dans le monde, vous n'aurez pas notre estime si vous trouvez à rire ou à plaisanter de
sentiments comme ceux-là. Ils étaient réels
alors, purs, sincères, beaux. Qu'importe si les
années les ont balayés dans leur cours, ou si elles
les ont changés en des devoirs plus élevés, en de
plus sacrés liens ! Il est possible que vous rencon-
triez un jour la belle idole de vos quinze ans, trans-

formée en quelque vieille fille empesée ; ou bien ce sera quelque grande dame, présidant sur une troisième génération ; ou peut-être encore, dans ce voyage de recherche, ne trouverez-vous qu'un vert monticule de gazon, une pierre sur laquelle sera inscrit le nom aimé. Qu'importe ? je le répète. Pour vous, l'image de la jeune fille est restée la même, elle ne peut ni vieillir, ni changer, ni mourir ; s'il en est ainsi, ce ne sera point avec un sourire moqueur, mais avec un intérêt mélancolique, que vous considérerez le rêve délicieux de cette première amitié qui venait embellir la vie d'Olivia Rothsay.

Sara Derwent était une de ces jeunes filles comme on en rencontre des centaines dans le cours de la vie ; elle appartenait à la catégorie d'où sont tirées ces mères, ces femmes et ces filles tant vantées en Angleterre. Elle était sincère, sensible et bonne, pas plus instruite qu'il ne le fallait, plutôt douée du cœur que de l'intelligence, un peu vaine, défaut que son extrême beauté lui faisait pardonner ; toujours désireuse de bien faire, et cependant faisant le mal souvent, par irrésolution de caractère. Notre naïve Olivia fut complétement subjuguée par la jolie figure de Sara, par ses charmantes manières, par sa prompte et vive sympathie ; aussi devinrent-elles bientôt les plus tendres amies du monde. Pas un jour ne s'écoulait sans qu'elles en passassent une partie ensemble; Olivia démontrait à la nouvelle arrivée de Londres les plaisirs de la campagne ; tandis que Sara, à son tour, initiait Olivia à tous les charmes d'une vie passée dans un nombreux cercle de famille et dans une société élégante. Sans rien ôter à sa mère de l'ardente tendresse qu'elle lui avait vouée, Olivia ouvrait son jeune cœur avec délices à cette nouvelle affection, si fraîche, si instantanée, d'un contact si sympathique. C'était pour elle comme une révélation attendue de sa jeunesse, comme l'étanchement d'une soif qui commençait à se faire sentir ; elle pensait continuellement à Sara, était en extase devant sa beauté et faisait, de tout ce qui intéressait son amie, son propre intérêt ; puis, lorsqu'elle se disait que son amie lui apportait en retour la même tendresse, elle éprouvait un sentiment de profonde félicité qui n'était pas dépourvu de reconnaissance. Quant à Sara, on peut résumer ses impressions par la phrase d'une lettre qu'elle écrivait à cette époque à l'une de ses anciennes compagnes de pension. Elle lui disait qu'elle avait découvert une voisine, gentille et douce créature de quinze ans, pas jolie du tout,

un peu contrefaite même, mais qui était en somme
une bonne et agréable amie à laquelle on pouvait tout
dire ; enfin, c'était une véritable bénédiction qu'une
pareille trouvaille dans cet horrible endroit d'Old
Church !

Pauvre Olivia !

CHAPITRE XII

A mesure que l'été s'avançait, les relations d'Oli ·
via Rothsay et de sa nouvelle amie, sanctionnées
désormais par leurs parents, donnaient lieu à de
longues promenades, à des réunions de lecture ou
de musique pleines d'agrément. Olivia prenait peu
de part à ce dernier exercice, car elle n'avait pas de
voix, et ses aptitudes musicales étaient fort limitées ;
mais elle pouvait écouter Sara jouer du piano ou
chanter pendant des heures entières, avec patience,
sinon avec fruit. Et quelles conversations !

Ne craignez rien, chère lectrice, nous n'allons
pas vous les répéter ; retournez en arrière et cherchez dans votre propre répertoire, nous nous en
rapportons à vos souvenirs. Qu'il nous suffise de
dire que ces jeunes amies, semblables aux abeilles
butinant de fleur en fleur, après avoir touché à

toutes les questions, s'arrêtèrent enfin sur le sujet le plus intéressant à leur âge : l'amour.

Il est curieux d'observer comment le cœur étend peu à peu ses fibres délicates, afin de s'emparer de ces biens inconnus qui doivent faire plus tard le bonheur et la force de sa vie. Quelle folie aux parents de chercher à réprimer ces aveugles tâtonnements, ces élans que la nature enseigne et qui ne contiennent en eux-mêmes rien de répréhensible ! Les jeunes filles rêveront à l'amour en dépit de toutes les défenses. Combien n'est-il pas préférable qu'on leur enseigne à y penser comme il faut, c'est-à-dire comme au sentiment le plus profond de la vie ! Il n'est pas moins absurde de chercher à l'étouffer par le ridicule, que de lui laisser prendre des proportions exagérées en favorisant des idées romanesques.

Il faut le considérer, quand la destinée vient l'offrir, avec tout le sérieux et tout le respect auxquels il a droit.

Ce fut un cruel mécompte pour Olivia Rothsay, que de découvrir qu'elle et mademoiselle Derwent avaient sur l'amour des notions totalement différentes. Olivia avait toujours éprouvé une sorte de frayeur à cet égard et n'abordait ce sujet qu'en

tremblant. Sara, au contraire, y semblait tout à
son aise ; elle parlait de plusieurs déclarations
qu'elle avait déjà reçues, dans les bals auxquels elle
avait assisté ; elle montra à son amie une demi-
douzaine de billets doux ; et tout cela sans paraître
y attacher la moindre importance. Cependant, peu
à peu cette indifférence et cette légèreté de la jeune
beauté parurent s'effacer devant l'influence du caractère plus sérieux d'Olivia.

Enfin, un soir, comme elles étaient assises ensemble, écoutant les sifflements du vent, un tout
petit secret s'échappa du cœur de Sara.

— Je n'aime pas ces vents d'équinoxe, dit-elle
un peu timidement ; j'ai tant entendu parler des
désastres, des naufrages qu'ils occasionnent, par
un ami que j'ai, et qui est sur mer !

— Vraiment? dit Olivia. Qui est-il ?

— Ah! ce n'est que Charles Gedder. Ne vous ai-je
jamais parlé de lui? C'est probable : j'étais tellement
indignée qu'il se fût échappé de l'Université pour
aller s'embarquer! Ce fut une sotte affaire ; mais
ne prononcez jamais son nom, je vous en prie, ni
devant papa, ni devant les petits garçons !

Et Sara rougit d'une vraie et honnête rougeur.
Olivia rougit aussi, peut-être par sympathie :

puis elle demeura pensive longtemps, plus longtemps même que Sara. Et il ne s'écoula pas beaucoup de jours sans que nos jeunes amies s'aper-
çussent que c'était là le charmant secret après lequel
leur cœur soupirait ; toutes deux avaient soif de
se désaltérer, ou au moins de voir l'une des deux
se désaltérer, à cette source enchantée qui renferme
ou la vie ou la mort, et sur les bords de laquelle
elles étaient maintenant arrivées.

Aussi, sans qu'on sût ni comment ni pourquoi,
de quelque façon que la conversation commençât,
on était sûr que le thème de Charles Gedder ne tar-
dait pas à s'y glisser. Invariablement Sara admettait
qu'elle et lui s'étaient toujours plu, quoique lui
l'aimât certainement davantage ; lorsqu'ils durent
se séparer, Charles avait paru très-agité ; elle avait
beaucoup pleuré, mais, après tout, ils n'étaient alors
que deux enfants et cela n'avait aucune conséquence.

Telle n'était pas l'opinion d'Olivia ; comparant la
situation de son amie avec des circonstances ana-
logues dans les poëmes de ses auteurs favoris, elle
se mit à tisser, autour de Charles Gedder et de sa
bien-aimée Sara, un gracieux roman et considéra
désormais son amie avec un intérêt et une défé-

rence plus marqués ; ce qui ne l'empêchait pas de
la sermonner de temps en temps, lui parlant de
constance et de ce que devait être le véritable
amour. Ses opinions étaient bien un peu trop idéa-
les pour la compréhension de mademoiselle Derwent ; celle-ci, néanmoins, aimait beaucoup les lui
entendre exprimer. Olivia prenait un intérêt si affectueux au fiancé ! car on avait décidé qu'il l'était.
Il ne se passait pas de jour qu'Olivia ne parcourut
avidement, dans le *Times*, la partie qui a pour
titre : *Nouvelles maritimes*, et lorsque, enfin, elle y
aperçut le nom du vaisseau de Charles Gedder si-
gnalé comme ayant touché au port de ***, son cœur
battit violemment ; des larmes jaillirent de ses yeux.
Simple Olivia ! lorsqu'elle courut montrer le passage à Sara, à peine pouvait-elle parler, tant son
émotion était grande ; elle se réjouissait du bonheur
de son amie comme si c'était le sien propre ; elle
en fit un secret même pour sa mère, mais de la
manière seule dont Olivia pouvait avoir un secret pour une mère si chérie, en disant à madame
Rothsay : « Je vous en prie, maman, ne me faites pas
de questions. » Et madame Rothsay, toujours habituée à être dirigée par quelqu'un, et qui était en
bonne voie de l'être complètement par sa fille, ne

s'informa de rien, s'en remettant à la sagesse et au jugement d'Olivia.

Charles Gedder vint à Old-Church. Ce fut une vie toute nouvelle pour Olivia ; ses habitudes en furent aussi changées, car alors ses promenades quotidiennes avec son amie devinrent moins fréquentes ; assise à sa fenêtre, elle prenait plaisir à observer Sara errant dans le jardin au bras de Charles, et tous deux ayant l'air si heureux, que c'était une félicité de les voir ensemble.

Comment définir les pensées étranges, fugitives, qui, souvent, amenaient des larmes dans les yeux de la jeune fille, lorsqu'elle épiait ainsi leur amour? Ce n'était pas du dépit de ce que Sara l'abandonnait pour Charles, c'était moins encore de l'envie, mais une vague aspiration, le désir d'aimer, uniquement pour aimer, sans qu'Olivia eût en vue aucun objet particulier, car elle n'avait jamais rencontré personne qui lui inspirât le plus léger sentiment d'amour. Cependant, tout en regardant ces deux jeunes gens si unis, si indispensables l'un à l'autre, elle se disait tout bas qu'il devait être doux de pouvoir contracter un lien semblable, et elle se sentait capable d'aimer aussi ; mais toujours son aspiration était plutôt d'aimer que d'être aimée.

Un matin, Olivia, qui n'avait pas vu Sara depuis
deux ou trois jours, fut subitement appelée au lieu
ordinaire de leurs rendez-vous. C'était un endroit
au bord de la rivière, point de jonction des deux jardins, où une belle aubépine étendait ses rameaux
en berceau et formait une retraite complétement à
l'abri des regards indiscrets. Là, se tenait Sara debout, si pâle et si sérieuse, qu'Olivia ne put retenir
cette exclamation :

— Qu'y a-t-il ? qu'est-il arrivé ?

— Rien, c'est-à-dire rien de fâcheux ; mais,
Olivia, qu'allez-vous penser de moi ? imaginez-vous
que Charles, hier soir, a glissé cette lettre dans ma
main. J'ai à peine dormi, je me sens si agitée... si
effrayée !

C'était vrai, à en juger par la contenance de Sara.
Et, d'ailleurs, n'en est-il pas toujours ainsi de toute
jeune fille qui reçoit sa première lettre d'amour ?

Olivia partagea l'émotion de son amie et se mit
à trembler de tous ses membres, lorsque, à la prière
de celle-ci, elle lut la lettre de Charles. C'était une
lettre bien naïve, pleine de l'amour le plus romanesque et le plus exalté qu'adolescent puisse exprimer ; mais son accent de sincérité toucha Olivia.
Lorsqu'elle l'eut achevée, elle fut forcée de s'ap-

puyer contre le tronc d'un arbre, aussi émue, aussi
pâle que Sara elle-même.

— Eh bien, Olivia? dit celle-ci.

Pour toute réponse Olivia se jeta dans les bras
de Sara, l'embrassa tendrement et parut prête à
pleurer.

— Voyons, ma chère, dites-moi ce qu'il faut
faire, comment je dois agir, demanda Sara d'un ton
anxieux ; car elle commençait à subir l'ascendant
d'Olivia, si grande était l'influence qu'exerçait sur
elle cette nature plus réfléchie, plus élevée.

— Agir! comment il faut agir? mais si vous l'aimez, il faut le lui dire et lui consacrer toute votre
vie, votre affection, votre foi.

— En vérité, Olivia! comme vous prenez la chose
au sérieux! je n'avais pas l'idée que ce fût une affaire aussi importante. Pauvre Charles! — qui aurait cru qu'il pût m'aimer ainsi?

— Ah! Sara! Sara! murmura Olivia, que vous
devriez être heureuse!

La période qui suivit cet incident devait marquer
dans l'existence d'Olivia. Ce fut une époque de
grande exaltation; on aurait dit qu'elle était éprise
elle-même, tant elle s'associait aux sentiments du
jeune couple; sa sympathie était presque plus

grande pour Charles que pour son amie. Il y avait
dans la nature profonde et passionnée du jeune marin quelque chose qui répondait à la sienne ; cût-il
été son frère, Olivia n'aurait pu prendre plus d'intérêt à ses amours. Charles Gedder, de son côté, paraissait l'apprécier infiniment ; ce fut d'abord à
cause de Sara, puis, ensuite, pour elle-même. Il
la considérait avec cette douce compassion que le
fort, le brave aime à déployer envers le faible et
le déshérité ; il l'appelait souvent « sa fidèle petite
amie, » et, vraiment, elle en jouait bien le rôle,
s'ingéniant à rendre favorable à ses bons amis l'u-
nique parent de Sara, un père assez irascible, jusqu'à ce qu'elle l'eut amené à consentir aux fiançailles. Ensuite, elle prêchait la légère et coquette
Sara, et réussissait à la faire se conduire aussi rai-
sonnablement qu'il était possible de l'exiger d'une
fiancée de dix-sept ans.

Charles Gedder dut retourner à bord de son vaisseau. Pauvre petite Olivia ! avec son cœur chaud
et aimant, elle souffrit presque autant que Sara.
Celle-ci, après avoir été triste pendant toute la semaine qui suivit le départ de son futur, se consola
en se plongeant dans tous les divertissements du
plus gai Noël qu'on vit jamais dans la société

d'Old-Church. Partout, mademoiselle Derwent fut la beauté, l'étoile de la saison, et son amie était continuellement obligée de lui rappeler sa promesse, son engagement avec Charles Gedder, engagement qu'elle, Olivia, considérait comme solennel et sacré.

Cette épisode d'amour, dans lequel notre jeune héroïne avait eu son rôle, remua singulièrement toutes les profondeurs de sa nature. Elle s'éveillait ainsi lentement au grand mystère de la vie de la femme. Sara était continuellement entraînée dans le tourbillon des plaisirs mondains; cette circonstance, en diminuant la fréquence de leurs rapports, lui permit de se rejeter davantage sur elle-même et lui laissa tout le loisir de s'abandonner à la vague tristesse qui venait peu à peu s'emparer de son âme. C'était un vide du cœur que l'amour même de sa mère ne pouvait combler.

Madame Rothsay, voyant sa fille si mélancolique et pensive, si absorbée, conçut le désir, avec un désintéressement tout maternel et avec le concours de Sara Derwent, de faire voir à Olivia un peu de société; cette distraction devait être prise avec modération, car, d'une part, la santé délicate d'Olivia, et, de l'autre, la volonté du capitaine Rothsay, empê-

chèrent sa présentation dans le monde suivant toutes
les règles. Et lorsque madame Rothsay envisageait
sérieusement l'avenir de sa fille, elle convenait qu'il
valait mieux qu'il en fût ainsi.

— Pauvre enfant! pensait Sybil; elle n'est pas
faite pour le monde ni le monde pour elle; il vaut
mieux qu'elle mène cette humble et paisible vie où
nulle souffrance ne viendra l'atteindre, nul abandon
la blesser.

Néanmoins, ce fut avec une sorte de plaisir
mal défini que madame Rothsay para elle-
même son Olivia pour son premier bal. C'était une
fête donnée à l'occasion du jour de naissance de Sara
Derwent; les deux jeunes filles y pensèrent plusieurs
semaines à l'avance.

Qui aurait cru que la jeune personne après
laquelle madame Rothsay était occupée en ce moment et qu'elle contemplait avec une tendresse qui
n'était pas dénuée de quelque complaisance, fût
cette même enfant dont elle s'était autrefois détournée avec une impression de souffrance, presque de
dégoût? Peut-on aimer sans éprouver le besoin d'admirer? D'ailleurs, la difformité d'Olivia avait quelque peu diminué avec sa croissance et l'exquise douceur, le charme répandu sur toute sa contenance,

10

offraient une ample compensation au défaut de sa
taille.

Pourquoi donc la mère, en attachant de ses mains
la robe blanche de la jeune fille et en disposant avec
goût ses boucles blondes, afin qu'elles tombassent
abondantes et gracieuses sur son cou et sur ses
épaules, laissa-t-elle échapper un profond soupir?
Ce soupir, heureusement Olivia ne l'entendit pas.
Elle était occupée à nouer un bouquet de fleurs rares
qu'elle destinait à Sara pour sa fête.

— Eh bien, chère maman, êtes-vous satisfaite de
ma toilette? demanda-t-elle, lorsqu'elle fut complétement habillée.

— Pas encore, répondit madame Rothsay ; et elle
courut chercher une palatine de fourrure blanche
qu'elle lui jeta sur les épaules.

— Tiens, mon enfant, ceci te va admirablement ;
regarde plutôt. En achevant ces mots, elle la conduisit devant un miroir où Olivia aperçut toute sa
personne tellement transformée, qu'à peine se re-
connut-elle ; sa tête rayonnante, d'une beauté
délicate et tout intellectuelle, semblait sortir d'un
nuage éclatant.

— Cette palatine est fort jolie, maman, mais à
quoi bon? la nuit n'est point froide.

Olivia songeait si rarement à elle-même et,
comme nous l'avons dit plus haut, ses rapports
avec la société avaient été si limités, que l'idée de
l'imperfection de sa taille ne s'était jamais présentée
à son esprit. Quant à madame Rothsay, si belle, et
pour qui la beauté avait toujours sa valeur, elle se
sentit frappée au cœur par cette question. Dans cet
instant, la réflexion par laquelle elle cherchait souvent à se consoler, à savoir : que la difformité d'Olivia était devenue moins apparente, et qu'on pouvait espérer qu'avec les années elle disparaîtrait à
peu près complétement; cette réflexion, que ses
amies lui suggéraient souvent, ne se présenta
pas cette fois à son esprit. Madame Rothsay considérait avec tristesse, dans le miroir, son cou de
cygne, sa taille élancée, et, se comparant à sa fille,
elle aurait volontiers renoncé à tous ses avantages,
autrefois tant appréciés, si elle avait pu en faire
don à la pauvre déshéritée.

Sans prononcer une seule parole, de peur qu'Olivia ne devinât ses pensées, elle lui ôta la palatine,
puis, en lui disant adieu, elle murmura doucement
ces mots à son oreille :

— Chère enfant, si tu vois d'autres jeunes filles
plus jolies, plus admirées que toi, et auxquelles on

accorde plus d'attention, n'y prends pas garde; tu es l'Olivia chérie de ta mère, chérie à toujours, rappelle-toi cela.

O bénédiction de l'épreuve, douce leçon enseignée par la souffrance! quel merveilleux changement n'avez-vous pas apporté dans le cœur de Sybil! Olivia n'avait jamais été de sa vie dans un bal, un bal avec ses banquettes de gala, ses fleurs et son orchestre enivrant. Aussi fut-elle tout éblouie de la transformation qu'avait subie la grande salle à manger des Derwent, pièce dont on se servait rarement et qui était le théâtre ordinaire des ébats de Robert et de Lyle.

Olivia se crut transportée dans le pays des fées : les jeunes demoiselles d'Old-Church, d'assez dédaigneuses pensionnaires, qu'elle avait toujours un peu redoutées lorsque l'hospitalité de Sara l'avait mise en contact avec elles, lui parurent maintenant devenues de véritables beautés dignes de figurer à la cour. Leur importance l'effraya; il est vrai d'ajouter qu'elles remarquèrent à peine l'entrée de la petite Olivia. Quant à Sara, traversant majestueusement le salon pour aller à sa rencontre, elle lui fit l'effet d'une véritable reine, mais ce ne fut qu'une vision aussitôt évanouie qu'apparue, car jamais jeune personne ne fut plus courtisée, plus réclamée, que la charmante mademoiselle Derwent.

Une fois dans la soirée, une seule fois, Olivia, en regardant Sara, se souvint du jeune marin qui était peut-être, à cette même heure, ballotté par l'ouragan ou étendu sur le pont solitaire de son navire, au milieu du vaste Atlantique, et elle pensa que si jamais son tour venait d'être aimée, elle ne prendrait pas les choses aussi légèrement que son amie.

— Quels charmants quadrilles! s'écria Olivia qui admirait les danseurs, assise à côté de son cher Lyle, car Lyle s'était bientôt glissé près d'elle; il avait introduit sa petite main dans celle de sa bonne amie, et il la regardait avec une expression d'adoration tout à fait comique. N'avait-il pas annoncé son intention de l'épouser, lorsqu'il serait devenu un homme? projet qui avait excité l'hilarité du frère aîné.

— J'aime beaucoup mieux rester tranquillement ainsi, à côté de vous, que de danser, murmura le fidèle petit cavalier.

— Merci, Lyle! C'est très-aimable de votre part, mais ils ont tous l'air si joyeux, qu'en vérité je voudrais presque que quelqu'un m'invitât.

— Vous, danser, mademoiselle Rothsay! Vous

n'y pensez sûrement pas. Quelle plaisanterie ! qui voudrait danser avec vous ? interrompit le malhonnête Robert.

— O méchant Bob, taisez-vous, et en même temps Lyle regardait son frère d'un air suppliant. Je vous en prie, mademoiselle Rothsay, je danserai avec vous, si cela peut vous plaire, c'est-à-dire si vous trouvez que je sois assez grand pour cela.

— Oh ! sans doute, je suis si petite moi-même, répondit Olivia en riant.— Elle mettait une sorte d'affectueux orgueil à protéger Lyle.— N'est-il pas convenu que lorsque vous serez en âge, vous deviendrez mon mari ?

— Votre mari ! répéta Bob malicieusement, ne comptez pas tant en trouver un. Savez-vous que j'ai entendu dire par ces demoiselles, tout à l'heure, que vous avez exactement l'air d'une vieille fille, et que certainement jamais personne ne voudrait vous épouser, parce que vous êtes, vous êtes ?...

Au même instant, Lyle, devenant pourpre de colère, s'élança sur son frère et lui ferma la bouche avec sa petite main. Sur quoi Bob entra dans une telle rage, qu'il en oublia totalement Olivia et ce qu'il allait dire, pour se livrer, avec son infortuné cadet, à un pugilat à outrance ; sur quoi les deux

belligérants, pauvres garçons orphelins et mal
élevés, furent envoyés se coucher.

Olivia, ayant perdu leur société, fut laissée à elle-
même et réduite à se distraire du mieux qu'elle
pourrait. Quelques jeunes gens qu'elles connaissait
venaient bien lui adresser la parole de temps en
temps; mais tous retournaient bientôt à la danse
ou au-chant, et Olivia, qui ne prenait part à aucun
de ces divertissements, se trouva fort isolée. D'abord
elle n'y prit pas garde, occupée qu'elle était de ses
propres pensées et de ses observations sur ce qu'elle
voyait autour d'elle. Tout l'intéressait vivement;
son cœur battit bien fort plus d'une fois, devant
ces « coquetteries » passagères, sans suites, que
dans sa naïveté elle prenait pour de sérieux attachements. Il lui semblait que tous étaient aimés ou
aimaient, excepté elle-même. Cette idée la fit rougir
comme si c'eût été de sa part manque de modestie!

Pauvre Olivia! il était fâcheux pour elle que les
amours de Sara eussent éveillé prématurément
dans son cœur ces aspirations aveugles vers le grand
mystère de la vie.

— Quoi! déjà fatiguée de danser! s'écria Sara en
s'élançant vers l'angle du salon où Olivia restait
assise.

— Je n'ai pas dansé une seule fois encore, répondit celle-ci d'un air malheureux.

— Voyons, faut-il que j'aille vous chercher un cavalier? demanda Sara étourdiment.

— Oh! non, non; tout le monde m'est étranger ici. Si cela ne vous ennuyait pas trop, Sara, je préférerais de beaucoup danser avec vous.

Sara y consentit d'assez bonne grâce. Cependant une légère ombre vint couvrir son front; son amie s'en aperçut.

— Aurait-elle honte de moi? pensa-t-elle. Serait-ce parce que je ne suis pas jolie? mais personne ne m'a pourtant jamais dit que je fusse si laide. Je verrai bien.

Et comme elles prenaient place dans le quadrille, Olivia observa dans la grande glace la gracieuse et élégante image de Sara qui s'y reflétait; puis, à côté, on voyait une pâle et insignifiante petite personne. Il y avait là décidément un contraste, et Olivia, qui avait hérité de toute la passion de sa mère pour la beauté, culte qui chez elle était encore idéalisé par les tendances de son âme d'artiste naissante, se prit à soupirer avec amertume après la perfection physique. Elle dansa ce quadrille tant désiré avec peu d'entrain; dans son esprit retentissait le vain écho de cette vieille chanson :

« J'ai vu passer les dames majestueuses, avec leurs cheveux noirs luisants, et je me suis détournée froidement pour pleurer. Ah ! pourquoi, moi aussi, ne suis-je pas belle ? »

Le quadrille terminé, elle retourna se cacher dans son coin, et Sara, que son bon cœur avait déterminée à accomplir ce sacrifice à l'amitié, parut sourire avec plus de satisfaction quand il fut achevé. Du moins ce fut l'impression d'Olivia; elle demeura quelque temps sans revoir sa chère idole. Se sentant fort peu de sympathie pour les autres jeunes filles, et pas du tout pour les « beaux » assez empruntés d'Old-Church, elle chercha un refuge et des consolations d'une façon assez inoffensive, en se dissimulant sous d'épais rideaux et en admirant par la fenêtre le clair de lune.

Elle était dans cette sorte de cachette depuis quelques instants, lorsqu'elle entendit la voix de Sara causant tout près d'elle avec une jeune fille qu'Olivia connaissait aussi; mais, trop timide pour les joindre, elle préférait infiniment à leur société celle de la douce lune.

— Je me suis bien amusée tout à l'heure à vous

voir danser avec cette petite Olivia Rothsay, mademoiselle Derwent, disait l'amie. Pour ma part je
déteste danser avec une de mes compagnes, mais
je suppose que vous vouliez nous faire jouir du
contraste.

— Oh! non, certes! C'eût été bien mal, répondit
Sara. C'est une si douce, si aimable créature qu'O-
livia! D'ailleurs, c'est mon amie intime.

Ici, Olivia toute rouge de bonheur, se demanda
si ce n'était pas le moment de se montrer. Était-il
bien délicat d'écouter ainsi derrière ce rideau? —
Il est vrai que sa bien-aimée Sara lui avait déclaré
souvent qu'elle n'avait pas de secrets pour elle.

— Oui, reprit l'autre jeune fille, je sais qu'elle
est votre amie. Elle est aussi très-liée avec M. Charles
Gedder; à votre place, j'en serais même jalouse.

— Jalouse d'Olivia? ce serait plaisant vraiment!
Et le joli rire argentin de Sara prit une teinte singulièrement ironique. Qui pourrait jamais penser
qu'Olivia soit capable de faire la conquête du fiancé
d'une autre, elle qui probablement n'en aura jamais,
la pauvre fille!

— Oh! il est certain que personne ne tombera
jamais amoureux d'elle! mais voici la valse qui
commence, je me sauve; ne venez-vous pas?

— Dans un instant ; il faut que je cherche Olivia dans l'autre salon.

— Je suis ici, dit alors d'une voix timide cette même Olivia en se dégageant d'entre les rideaux.

— O Sara, pardonnez-moi, si j'ai mal agi en vous écoutant ; mais il me serait impossible de vous le cacher.

Sara parut confuse, mais, par un mouvement tout instantané, elle se jeta dans les bras de son amie et la couvrit de baisers.

— Vous n'êtes ni contrariée, ni affligée, n'est-ce pas, chère Olivia ? dit-elle.

— Oh ! non, ce serait trop ridicule de ma part ; mais, poursuivit-elle en hésitant, j'ai quelque chose à vous demander, Sara ; — ce n'est pas que je sois ni vaine, ni orgueilleuse, cependant je voudrais savoir la vérité. — Pourquoi donc, tout à l'heure, Jane Osmond et vous-même avez-vous dit que jamais personne ne-m'aimerait ?

— Ne parlez pas ainsi, ma chère mignonne, s'écria Sara d'un air chagrin et embarrassé ; mais, tout en prononçant ces mots, ses regards allèrent instinctivement chercher la glace dans laquelle se reproduisaient leurs deux images. Olivia imita ce mouvement.

— Oui, je sais, balbutia-t-elle. Je suis petite, j'ai une figure très-ordinaire, ma taille est très-gauche, je suis loin d'être gracieuse comme vous; mais, Sara, ces désavantages doivent-ils me faire haïr?

— Haïr! oh! non, mais...

— Eh bien, achevez, achevez donc, je veux tout savoir; dit Olivia avec fermeté, tandis que peu à peu une pensée pénible longtemps voilée se faisait jour dans son esprit.

— Je vous assure, recommença Sara avec embarras, que cela ne signifie rien ni pour moi, ni pour ceux qui nous aiment; vous êtes une si aimable et si bonne créature, que l'on oublie bien vite... mais les étrangers, les jeunes gens surtout, qui tiennent tant à la beauté, s'apercevront de ce défaut. — Et Sara s'arrêta, entourant de son bras le cou d'Olivia avec une affectueuse étreinte et une vraie émotion. Mais celle-ci, les joues pâles, les lèvres tremblantes, repoussa cette caresse par un mouvement rapide et fixa résolûment son image dans la glace.

— Ah! je vois ce que je n'ai jamais vu encore. — J'ai si peu pensé à moi! — Oui, c'est vrai, trop vrai! Et sa respiration était haletante, son regard froid et dur restait comme rivé sur le miroir.

Sara en fut effrayée :

— Ma chère Olivia, ne prenez pas cet air-là, je vous en conjure; je n'ai pas dit que ce fût une *difformité* positive.

Olivia frissonna :

—Ah ! c'est là le mot, je comprends tout maintenant. Puis elle se tut et couvrit son visage de ses mains ; au bout d'un instant, cependant, elle parut se remettre et s'assit, si tranquille et si calme que Sara y fut trompée.

— Cela vous est égal, n'est-ce pas, Olivia? Oh! dites-moi que vous n'êtes plus fâchée.

— Fâchée, contre vous? Comment serait-ce possible?

— Alors, reprit Sara avec enjouement, vous allez revenir avec moi au salon, nous danserons un autre quadrille ensemble.

La voix joyeuse de son amie parut affecter péniblement Olivia :

— Oh! non, non, je vous remercie, dit-elle avec tristesse. Sara, ma chère Sara, laissez-moi retourner à la maison !

CHAPITRE XIII

— Eh bien, mon amour, le bal a-t-il été aussi agréable que tu le pensais?

Telle fut la première question qu'adressa madame Rothsay à sa fille, le lendemain matin, lorsque celle-ci, tirant les rideaux de son lit, s'approcha d'elle pour lui servir son déjeuner, repas qu'elle ne recevait jamais que des mains d'Olivia.

— Chacun a dit qu'il était charmant, répondit Olivia avec indifférence.

— Mais toi? reprit la mère avec une anxiété qu'elle déguisait mal, quelle est ton opinion? qui a causé avec toi? avec quels jeunes gens as-tu dansé?

— Personne n'a dansé avec moi, sauf Sara.

— Pauvre enfant! dit madame Rothsay en retenant un soupir et pressant sa fille plus tendrement sur son cœur.

N'était-ce pas une étrange destinée que celle qui faisait, de l'enfant autrefois dédaigné, l'unique objet dans le monde auquel s'attachât aujourd'hui Sybil Rothsay? Les sources de l'amour maternel, si longtemps invisibles chez elle, débordaient maintenant en flots abondants et pressés; elle n'aurait pas échangé leur douceur pour être de nouveau la beauté adorée, capricieuse et gâtée, de la société de Stirling. L'épouse délaissée, la mère souffrante, qui voyait sa santé altérée dépendre pour tant de soins de l'affection de sa fille, se sentait plus heureuse, plus près du ciel, qu'à aucune autre époque de sa vie. Au bout d'un instant, elle reprit, tout en regardant sa fille avec attention :

— On dirait que tu as passé toute la nuit debout, mon enfant, tant tu as l'air fatigué ce matin. Cependant je t'ai entendue rentrer de bonne heure, et j'ai cru que tu t'étais suffisamment reposée. N'en a-t-il pas été ainsi, ma bien-aimée?

— Pas complétement; je suis restée longtemps à réfléchir, répondit Olivia, incapable de mentir et tout en rougissant; car elle aurait voulu cacher à madame Rothsay les sentiments amers qui la dévoraient. Dans ce moment même le son de la

cloche du vestibule se fit entendre. Madame Rothsay
tressaillit.

. — Serait-ce ton père qui revient? dit-elle. Il avait
annoncé son retour pour demain, ou pour ce soir
au plus tôt.

Olivia descendit pour s'en assurer. Ce n'était
qu'une lettre ; le capitaine Rothsay y mandait son
arrivée pour le jour même, ajoutant, circonstance
très-rare, qu'il amènerait avec lui quelques amis.
Olivia parut contrariée de cette nouvelle.

— Quoi! mon enfant, dit Sybil, ne serais-tu pas
satisfaite de recevoir ces visites? Cela mettra un peu
d'animation dans la maison et la rendra moins
triste pour toi.

— Oh ! ce n'est pas nécessaire; je ne le désire nullement. O ma mère, s'il m'était possible de m'enfermer et de n'être vue de personne que de vous ! —
Olivia était devenue très-pâle en prononçant ces
mots ; après une courte pause, elle sembla prendre
résolûment son parti et continua avec assez de
calme : — J'ai découvert une chose que j'avais toujours ignorée, à laquelle du moins je n'avais
jamais pensé : c'est que je ne ressemble pas aux
autres jeunes filles. O ma mère, est-il vrai? suis-
je réellement difforme? Parlez!

Son agitation redevint extrême. Madame Rothsay
fondit en larmes.

— Olivia, tu me déchires le cœur. Malheureuse
mère que je suis! Qu'ai-je fait pour que Dieu me
punisse ainsi?

— Vous punir, ma mère?

— Non, mon enfant! ma pauvre innocente enfant! ce n'est pas là ce que j'ai voulu dire, s'écria
madame Rothsay, serrant sa fille convulsivement
dans ses bras.

Mais le mot fatal avait été prononcé, il devait
rester gravé à toujours dans la mémoire d'Olivia;
il devait ranimer l'impression depuis longtemps
affaiblie, mais qui ne s'était jamais totalement
effacée de son souvenir, l'impression qu'avait produite sur son âme d'enfant le premier regard de
son père. Elle le comprenait; oui, tout était expliqué maintenant.

Cependant madame Rothsay s'abandonnait à la
plus profonde douleur. Olivia dut faire taire ses
propres sentiments pour calmer sa mère. Elle y
réussit enfin, mais elle apprit en même temps qu'il
y avait désormais entre elles un sujet sur lequel le
silence le plus absolu devait être gardé. Avec sa
nature sensible, délicate, chaque larme, chaque

plainte qui lui échapperait, lui paraissaient comme
autant de reproches dirigés contre la mère qui l'avait
portée dans son sein. Désormais il lui faudrait lutter
seule contre ces tristes pensées. Mais comment
lutter?

Olivia, dès qu'elle fut libre, courut dans les
champs: elle erra longtemps dans une prairie-qui-
avait été, pendant la belle saison, une de ses promenades favorites, en compagnie de sa chère Derwent et
de ses frères ; aujourd'hui cette prairie était déserte,
silencieuse, enveloppée de la brume glacée de jan-
vier ; tout était triste, morne dans la nature. Était-ce
là l'image de sa vie? Cette vie serait-elle semblable
à un long jour d'hiver, sans éclat, sans parfum,
sans amour?

— Je suis contrefaite! Oui, c'est là ce que Sara a
voulu dire, se répétait Olivia. Si celle qui m'a donné
son cœur peut me considérer ainsi, comment dois-je
paraître aux yeux du monde ? Tous vont s'éloigner
de moi avec horreur; ceux même à qui je ferai
compassion se détourneront de moi avec tristesse.
Quant à m'aimer....

Olivia repassa dans son imagination, presque avec
désespoir, tous ceux dont elle avait éprouvé l'affection. Il y avait Elspie, son père et sa mère. Mais

l'amour même de ses parents, l'avait-elle toujours
possédé? Non, elle se rappelait l'époque où cette bénédiction lui avait été refusée.

— Hélas! pensait-elle avec amertume, même
pour eux j'ai été un fardeau, un châtiment! Et son
imagination, surexcitée dans cette première explosion de désespoir, lui exagérait encore la vérité ;
elle ne voyait en elle qu'une pauvre créature dis-
graciée, à laquelle toutes les affections les plus lé-
gitimes seraient refusées dans l'avenir ; une femme
dont les amitiés ne seraient le fruit que d'une bienveillance compatissante ; une femme à laquelle l'a-
mour, ce rêve éblouissant qu'elle avait dernièrement
caressé, serait à toujours inconnu. Que son sort lui
paraissait dur! S'il ne s'était agi que de quelques
mois, de quelques années ; mais supporter toute sa
vie cette malédiction flétrissante ; — n'en pouvoir
être affranchie que par la mort! Ses lèvres murmu-
rèrent involontairement cet amer reproche :

— O Dieu! pourquoi m'as-tu faite ainsi?

Mais à peine cette douloureuse exclamation s'était-
elle échappée de son cœur, que son impiété la fit
trembler. Alors, le courant de ses pensées changea.
Les mystérieuses aspirations qui, comme autant
de belles visions, avaient autrefois embelli son en-

fance, et qui, sous l'influence des distractions et des
liens du monde, s'étaient affaiblies en elle, revinrent la trouver. Le Dieu infini, incommensurable,
lui apparut de nouveau dans toute sa glorieuse
sérénité. Qu'était-ce qu'une courte vie à côté des
âges de l'éternité?

Malgré sa faiblesse, son ignorance, son impuis-
sance, elle sentait que sa pauvre forme avilie ren-
fermait une âme immortelle, une âme qui tendait
vers le ciel, à laquelle le ciel répondait par des
regards pleins, non comme ceux des hommes, de
mépris ou de dégoût, mais d'un divin amour, par des
regards qui avaient la puissance d'élever la créature mortelle et de la mettre en communion avec
l'immortalité.

Lorsque Olivia Rothsay sortit de cette méditation
solitaire, il lui sembla qu'elle avait, en une heure,
vieilli de plusieurs années. En se dirigeant, à travers les champs déserts, vers sa demeure, la jeune
fille comparait l'aspect morne et sombre de ce jour
d'hiver, qui n'était éclairé que par le reflet éclatant
de la neige, à cette épreuve qui venait de la frapper
et de glacer son jeune cœur. Devait-elle y voir un
symbole? La pâle lueur de cette souffrance devait-
elle à toujours la suivre sur son sentier terrestre?

Étrange pensée pour une jeune tête de seize
ans !

D'un pas lent et solennel, en rapport avec l'état
de son âme, Olivia traversa la ville et gagna la rue
située à l'extrémité du faubourg où se trouvaient son
habitation et celle de Sara. Machinalement elle jeta
un regard sur la maison des Derwent. Tout y paraissait lumière et joie ; un grand feu flambait dans le salon et brillait à travers les fenêtres ; Olivia en distinguait parfaitement les gais reflets sur les tapisseries
et sur les heureux visages qui faisaient cercle autour
du foyer. Dans cet instant, comme pour égayer
encore cette douce scène de famille, le carillon
d'Old-Church éclata dans le lointain ; les cloches
sonnaient à toutes volées pour un mariage. Elles
signifiaient, elles disaient, de leurs voix joyeuses, que
tout près de là s'ouvrait une autre scène d'amour,
d'espérance ; dans une maison de la paroisse on
fêtait l'arrivée d'une épouse.

La jeune fille, née avec toutes les aspirations de
la femme, aspirations saintes et pures, vers cet amour
qui est sa religion, le charme de son foyer, le ciel
de sa vie, sentait qu'elle était à toujours exclue de
cet Eden. Elles ne sonneront pas pour moi, ces cloches ; jamais, hélas ! murmura-t-elle. Sa tête se

11.

pencha sur sa poitrine ; elle crut sentir une main
glacée se poser sur son cœur, comme pour lui dire :
Tais-toi, cesse de battre !

Lorsque Olivia releva la tête, elle aperçut, brillant
dans les hauteurs du ciel, au delà du brouillard, du
froid, de l'obscurité, une petite étoile lumineuse,
une seule. Alors, avec un long soupir, son âme
tout entière s'éleva sur les ailes de la prière :

— O Dieu, puisque tu l'as voulu ainsi, puisque
je dois marcher seule dans ce monde, daigne marcher à mes côtés ! Si je ne dois connaître aucun
amour terrestre, remplis mon âme de ton amour !
Si les joies d'ici-bas sont au-dessus de mon atteinte,
donne-moi « cette paix du ciel qui surpasse toute
intelligence ! » Et Olivia Rothsay, triste, mais déjà
rassérénée, rentra chez elle.

Elle y trouva son amie Sara. En la voyant celle-ci
eut l'air un peu embarrassé et tenta, par un accueil
plus empressé que de coutume, d'effacer de l'esprit
d'Olivia le souvenir de ce qui s'était passé le soir
précédent. Olivia, au premier abord, donna peu d'encouragement à ces démonstrations. — « L'affection
de Sara n'est, après tout, que de la pitié, se disait-
elle amèrement. » Mais l'empire qu'elle possédait sur
elle-même, la hautaine réserve qu'elle avait héritée

de son père, vinrent bientôt à son aide. Sara Derwent remarqua seulement qu'elle était un peu froide et silencieuse. Une sorte de contrainte s'interposa entre les deux amies. Olivia entendit, sans manifester beaucoup de regrets, une nouvelle qui, quelques jours auparavant, l'eût profondément affligée. La visite de Sara était une visite d'adieu. La jeune fille était subitement demandée par son grand-père, qui habitait un comté éloigné, et cet appel faisait pressentir que la séparation durerait plusieurs semaines, peut-être davantage.

— Mais je ne vous oublierai pas, ma chère Olivia, disait Sara avec chaleur. Je vous écrirai souvent; ce sera ma seule distraction dans l'ennuyeux endroit où je vais. Figurez-vous qu'on raconte que jamais personne n'entrait autrefois dans la maison de mon grand-père, sauf le ministre, et encore ce dernier, demeurant fort loin, n'y faisait-il que de rares apparitions. Pauvre brave homme de ministre ! comme je l'ai tourmenté dans mon enfance ! je mettais le feu à sa perruque, je lui cachais ses lunettes et lui faisais mille autres tours semblables. Maintenant il est mort et j'apprends qu'il est remplacé par un tout jeune pasteur. Ferai-je un peu la coquette avec le nouveau venu, eh ! Olivia?

Olivia n'était pas d'humeur à plaisanter ; elle se
borna à secouer la tête. Madame Rothsay, elle, regardait Sara avec admiration :

— Quelle joyeuse jeune fille vous êtes, ma chère
enfant! lui dit-elle ; vous gagnez le cœur de tout le
monde. Que je voudrais qu'Olivia eût seulement la
moitié de votre gaieté !

Encore un trait dans le cœur de la pauvre
Olivia.

— Eh bien, nous essayerons de l'égayer, de la
distraire à mon retour, répondit affectueusement
Sara. J'aurai bien des choses à lui raconter peut-
être sur ce jeune pasteur. Voyons, Olivia, ne froncez
pas les sourcils comme cela. Il est Écossais, à ce
que dit mon cousin ; n'aimez-vous pas l'Écosse?
Seulement, son père était Gallois et il porte un des
horribles noms de ce pays, Gwyrds, ou Gwynne, quelque chose comme cela, mais je vous donnerai tous
les détails dans ma prochaine lettre. Et Sara, toujours riant, plaisantant, se leva pour faire ses
adieux ; les deux amies ne s'étaient jamais séparées
pour plus d'un jour ; aussi ces adieux leur parais-
saient-ils bien longs. En les prononçant, Olivia
sentit combien lui était chère cette jeune fille, cette
première idole de son cœur ; alors, cette cruelle

pensée traversa son esprit : Quoique destinée à vivre
sans être aimée, pourrait-elle s'empêcher d'aimer ?
Et s'il devait en être ainsi, comment supporterait-
elle le vide incessant de son cœur, ce vide immense,
jamais comblé ? Sa tête se pencha sur l'épaule de
Sara et elle pleura en lui disant :

— Vous m'aimez pourtant un peu, Sara, n'est-il
pas vrai ?

— Comment ! un peu ? mais beaucoup, autant que
j'en suis capable, autant qu'aucune des personnes
qui m'intéressent, répondit Sara, essayant de sourire pour chasser les larmes qui remplissaient aussi
ses yeux, sans doute par sympathie.

— Ah ! c'est vrai, reprit Olivia, tout le monde
vous aime, vous, et ce n'est pas étonnant.

— Allons, ma petite Olivia, allez-vous reprendre
encore votre air grave, comme si vous alliez me
sermonner, me recommander de ne pas faire la
coquette avec le jeune ministre et de toujours me
souvenir de Charles ? Ah ! cela est parfaitement
inutile !

— Je l'espère bien, répondit Olivia tranquillement.

Elle ne put en dire davantage, Sara avait déjà gagné la porte, lorsque, par une subite impulsion,

elle revint en arrière et jetant ses bras autour du
cou de son amie, elle s'écria :

— Olivia, je suis une fille bien étourdie, bien in-
considérée ; pardonnez-moi, si je vous ai jamais fait
de la peine, et n'y pensez plus, je vous en supplie.
Encore une fois, embrassez-moi.

Olivia, pour toute réponse, lui rendit son étreinte
avec tendresse, et lorsque Sara se fut enfin éloignée,
il lui sembla qu'on lui avait arraché la plus belle
fleur de son jardin, que la plus belle étoile avait
disparu de son ciel.

Sara partie, Olivia retomba dans ses anciennes
habitudes de rêverie. Le roman de cette première
amitié avait fui comme un nuage du matin. De Sara
il ne vint aucune lettre ; Olivia, elle, écrivit deux
ou trois fois ; mais un sentiment de dignité blessée
l'empêcha de continuer. Robert et Lyle l'assurèrent
que leur sœur allait bien et qu'elle était étrès-heu-
reuse chez son grand-père C'est ainsi qu'un froid
silence vint glacer ses plus belles illusions.

A la même époque, des soucis étaient venus
fondre sur la maison. Un grand changement s'était
opéré chez le capitaine Rothsay ; à ses habitudes d'ordre et d'économie avait succédé le luxe le plus extra-
vagant, luxe, à la vérité, auquel ni sa femme ni sa

fille ne prenaient aucune part. Elles ne s'en aperce-
vaient que pendant ses rares visites à Old-Church, et ;
même alors, il passait presque toutes ses soirées hors
de la maison, ou bien il recevait du monde à dîner
chez lui et passait les nuits à boire et à fumer avec
ses amis, ce qui jetait la perturbation dans la paisible
existence des deux femmes. Que de fois la mère et la
fille restèrent ensemble, veillant longtemps après
minuit, s'attachant l'une à l'autre, pâles et tristes,
en écoutant le bruit de l'orgie qui montait jusqu'à
elles ! Ce n'est pas que le capitaine Rothsay manquât d'égards ou de bonté pour elles, ni qu'elles
eussent peur de lui. Ce qui les affligeait, c'était
de penser que toute société lui était plus agréable que
la leur, et que toute maison étrangère lui était plus
chère que la sienne.

Une nuit que madame Rothsay paraissait épuisée,
soit de fatigue, soit de tristesse, Olivia persuada à sa
mère d'aller se reposer, tandis qu'elle-même veil-
lerait jusqu'au retour de son père.

— Non, mon enfant, répondit madame Rothsay ; il
vaut mieux qu'un des domestiques attende ton père.

— Or, il était arrivé qu'Olivia, tout innocente et
naïve qu'elle était, avait remarqué un soir qu'un
des valets de pied s'était permis de remarquer, avec

un sourire insolent, que « le maître était rentré tard
la veille. » Un vague instinct avertissait la jeune
fille qu'une telle conduite était peu convenable pour
un chef de famille ; son père ne devait pas être avili
aux yeux de ses propres domestiques. Elle congédia
donc toute la maison, malgré l'observation de sa
mère, et se prépara à attendre seule le capitaine
Rothsay. Minuit, une heure, deux heures sonnèrent,
elles lui parurent des siècles ; un lourd sommeil
vint d'abord s'appesantir sur ses paupières, mais
bientôt toute lassitude disparut devant le sentiment
de son isolement ; on aurait dit qu'elle devinait l'approche de quelque nouveau chagrin. Enfin, comme
cette impression devenait presque de la frayeur, elle
entendit le bruit de la grille poussée avec violence
et le marteau de la porte fut soulevé par une main
lourde, incertaine.

— Pourquoi m'a-t-on attendu? grommela le capitaine sans regarder sa fille ; je ne veux pas que
personne reste debout pour moi.

— C'est moi qui ai voulu vous attendre, papa.

— Ah! est-ce toi, Olivia ? reprit le capitaine, qui
monta l'escalier d'un pas traînant.

— Ne m'avez-vous pas vue tout à l'heure, mon
père ? C'est moi qui vous ai ouvert la porte.

— Oui, oui, mais je pensais à autre chose, dit ce
dernier en se laissant tomber dans un fauteuil
devant son bureau, et en s'appliquant à se donner
son air habituel. — Tu es une très-bonne fille, —
je te remercie beaucoup. — Le plaisir, je t'assure, est
tout à fait réciproque.

En achevant ces mots, M. Rothsay frappa violemment sur la table.

Olivia pensa que c'était là un discours bien singulier ; mais son père était si différent de lui-même
depuis quelque temps, il était par moments si gai,
si jovial même, qu'elle ne s'en étonna pas outre
mesure.

— Je suis bien aise de voir que vous ne soyez pas
trop fatigué ; j'ai cru que vous l'étiez tout à l'heure,
vous marchiez si lentement!...

— Moi fatigué! quelle plaisanterie, enfant! jamais
je n'ai eu une soirée plus gaie qu'aujourd'hui ; je
compte en passer une pareille demain, car je les ai
tous invités à venir dîner ici. Nous allons donner
des dîners à tout le comté.

— Sera-ce tout à fait raisonnable, mon père, dit
Olivia timidement, après ce que vous m'avez dit de
la décadence de notre fortune?

— Est-ce que j'ai dit que nous étions pauvres?

Bah ! je ne m'en souviens plus. Quoi qu'il en soit, je suis riche maintenant, plus riche que jamais.

— J'en suis enchantée, car alors, cher père, vous ne serez plus forcé d'être si souvent absent de la maison, ni de vous tourmenter de toutes ces spéculations dont vous m'avez parlé ; vous pourrez vivre tranquillement avec nous.

Le capitaine Rothsay éclata de rire.

— Que tu es ridicule, Olivia ! Tes idées de tranquillité ne sont guère du goût d'un homme comme moi. Crois-moi, ma fille, la maison, la famille, tout cela peut répondre aux idées chimériques d'un jeune homme de vingt-cinq ans ; plus tard cela ne dit plus rien ; à un homme il faut autre chose.

— Vraiment ! en est-il ainsi ?

— Oui, j'ai l'intention de te montrer un peu le monde. Bientôt nous quitterons cette ennuyeuse ville et nous recevrons. Ta mère aimera beaucoup cela, et toi, naturellement, comme ma fille unique... Eh !... qu'est-ce que je dis ? Et le capitaine s'arrêta brusquement, d'un air hagard, effrayé ; mais après quelques minutes, il reprit avec un gros rire : Comme ma fille unique, tu dois être présentée dans le monde. Sais-tu que tu seras une riche héritière, Olivia ? Le monde leur fait toujours la cour, aux

riches héritières, et qui sait si tu ne trouveras pas
à te marier, malgré.... malgré...?

— Oh! non, jamais, interrompit Olivia en se détournant avec amertume.

— Allons! n'y fais pas attention, continua le capitaine Rothsay avec une sorte d'indifférence bru-
tale pour les sentiments de sa fille. Voyons, ma
raisonnable Olivia, ne te chagrine pas, crois-moi,
tu vaux beaucoup mieux que les plus jolies femmes
d'Angleterre; les jolies femmes, d'ailleurs, sont
toutes des coquettes, ou mieux que cela.

En achevant ces mots, le capitaine se mit à rire
si haut et si longtemps, qu'Olivia, saisie d'horreur,
en oublia aussitôt sa souffrance personnelle. Son
père était-il devenu fou? Hélas! il y a une folie
pire que l'autre, une folie volontaire à laquelle
l'homme demande l'entraînement et l'oubli. Mais à
quel prix les obtient-il? En introduisant dans son
sein un poison subtil, un ennemi qui lui dérobe la
conscience de lui-même, — et c'était là l'ennemi, le
démon invisible, qui s'était peu à peu rendu maître
du noble, du digne Angus Rothsay. Il ne le dominait pas encore complétement, cependant; l'abru-
tissement n'avait pas encore commencé; mais
Olivia en vit assez pour s'apercevoir qu'il en subis-

sait souvent la funeste influence, et que cette nuit
tout au moins, il était en son pouvoir.

L'affection la plus noble, la plus élevée, peut
seule séparer le pécheur du péché et faire que, tout
en condamnant l'un, on ait compassion de l'autre.
Tout avili qu'il était, Olivia Rothsay contempla son
père tristement, d'un air suppliant. Elle demeurait
muette devant lui.

Ce silence parut à la fois embarrasser et contra-
rier M. Rothsay :

— Eh bien, stupide enfant, pourquoi restes-tu
là à me regarder fixement? Qu'est-ce qui t'inquiète? je n'ai rien. Va te mettre au lit.

Olivia ne bougea pas.

— Ah çà, qu'est-ce que tu attends? continua-
t-il. Mais non, au fait, reste. La nuit est froide
en diable ; si tu me donnais les clefs du buffet,
hein! ce serait d'une bonne petite ménagère, continua-t-il d'un ton caressant.

Olivia se détourna avec dégoût, avec effroi, mais
ce ne fut que l'affaire d'un instant ; reprenant tout
son courage, elle dit :

— Je ne veux pas m'éloigner, vous pourriez avoir
besoin de quelque chose ; permettez-moi de rester
un peu avec vous, mon père ; je ne suis nullement

fatiguée et j'ai un ouvrage pressé à terminer ; je vais
le chercher.

Elle sortit, en effet, lentement, avec calme ; mais
dès qu'elle fut hors de la chambre, un torrent de
larmes vint soulager son cœur oppressé. C'étaient
des larmes de honte, de douleur, telles qu'elle n'en
avait jamais versé. Que faire ? Elle s'assit un instant
pour réfléchir : son père dans cet état ; sa mère faible de corps et d'âme, personne dans tout ce vaste
monde à qui elle pût se fier qu'à elle-même, personne à qui elle pût aller demander conseil ou consolation, — personne, si ce n'est Dieu ! Elle tomba
à genoux et se mit à prier avec ferveur. Lorsqu'elle
se releva, dans l'âme de la fille l'ange était devenu plus fort, plus puissant, que le démon dans
celle du père.

Ainsi fortifiée, Olivia rentra doucement dans le
cabinet de son père. Elle trouva celui-ci debout et
se dirigeant avec effort vers le buffet, où il avait
aperçu une bouteille d'eau-de-vie à moitié vide ;
au moment de la saisir, et comme si dans son cerveau obscurci restait encore le sentiment de sa
propre dégradation, il jeta un regard furtif autour
de lui ; on aurait dit que le père redoutait la présence de sa fille ! Enfin, à la dérobée, le visage tourné

vers le foyer, il commença à boire le poison tenta-
teur.

Il l'avait à peine porté à ses lèvres, qu'il lui fut
enlevé! Si léger avait été le pas d'Olivia, si doux son
mouvement, que le capitaine Rothsay resta debout,
muet, pétrifié, comme en présence de quelque apparition surnaturelle, et vraiment la jeune fille
avait bien l'air en ce moment d'une vision; son visage était blême, livide, ses lèvres tremblaient,
elles étaient entr'ouvertes comme si elle eût voulu
parler et qu'aucun son ne pût en sortir.

Pendant quelques minutes, le père et la fille restèrent ainsi en face l'un de l'autre. Enfin, le capitaine Rothsay se jeta dans un fauteuil en riant avec
affectation.

— Eh bien, qu'y a-t-il donc, petite sotte? Est-ce
que ton père ne sait pas ce qui lui convient, à présent? Donne-moi cette eau-de-vie de suite.

La jeune fille tenait la bouteille serrée dans ses
mains. Elle ne fit aucune réponse à cette impérieuse
demande.

— Olivia, as-tu entendu ce que je t'ai dit? Pré-
tends-tu m'insulter? — Et sa voix prit le diapason
de la colère. — Retire-toi, je te l'ordonne. M'as-tu
entendu?

Olivia demeura immobile. Enfin, elle formula un refus avec un mélange de douceur et de fermeté qui avait quelque chose de tout à fait extraordinaire dans sa position. Quoi qu'il en soit, devant cette résolution inébranlable de la jeune fille, la volonté de l'homme fléchit, et, par une transition rapide qui montrait combien l'abus de la boisson avait déjà affaibli ses facultés, la colère du capitaine Rothsay se fondit en lamentations.

— Tu es bien cruelle pour ton pauvre père, toi qui es cependant la seule consolation qui lui soit restée!

Cette effusion d'une tendresse larmoyante, qui ne prenait sa source que dans l'ivresse, émut néanmoins la pauvre Olivia. Elle s'élança au cou de son père, l'embrassa à plusieurs reprises et implora son pardon. La colère de ce dernier paraissait apaisée; il demeurait plongé dans un morne silence. Olivia profita de cet accablement pour faire disparaître toute tentation. Ensuite elle le secoua doucement:

— Voyons, père, il est temps d'aller vous reposer. Je vous en prie, montez avec moi!

Alors lui, le capitaine Rothsay, le digne, le parfait gentleman, laissa éclater une fureur, une violence qui eût déshonoré un rustre.

— C'est toi qui ose me donner ainsi des ordres! s'écria-t-il. Ne puis-je pas agir comme il me plaît, sans être commandé par une péronnelle comme toi, par une enfant?

— Je sais que je ne suis qu'une enfant, répondit Olivia avec douceur, mais ne soyez pas irrité contre moi, mon cher père; ne parlez pas si durement à votre pauvre petite fille!

— Ma fille! comment oses-tu t'appeler ainsi, te donner ce titre, avec ta figure pâle et ta misérable bosse?

A cette parole, Olivia recula. Un violent tremblement parcourut tous ses membres; un long soupir, semblable à un sanglot, s'échappa de sa poitrine; mais ce fut tout.

Son père s'arrêta, épouvanté lui-même de sa cruelle sortie. Pendant quelques minutes, ils gardèrent tous deux un profond silence; lui, renversé dans son fauteuil et comme pétrifié, elle, debout devant lui, la figure couverte de ses deux mains.

— Olivia! balbutia le capitaine d'un ton humilié où perçait le repentir.

— Mon père?

— Je suis prêt. Si tu veux, Olivia, je monterai avec toi.

Sans dire un mot, la jeune fille alluma la bougie et accompagna son père. Que dis-je? elle le *conduisit* jusqu'à la porte de sa chambre; car, pour mettre le comble à sa honte, un guide lui était nécessaire. Lorsqu'elle le laissa, il eut la bonne grâce de murmurer :

— Enfant, tu n'es pas fâchée contre moi de ce que je t'ai dit?

Olivia le regarda douloureusement en face; le visage du capitaine était enluminé, fiévreux; elle effleura son bras et s'écria :

— Oh! non! non, je ne vous en veux pas, pauvre père; ce n'est pas votre faute.

Olivia entendit la voix faible de sa mère s'adresser au capitaine lorsqu'il entra dans la chambre, puis la porte se referma. Longtemps encore elle veilla, jusqu'à ce qu'elle n'aperçut plus de lumière. Alors, elle s'éloigna et alla se jeter sur son lit en murmurant cette prière :

— O Dieu, enseigne-moi à souffrir !

CHAPITRE XIV

— Qu'a donc l'enfant aujourd'hui ? disait, à quelques jours de là, le capitaine Rothsay à sa femme, un matin qu'ils étaient assis en tête-à-tête, circonstance rare, mais qui, avec quelques autres petits changements en mieux, tenait à ce que le séjour du capitaine chez lui avait été plus long que de coutume, grâce à l'influence invisible qui s'était activement mise à l'œuvre.

Pauvre Olivia ! n'était-il pas heureux pour elle qu'aux premières atteintes de sa cruelle destinée, il s'élevât devant elle, dans le terne et mélancolique avenir, des devoirs si sacrés qu'ils pussent lui tenir lieu des joies qui lui étaient refusées?

— Comme notre fille a l'air triste! remarqua de nouveau le capitaine Rothsay, parlant de sa fille avec une tendresse dont il parut ensuite comme honteux.

— Triste ! est-elle triste ? répondit la mère. C'est bien possible ; elle est affligée de perdre sa meilleure amie, sa compagne Sara Derwent. Elle a reçu ce matin la nouvelle de son mariage.

— En vérité ! dit le capitaine. Et il fit un mouvement comme pour s'en aller, car il détestait les commérages, fussent-ils de la nature la plus inoffensive ; mais sa femme, charmée qu'il eût bien voulu condescendre à causer avec elle, tenta de le retenir et de l'amuser à sa façon.

— Pauvre Sara ! reprit-t-elle, je suis charmée de penser qu'elle va avoir sa maison, quoiqu'elle soit bien jeune pour se marier ; tout cela a été bien vite fait, ce me semble ; mais le prétendant est, dit-on, tombé éperdument amoureux d'elle.

— Tant pis pour lui, le pauvre fou ! murmura M. Rothsay.

— Que dites-vous ? il est bien loin d'être fou ; c'est au contraire un homme fort raisonnable, très-instruit ; de plus, il est dans les ordres ; c'est ce que mademoiselle Derwent a écrit à Olivia dans son court billet. Elle n'indique pas l'endroit où il demeure et donne peu de détails. Il s'appelle Gwynne.

A ce nom, le capitaine Rothsay fit un mouvement de surprise. Sa femme continua :

— Sara parle de sa future belle-mère comme
d'une Écossaise âgée et très-rigide. — Ah! vous
écoutez, maintenant, mon ami. — Voyons, je crois
que mademoiselle Derwent mentionne le nom de
cette bonne femme. La ridicule enfant paraît tout
à fait vaine de l'ancienneté de la famille de son
prétendu, du côté maternel.

— Je ne vois pas qu'il y ait là rien de si ridicule,
madame Rothsay, répondit le capitaine.

— Certainement non ; n'étais-je pas, autrefois,
très-fière de la vôtre? répliqua sa femme avec une
douceur apprise de longue date. Elle fouilla dans
son sac pour y chercher la lettre de Sara et se mit
à la parcourir.

— Ah! tenez, voici le nom de la future belle-
mère. C'est Alison Balfour ; la connaissez-vous?

— Je l'ai connue autrefois, quand j'étais jeune.

— Restez donc, Angus ; ne vous en allez pas si
brusquement ; il est si triste d'être renfermée dans
cette chambre de malade! je vous en prie, causez
encore un peu avec moi. Parlez-moi de cette Alison
Balfour. Vous savez combien j'aime à entendre parler de vos amis.

—Vraiment, c'est quelque chose de nouveau, alors.
S'il en avait toujours été ainsi, si vous aviez vrai-

ment fait de mes intérêts les vôtres, Sybil...

Il y avait dans sa voix un accent de regret, presque de son ancienne tendresse. Sa femme pensa qu'il se montrait bon pour elle parce qu'elle était malade; elle le remercia avec effusion; mais ces remercîments le rappelèrent promptement à sa froideur habituelle, et il eut l'air de ne pas vouloir que cette faiblesse passagère fût remarquée. Madame Rothsay ne comprit ni l'un ni l'autre de ces sentiments; elle continua avec enjouement:

— Voyons, maintenant, je vous prie, l'histoire de cette Alison Balfour.

—Il n'y a pas d'histoire. Elle était simplement la jeune compagne de ma tante Flora; c'est ainsi que je l'ai connue pendant quelques années, jusqu'au moment où elle épousa M. Gwynne. C'était vraiment une noble femme.

— Comment donc, Angus! Mais je vais en devenir jalouse, s'écria madame Rothsay, moitié sérieuse, moitié plaisantant. Je gage qu'elle a été une de vos anciennes passions.

— Quelle folie, Sybil! dit son mari en fronçant le sourcil; elle était femme que je n'étais encore qu'un écolier!

Cependant ces paroles l'atteignaient au vif, car

12.

elles s'éloignaient peu de la vérité. A proprement
parler, Alison était assez âgée pour être sa mère;
mais combien de jeunes gens, à seize ans, sont assez
précoces pour concevoir une inclination romanesque de ce genre! et Angus Rothsay avait été très-
épris, du moins il le croyait, d'Alison Balfour.

— Lorsqu'il eut quitté la chambre de sa femme et
qu'il se fut mis en route pour sa promenade accoutumée, ses pensées ainsi éveillées retournèrent
en arrière de plusieurs années; il se représenta
l'ancien château si sombre, qui n'était égayé que
par la présence d'Alison. Il se rappela comment
il marchait à ses côtés, dans leurs courses au milieu
des montagnes, lui jeune garçon, elle une femme
faite déjà; comment il était tout fier, lorsqu'elle in-
clinait sa haute taille pour s'appuyer sur son bras.
Une fois elle l'avait embrassé, et le souvenir de ce
baiser l'avait tenu éveillé toute la nuit, et maintes
fois encore il rêva de cette précieuse faveur qui lui
avait été accordée. Quelle douceur pleine de charme
ne trouvait-t-il pas dans ces rêves! quel orgueil de se
croire amoureux, et d'une pareille femme! C'était
une folie, — folie sans espoir, — car elle était depuis
longtemps fiancée à un homme qu'elle aimait; mais
ce n'était pas à Owen Gwynne. Hélas! Alison,

comme beucoup d'autres jeunes filles fières et pas-
sionnées, se maria par un mouvement de dépit,
et brisa ainsi toute sa vie! Avec cet événement, Angus
Rothsay vit s'évanouir ses chimériques illusions. Il
commençait bien à découvrir que ce n'était qu'un
rêve; cependant cette première idole de son imagination juvénile ne cessa jamais d'être pour lui comme
un type de la noblesse et de la beauté chez la femme.
Plus tard, cette partie idéale de la vie du capitaine
Rothsay se présenta rarement à son esprit; lorsque
par hasard il y pensait, c'était toujours avec le sentiment mal défini qu'il eût été meilleur et plus heureux, si sa belle Sybil avait ressemblé davantage à
Alison Balfour.

Ce nom prononcé par hasard avait donc fait revivre dans sa mémoire, évoqué devant lui, des scènes,
et des caractères qui s'étaient effacés, enveloppés
qu'ils avaient été peu à peu dans les brumes de
l'égoïsme ou de la dissipation. Il se mit à songer
à son oncle, sir Angus Rothsay, dont il avait été
l'orgueil, à cette ravissante tante Flora, dont la pâle
beauté s'était inclinée sur son berceau avec un
amour tout maternel, sauf une nuance de tristesse.
L'un était mort offensé; quant à l'autre, il ne s'é-
coulerait plus bien des semaines avant qu'il allât

lui-même visiter mademoiselle Flora Rothsay :
il y était résolu ! Et pour accomplir ce plan, le
meilleur parti à prendre ne serait-il pas d'aller trouver d'abord Alison — madame Gwynne ?

Le capitaine Rothsay était accoutumé à garder ses
projets pour lui et à faire seul ses affaires. C'est
pourquoi, dans cette occasion, il découvrit aisément, sans le secours de sa femme ou de sa fille,
dans quel district était situé le vicariat de M. Gwynne,
et il se décida à avancer son voyage périodique à
Londres, afin de faire cette visite qui ne le détournait pas de sa route.

Ce fut une soirée assez triste que celle qui précéda le jour de son départ, car il était resté à la
maison plus longtemps que d'habitude et s'était montré pendant toute la durée de son séjour, « si parfaitement bon, » comme disait sa femme, qu'elle était
vraiment désolée de le voir s'éloigner. Pour comble
de malheur, il devait voyager sur ce terrible chemin
de fer, nouvellement construit, et qui, dans l'o-
pinion de la pauvre madame Rothsay, avec ses nerfs
délicats, si facilement excités, devait infailliblement
causer la mort de tous les voyageurs assez impru-
dents pour s'y aventurer. Elle plaida tant et si
anxieusement sa cause, qu'au dernier moment, en

lui disant adieu et en se retirant de bonne heure, afin
d'être prêt le lendemain de grand matin, le capitaine Rothsay se sentit tout ému et ne put s'empêcher de lui dire avec affection et d'un air presque
mélancolique:

— Êtes-vous réellement si inquiète par rapport à
moi, Sybil?

Elle ne s'élança pas dans ses bras comme la jeune
épouse de Stirling, mais elle lui donna un baiser,
en l'appelant son Angus!

— Olivia, dit alors le capitaine, après avoir sou-
haité le bonsoir à sa femme et se retournant vers sa
fille, Olivia, mon enfant, prends soin de ta mère.
Je serai bientôt de retour et nous serons heureux
ensemble de nouveau, — heureux tous les trois!

Comme madame Rothsay et sa fille montaient l'escalier, elles observèrent que le capitaine les suivait
des yeux depuis le vestibule. Olivia se sentait
heureuse, malgré le départ de son père; elle lui
envoya deux ou trois baisers d'un geste joyeux, puis
elle le vit s'éloigner et fermer la porte du salon.
Bientôt le silence régna dans toute la maison. Une
étrange impression de tristesse s'empara du capitaine Rothsay; les craintes de sa femme étaient-elles
donc contagieuses?

— Bah ! les femmes sont ridicules. — C'est ainsi
qu'il cherchait à se persuader à lui-même qu'il avait
tort de s'alarmer. — Quel danger ai-je à redouter ?
Le chemin de fer est aussi sûr que la diligence...
pourtant il y arrive des accidents... Bon ! me voilà
aussi absurde que Sybil !

Mais il avait beau essayer ainsi de se tourner lui-
même en dérision, de vagues pressentiments l'as-
siégeaient. Lui seul veillait dans la maison endormie ;
aucun bruit n'en troublait le silence, si ce n'est
celui des cendres qui tombaient de la grille, ou celui
d'une souris qui rongeait le lambris. Quelques-unes
des superstitions de sa jeunesse écoulée dans le
Nord lui revinrent en mémoire. Sa contenance
devint grave ; il tomba dans une profonde méditation.

Si l'on en croit un dicton vulgaire, chaque homme
a dans le cœur de quoi le faire haïr de tous ses
semblables si ce cœur était mis à nu devant eux.
Était-ce là le mauvais génie qui se débattait à
ce moment dans la poitrine du capitaine Rothsay,
qui assombrissait ainsi son visage, et y faisait passer
tour à tour comme une sinistre tempête de colère,
de remords ou de douleur ?

Cependant, quelles que fussent ses pensées, il les

renferma en lui-même ; on eût dit qu'il craignait de confier son secret, s'il en avait un, même à l'air qu'il respirait ; mais, par intervalle, ses lèvres muettes se crispaient, ses joues étaient tantôt brûlantes, tantôt d'une pâleur livide. D'autres fois toute sa contenance revêtait cette apparence humiliée, abaissée, qu'il avait eue pendant cette triste nuit où sa fille, comme un ange de pureté, l'avait sauvé de l'abîme sur les bords duquel il s'avançait.

Oui, elle l'avait sauvé, on pouvait l'espérer, car jamais cette nuit de honte ne se renouvela. Lentement ses habitudes prenaient un nouveau cours, ses goûts le ramenaient davantage à la maison. Pourquoi donc ces heures de solitude trahissaient-elles un trouble si profond ? y avait-il un mystère qui, découvert, eût peut-être suffi pour l'excuser de s'être plongé dans les plus tumultueuses excitations ou dans l'oubli de l'ivresse ?

Enfin, comme par un violent effort, Angus Rothsay s'assit devant une table et se mit à écrire. Il écrivit pendant plusieurs heures, souvent interrompu dans sa tâche par des accès de rêverie ou par une émotion puissante. Lorsqu'il eut achevé, il cacheta soigneusement ce qu'il avait écrit et le plaça dans un tiroir secret de son bureau. Puis, se jetant sur un sofa, il essaya de dormir pendant le court espace de temps qui le séparait de l'aube.

Au moment où il prenait son rapide déjeuner, il fut surpris par un léger coup frappé sur son épaule.

— Toi, Olivia! Mais je te croyais profondément endormie.

— Il m'était impossible de reposer, sachant que vous alliez partir, mon père. Alors je me suis levée et je me suis habillée. Vous n'êtes pas fâché, n'est-ce pas?

— Fâché! oh! non! Il se baissa et l'embrassa avec plus de tendresse que de coutume; mais il était pressé et nerveux, comme cela arrive souvent à ceux qui partent pour un voyage. Cependant comme la voiture le faisait attendre quelques minutes, il prit sa fille sur ses genoux, acte de tendresse paternelle très-rare chez lui.

— Je voudrais que vous ne vous en alliez pas, mon père, murmura Olivia en s'appuyant sur lui d'un air enfantin et caressant; ou je voudrais m'en aller avec vous. Comme vous avez l'air fatigué ce matin! Vous ne vous êtes pas couché de toute la nuit, je suis sûre.

— En effet, j'ai eu à écrire, et en prononçant ces mots son visage s'assombrit. — Olivia, reprit-il en

fixant sur elle un regard interrogateur rempli de
tristesse.

— Eh bien, cher père, que voulez-vous dire?

— Rien, rien; la voiture est-elle prête?

— Pas encore; vous avez juste assez de temps
pour... Cela ne vous prendrait qu'une minute, dit
la fille d'une voix persuasive.

— Qu'est-ce donc, enfant?

— Maman était fatiguée et malade hier soir; elle
est endormie; mais si vouliez monter jusqu'à sa
chambre et lui donner encore un baiser avant votre
départ; — cela lui ferait tant de bien, la rendrait si
heureuse!...

— Pauvre Sybil! murmura le capitaine, comme
avec un remords. Et il quitta la chambre lentement,
évitant le regard de sa fille. Mais, lorsqu'il redes-
cendit, il alla droit à elle et la serra encore une fois
dans ses bras.

— Olivia, ma fille, mon enfant, en qui je me confie,
rappelle-toi sans cesse que je vous ai aimées, toi et ta
mère!

CHAPITRE XV

Ce furent là les derniers mots qu'elle lui entendit prononcer.

Le capitaine Rothsay avait eu d'abord l'intention de donner le pas au plaisir sur les affaires, si toutefois la visite qu'il se proposait méritait d'être ainsi désignée. Ne pouvait-elle pas, en effet, être considérée aussi-bien comme un devoir à remplir et n'allait-elle pas vraisemblablement réveiller plus d'un souvenir pénible? Mais il changea d'idée, car ce ne fut qu'après son retour de Londres qu'il se mit en route à la découverte du village de Harbury.

La peinture descriptive d'un paysage est rarement intéressante pour le lecteur, et comme le capitaine Rothsay était très-peu porté au pittoresque, il serait oiseux de le suivre pendant le trajet qu'il avait à faire en voiture — dix milles environ — pour se rendre

de la station la plus proche à la demeure de mistress
Gwynne, dans la paroisse dont son fils était le vicaire.
Son fils! Alison Balfour mère d'un ministre! Il pa-
raissait étrange de se la représenter ainsi, et Angus
Rothsay ne put s'empêcher de rire à cette pensée.
Son rêve d'adolescent ne s'était-il pas forcément éva-
noui avec ses dix-sept ans? Fi donc! il en avait
maintenant plus de quarante. Quant à madame
Gwynne, elle devait être près de la soixantaine, mais
comme il ne l'avait jamais revue depuis son mariage,
il ne pouvait penser à elle que sous l'image d'Alison
Balfour.

Ainsi qu'on vient de le faire remarquer, le capitaine était très-peu sensible aux beautés de la
nature; autrement il lui eût été impossible de n'être
pas tiré de ses méditations par les attraits du pays
qu'il traversait. De gracieuses collines boisées émer-
geant dans la délicate verdure du printemps, de
tranquilles et profonds cours d'eau arrosant de riches prairies peuplées de nombreux troupeaux, de
belles routes longeant les forêts ornées d'arbres
séculaires, et si peu fréquentées qu'un vert gazon
s'étendait d'une haie à l'autre, et que les primeroses,
les jacinthes sauvages, surgissaient partout devant
les pas du voyageur.

Mais le capitaine Rothsay ne remarqua rien de
tout cela, jusqu'à ce que, s'arrêtant pour s'orienter,
il aperçut à quelque distance une église bâtie sur
une éminence. Elle complétait heureusement le
paysage, avec son antique clocher se dressant dans
le ciel, aux derniers rayons du soleil qui se jouaient
sur ses girouettes dorées et sur ses vitraux.

— Voilà qui doit sûrement me servir de fanal,
pensa le voyageur, et il en fit la question à un
homme qui passait précisément près de lui.

— Hé, hé! maître, répondit dans un dialecte
très-peu intelligible le passant, aussi vrai que mon
nom est John Drut, l'église que vous voyez là-bas
est celle de Harbury et cette maison rouge là, voyez-
vous, tout près de l'église? c'est celle de notre ministre.

— Mû par sa curiosité, M. Rothsay ne put s'empêcher de dire :

— Ah! M. Gwynne, n'est-ce pas? C'est un tout
jeune homme, je crois? Est-il aimé de vous autres
gens du pays?

— Il y en a qui l'aiment, il y en a qui ne l'aiment
pas. Il n'a pourtant pas trop l'air d'un ministre, il
ne vous endormira pas avec de longs prêches ; mais
moi, je dis que l'homme est un bon homme : il

viendra vous voir quand vous aurez du mal, il passera des heures auprès de vous, et sans citer la Bible plus que de raison. Moi, voyez-vous, je suis un enfant de la forêt; bientôt je vais devenir garde, cela vaux mieux que le savoir des livres.

Le capitaine Rothsay n'avait aucune envie de perdre son temps à écouter les impressions de John Drut; aussi se borna-t-il à dire :

— Peut-être, mon brave. Puis il ajouta : « La mère de M. Gwynne vit avec lui, à ce qu'on m'a dit. Quelle espèce de personne est-ce ? »

— C'est une assez bonne dame; je suppose seulement qu'elle est un brin trop fière. Elle en donne, de ces couvertures, aux pauvres gens ! Ma vieille mère la voit toutes les semaines; eh bien, croiriez-vous qu'elle ne lui a jamais serré la main ? Hé, maître, voulez-vous donc y aller, à la cure ?

Cette dernière phrase fut criée au capitaine Rothsay, dont le cheval s'était lancé subitement au petit galop, et qui ne s'arrêta plus qu'à la grille du presbytère, où son cavalier mit pied à terre.

Cette grille formait la limite d'un fort beau jardin, qui s'étendait jusqu'au cimetière, avec lequel il communiquait par une petite porte à claire-voie. C'était par une suite de magnifiques parterres, d'al-

lées d'arbustes odorants que vous arriviez jusqu'au
lieu où : « croît le gazon sur plus d'un tertre funéraire. » On était conduit ainsi au sentier des morts
par celui des fleurs. Le jardin et le cimetière occupaient seuls le sommet de la colline ; de tous deux
on jouissait d'une vue telle qu'il en est peu dans
l'uniforme Angleterre. C'était un panorama comprenant à peu près vingt ou trente milles de pays, de
forêts, de riches prairies ; une petite rivière dérou-
lait au loin ses méandres d'argent : çà et là s'élevait sur un mamelon, ou un vieux château pittores-
quement ruiné, ou un beau manoir dont les tou-
relles s'élançaient du milieu d'arbres séculaires.
Plus loin, à l'horizon, des nuages de fumée bleuâtre
faisaient deviner, soit un hameau, soit quelque petite ville. Sauf ces gracieux points de repère, rien
ne bornait l'horizon, jusqu'à ce qu'il vînt mourir
contre la haute muraille des collines du D... shire.

Le capitaine Rothsay lui-même ne parut point
insensible à ce beau spectacle ; il le contemplait
depuis quelque temps, sa main nonchalamment appuyée sur la grille qu'il oubliait d'ouvrir, lorsqu'il
s'aperçut de la présence d'une dame dont le costume
approprié au jardinage, ainsi que les instruments
qu'elle avait à la main, témoignaient qu'elle se livrait

à son occupation favorite du soir ; elle observait le nouveau venu avec curiosité.

Il est plus facile de retrouver au déclin de la vie des traits que nous avons connus déjà formés, que de reconnaître ceux de l'adolescent chez l'homme fait. Aussi, quoique la maturité d'Alison Balfour se fût transformée en vieillesse, Rothsay, lui, reconnut du premier coup qu'il se trouvait en présence de son amie d'autrefois.

Il n'en fut pas de même de celle-ci; il s'était approché d'elle, l'avait appelée par son nom, lui avait pris la main, qu'elle n'avait pas encore la plus légère idée que cet étranger pût être Angus Rothsay.

— M'avez-vous donc si complétement oublié? dit alors ce dernier ; ne vous souvenez-vous plus des jours passés dans notre cher Perthshire, alors que je n'étais qu'un écolier et que vous, notre hôtesse, vous étiez déjà mademoiselle Alison Balfour?

Une légère contraction se manifesta sur le visage de la personne ainsi interpellée; oui, même à son âge, elle ne parut point indifférente à ces accents. Cependant, à l'époque de la vie où elle était parvenue, toutes les impressions de joie ou de douleur vont en s'affaiblissant ; et comment, sans cela, sup-

porterait-t-on la vieillesse? Ce fut donc avec un calme
bientôt recouvré, quoique avec des démonstrations
de véritable amitié, que madame Gwynne tendit
les deux mains au voyageur.

— Soyez le bien venu, Angus Rothsay! dit-elle.
Il n'est pas étonnant que je ne vous aie pas reconnu
à première vue. Ces trente ans d'absence, — y a-t-il
vraiment déjà trente ans? — nous ont singulièrement changés; elles ont fait de vous un homme d'âge
mûr et de moi une vieille femme.

Elle disait vrai, c'était bien une vieille femme
aujourd'hui.

Il eût paru ridicule à Angus de songer à elle
comme à l'idole de sa jeunesse. Elle était bien loin
d'être belle; — était-ce possible même qu'il eût jamais pu la croire telle? — L'irrégularité de ses traits,
qui pouvait passer inaperçue quand les roses de la
jeunesse ornaient son teint, s'était accentuée avec
l'âge et la faisait paraître presque laide; sa taille
élevée, et qui dénotait une vigoureuse constitution,
avait, en perdant de son élasticité, perdu aussi beaucoup de sa grâce, sinon de sa noblesse. Au premier
abord, madame Gwynne faisait certainement l'effet
d'une personne très-ordinaire; mais, si vous l'ob-
serviez attentivement, vous ne tardiez pas à décou-

vrir en elle une femme que vous étiez sûr d'être forcé de respecter, d'admirer et d'aimer, le jour où elle vous le permettrait.

On lisait dans ses regards une noble candeur ; les lignes de sa bouche annonçaient une bonté à toute épreuve, et l'enjouement répandu sur sa physionomie semblait un reflet de la droiture de son cœur. Elle était capable d'affections fortes comme son âme. Tous ses sentiments, toutes ses passions, tous ses efforts étaient empreints de grandeur : en elle aucune de ces petites faiblesses féminines, aucune étroitesse d'idées, aucun écart de jugement. Elle avait l'âme d'un homme et le cœur d'une femme.

— Vous étiez en train de jardiner, à ce que je vois, dit le capitaine Rothsay.

Cette remarque banale était la première qui se présenta à son esprit pour rompre un silence assez embarrassant.

— Oui, c'est ma coutume d'employer ainsi les belles soirées. Harold aime beaucoup les fleurs. Cela me fait penser qu'il faut que je l'appelle de suite, si je veux vous le présenter ; car c'est aujourd'hui mercredi et le service du soir va bientôt réclamer son ministère.

13

— Je vous en prie, entrons chez vous; je serai
charmé de voir votre fils, répondit Angus Rothsay.
En achevant ces mots, il lui offrit le bras, et tous
deux suivirent ainsi la verte allée de houx qui conduisait à la porte de la maison. Madame Gwynne
s'arrêta, passa un instant sa main sur ses yeux, puis
fixa son hôte d'un air sérieux :

— Angus Rothsay! que cette rencontre est étrange!
C'est comme un rêve, un rêve de trente ans. Allons,
entrons.

Machinalement et comme distraite par ses pensées, madame Gwynne posa son chapeau et son châle
dans le vestibule. Elle jeta ses gants de jardinage et
découvrit ainsi des mains qui, quoique grandes,
étaient blanches et bien faites, et dont la peau fine
n'indiquait aucune trace de vieillesse. Le capitaine,
sans réfléchir, prit une de ces mains :

— Ah! vous portez toujours cet anneau avec lequel je jouais dans ma jeunesse! Je croyais... Il s'interrompit soudain, comme honteux de l'allusion
qu'il venait de faire par mégarde à un passé douloureux.

Madame Gwynne répondit tranquillement, mais
avec une nuance de tristesse :

— Vous avez bonne mémoire aussi; oui, je le

porte de nouveau. Il me fut légué il y a dix ans, à
sa mort, par Archibald Maclean.

Était-il possible qu'elle prononçât ainsi ce nom !
Mais, sur des chagrins ensevelis depuis trente ans,
que d'herbe verte n'a-t-il pas poussé !

A l'extrémité du vestibule, ils rencontrèrent un
jeune homme : c'était Harold Gwynne.

— Harold, dit sa mère, souhaitez, je vous prie,
la bienvenue à un de mes vieux, très-vieux amis, le
capitaine Angus Rothsay. Angus, je vous présente
mon Harold, mon fils unique.

En parlant ainsi, madame Gwynne regarda ce
dernier, comme une mère, veuve depuis vingt ans,
peut seule considérer son unique enfant.

Cependant, son orgueil était tempéré par un sentiment de dignité, sa tendresse, voilée par une certaine réserve; on devinait que celle qui aurait donné
pour la vie de son fils tout le sang de ses veines, ne
lui avait peut-être pas, depuis son enfance, laissé
apercevoir ni une larme, ni un élan de tendresse
passionnée.

Par une conséquence naturelle, les manières
de Harold, tout son maintien, rappelaient le maintien
et les manières de sa mère, avec la grâce en moins.
Il ne lui ressemblait pas physiquement : la nature

pour lui avait été plus généreuse ; mais il avait de
plus qu'elle une sorte de rigidité et même de dureté dans toute sa contenance, qui ne laissait pas
supposer qu'aucun jeune agneau de son troupeau
oserait jamais se permettre la moindre familiarité
vis-à-vis du révérend Harold Gwynne. On l'aurait
dit enveloppé comme d'une atmosphère différente
de la vôtre et d'où il vous tenait à distance. Quoique
revêtu de la robe sacerdotale, il n'avait rien de
l'apôtre ; sa tête noble et belle n'était celle ni d'un
saint Jean, ni d'un saint Paul. On l'eût plutôt
prise pour celle d'un jeune philosophe, d'un Gali-
lée ou d'un Priestley, avec ses sourcils épais et bien
arqués. Ses yeux, — quelque banale qu'en paraisse
la description, il est impossible d'omettre les yeux
d'un portrait, — étaient assez semblables à ceux de sa
mère, quant à leur expression franche et ferme, mais
ils n'avaient pas la même douceur ; ils étaient d'un
gris d'acier et étincelaient comme le diamant. Harold
portait la tête haute ; son regard semblait incapable
de s'abaisser vers la terre ; il le tenait dirigé vers le
ciel avec une expression qui n'était ni rêveuse, ni
respectueuse, mais inquiète, investigatrice, péné-
trante comme la vérité même.

Tel était le jeune homme auquel le capitaine

Rothsay serrait la main, en félicitant sa vieille amie d'avoir un pareil fils.

— Vous êtes plus heureuse que moi, dit-il ; je n'ai eu de mon mariage qu'une fille.

— Les filles apportent quelquefois de grandes consolations, répondit madame Gwynne, quoique pour mon compte je n'en aie jamais désiré.

A ces mots, Harold lança à sa mère un regard rapide où perçait le reproche, et bientôt après il rentra dans son cabinet.

— Mon fils pense que mes paroles s'appliquaient à une belle-fille, remarqua madame Gwynne, sur les lèvres de laquelle un sourire vint se jouer. Il doit bientôt m'en amener une.

— Je le sais, et je la connais, qui plus est ; c'est par elle que je vous ai découverte. Entre nous soit dit, je ne me serais jamais imaginé que Sara Derwent fût la fille que vous choisiriez.

— C'est Harold qui l'a choisie, non pas moi. Une mère, dont le fils respectueux a été le seul appui et qui lui a consacré toute sa vie, n'a pas le droit de s'opposer à ce qu'il croit être son bonheur, répondit Alison avec gravité.

Au même instant, le jeune pasteur reparut, prêt à

aller remplir les fonctions auxquelles l'appelait le son argentin de la cloche.

— Je vais rester à la maison avec le capitaine Rothsay, dit madame Gwynne.

Son hôte fit un geste de dénégation polie et protesta qu'il ne voudrait pas pour tout au monde être un obstacle à ce qu'elle remplît ses devoirs religieux.

— L'hospitalité est aussi un devoir, répliqua la maîtresse de la maison ; au moins c'était notre manière de voir dans le Nord, et une vieille amitié a quelque chose pour moi de religieux ; c'est pourquoi je reste, Harold.

— Vous avez parfaitement raison, ma mère, dit celui-ci ; mais il n'eût pas voulu que sa mère se fût aperçue du sourire ironique qui vint effleurer sa lèvre, comme il traversait le vestibule et le jardin qui aboutissait au cimetière. Là, ce sourire s'évanouit pour faire place à un regard sombre et mélancolique ; il détacha ses yeux de la poussière qu'il foulait aux pieds, pour fixer les étoiles au-dessus de sa tête, puis, les abaissant de nouveau vers les tombes, on eût dit qu'il interrogeait à la fois, avec désespoir, et le ciel et la terre, pour y trouver la solution de quelque grave mystère.

Pendant la prédication de Harold, madame Gwynne et le capitaine Rothsay passèrent agréablement leur temps à parler des vieux jours, qui leur faisaient l'effet d'un rêve à demi effacé de leur esprit. Le vent qui s'élevait et qui, après avoir balayé la plaine, venait mourir contre les arbres du coteau, semblait sonner le glas funèbre de cette époque de leur vie, et pourtant le cœur de madame Gwynne, celui même d'Angus Rothsay, palpitaient d'émotion à ces souvenirs, comme le cœur de tout bon Écossais à la pensée de son pays natal et de ses montagnes.

Parmi les noms longtemps oubliés revint celui de mademoiselle Flora Rothsay.

— C'est une femme âgée aujourd'hui, dit madame Gwynne; elle a quelques années de plus que moi; Harold va la voir assez souvent, nous correspondons ensemble de loin en loin, mais nous ne nous sommes pas rencontrées depuis bien longtemps.

— Et pourtant vous ne l'avez pas oubliée?

— Est-ce que j'oublie jamais! répondit Alison, en se tournant vers son interlocuteur. Et Rothsay, à l'expression de ses nobles traits, se dit qu'en effet cela devait être impossible à une femme comme elle. Ensuite, leur conversation, toujours remontant le cours du temps, toucha à tous les événements re-

marquables de leur vie. Madame Gwynne parla de son
mari brièvement et en se bornant à faire allusion
au peu de temps qui s'était écoulé entre leur mariage et la mort de M. Gwynne.

— Votre fils ne vous ressemble pas, observa
Rothsay ; il ressemble donc à M. Gwynne?

— Physiquement, oui, un peu ; mais d'esprit,
oh! non, mille fois non! Puis, se reprenant, elle
ajouta :

— Il n'était guère possible qu'il en fût autrement; mon fils était si jeune, lorsque M. Gwynne
mourut, qu'il fut *mon fils* uniquement et qu'il n'a
aucun souvenir de son père.

Hélas! pourquoi faut-il qu'il y ait des êtres
dont on laisse sans regret périr la mémoire en
même temps que la terre tombe sur leur cercueil?
Telle fut à peu près l'idée qui traversa l'esprit
d'Angus.

— J'imagine, reprit-il, que j'ai une fois rencontré
M. Gwynne. Il était...

— Il était mon mari, dit madame Gwynne d'un
ton qui coupait court à toute autre remarque.
Elle empêcha l'image méprisable qui s'offrait à l'esprit de son hôte, celle d'un jeune écervelé, violent et
grand chasseur de renards, de prendre une forme plus

arrêtée dans ses souvenirs. Rothsay, en contemplant
la veuve, perdit de vue le mari, et l'entretien glissa
de nouveau insensiblement vers ce thème si doux
au cœur maternel d'Alison, son fils unique.

— Ce fut toujours un singulier enfant que mon
Harold. Tout jeune, il ne cessait de me tourmenter
de ses « pourquoi? » et de ses « comment? » il voulait
toujours aller au fond de toute chose et ne voulait
rien croire qu'il ne l'eût parfaitement compris. Je ne
tardai pas à être fière de cette disposition, car je
vis qu'elle témoignait d'un esprit bien au-dessus
du vulgaire. Angus, vous êtes père, vous pouvez être
heureux par votre enfant, mais vous ne pourrez
jamais comprendre l'orgueil que donne à une mère
son fils unique.

En parlant ainsi, toute sa contenance s'était il-
luminée; le capitaine Rothsay retrouva, non plus la
veuve austère, quoique sereine, d'Owen Gwynne,
mais l'Alison Balfour passionnée, animée, d'autrefois.
Il lui en fit la remarque.

— En effet, dit-elle; c'est singulier, je vous parle
comme lorsque, tous deux, nous étions jeunes.

Il la pressa de continuer; son âme se réchauffait
au contact de cette nature saine et énergique, et
pour entrer dans son sujet, il lui demanda quelles

circonstances avaient fait du descendant des Balfour un pasteur anglais.

— Ce fut un effet du hasard. Pendant l'enfance de Harold, nous vécûmes dans le pauvre petit cottage des highlands où il avait reçu le jour ; nous fîmes alors la connaissance d'un jeune Anglais, lord Arondale, qui était notre voisin et un étudiant distingué. De là le goût de Harold pour la science et son désir de s'y faire un nom.

— Une noble ambition!

— Je la partageai. Bientôt je caressai l'idée que mon fils pourrait devenir un homme célèbre, et cette pensée, s'emparant de moi, ne tarda pas à devenir le but unique de ma vie. Nous étions loin d'être riches. Je ne m'étais pas mariée par intérêt. — Ici sa bouche prit une expression d'orgueil. — Cependant il fallait que Harold, ainsi qu'il le désirait, allât dans une université anglaise ; je me dis intérieurement : « Il ira, » et je fis ce qu'il fallait pour cela.

Angus, les yeux fixés sur madame Gwynne, pensa que la volonté d'une femme peut parfois être aussi forte, aussi audacieuse que celle de l'homme. Alison poursuivit :

— Mon fils n'était arrivé qu'à la moitié de ses études, lorsque le sort appauvrit encore celle qui

avait si peu à perdre; mais, grâce au ciel, Cambridge
est loin de l'Écosse. Harold ignora ma position, je
vécus, peu importe comment, je ne m'en inquiétais
pas! Notre petit avoir dura, comme je l'avais calculé,
jusqu'à ce que mon fils eût pris ses grades et qu'il
quittât l'université, riche d'honneur et de science.

Et alors, elle s'arrêta, l'enthousiasme qui éclairait ses traits s'évanouit. Rothsay la contemplait
avec respect, comme il l'avait contemplée autrefois, lorsqu'elle était l'ange gardien de sa jeunesse.

— J'ai toujours dit, Alison Balfour, que vous étiez
une noble femme.

— J'étais mère et j'avais un noble fils.

Ils gardèrent un assez long silence, considérant
la flamme du foyer et écoutant le vent. Cette pause
de recueillement fut interrompue par un message
du jeune-pasteur, qui faisait dire à sa mère de ne
pas l'attendre pour le thé, parce qu'il était appelé
auprès d'un malade éloigné.

— Par une nuit d'orage comme celle-ci! s'écria
Angus Rothsay.

— Harold ne manque jamais à ses devoirs, répondit la mère avec un sourire d'orgueil. Puis, se
tournant brusquement vers son hôte :

— Vous me faites du bien, mon vieil ami, en me laissant ainsi parler de mon fils. Ce n'est pas souvent que je puis causer avec lui; Harold est si réservé! puis il est si occupé de ses études théologiques! Mais il n'y a pas de meilleur fils que mon Harold.

— J'en suis convaincu, répondit le capitaine Rothsay.

La mère reprit :

— Jamais je n'oublierai quel jour de triomphe fut pour moi son retour de Cambridge ; mais pourtant ce jour me porta aussi un coup cruel, car ce fut alors que je dus lui apprendre toute la vérité. Pauvre Harold! qu'il me fut douloureux de le voir si surpris, si accablé à l'aspect de notre pauvreté et de notre maigre chère! Et encore, il fallait lui avouer que ces faibles ressources ne pouvaient durer longtemps; mais je lui parlai ainsi :

— Mon fils, que signifie tout ceci? pourquoi vous affliger, puisque vous allez bientôt conduire votre mère dans votre propre maison? Car il était déjà diacre et on lui avait offert une église, aussitôt qu'il se déciderait à être consacré.

— Ah! il était donc déjà résolu à embrasser le ministère?

— Oui, il avait choisi cette carrière dès sa jeunesse. C'était vers ce but que toute son éducation avait tendu ; mais, ajouta madame Gwynne en jetant un regard troublé autour d'elle, je puis bien, mon vieil ami, vous avouer un doute qui me vint alors et que je n'ai jamais confié à aucun être humain. Je crois qu'à cette époque il s'éleva un combat dans l'âme de Harold. Ses rêves d'ambition lui avaient-il montré une destinée plus haute que celle d'un simple pasteur de campagne? Je ne sais ; mais il me repoussa vivement lorsque je fis allusion à l'avenir qui l'attendait ; la seule route, hélas ! qui s'ouvrît devant lui.

Ici, madame Gwynne fit une pause. Lorsqu'elle reprit, ce fut plutôt comme se parlant à elle-même qu'à son compagnon.

— Le moment était venu pour Harold de se décider. Je ne m'étonnai pas de son agitation, car je savais quelle puissance peut avoir l'ambition sur un homme comme lui. Dieu sait que j'aurais volontiers travaillé, mendié, souffert la faim, plutôt que de le voir ainsi éprouvé ; je le lui dis le jour qui précéda sa consécration, mais il me supplia de me taire avec une expression telle que je n'en avais jamais vu de pareille sur son visage, telle que je demande à

Dieu de n'en plus revoir. Je l'entendis marcher toute la nuit dans sa chambre; le lendemain matin, lorsque je me levai, il était parti. Lorsqu'il revint, il parut tout joyeux, m'embrassa avec effusion, me dit que désormais je ne souffrirais plus de la pauvreté, qu'il venait d'être consacré, et que nous partirions la semaine suivante pour le presbytère de Harbury.

— Et il ne s'en est jamais repenti depuis?

— Je ne crois pas. La réputation qu'il a désirée ne lui manque pas, car son nom est connu dans la science bien au delà des limites de cette paroisse. Il remplit ses devoirs scrupuleusement. Chacun le respecte, quoiqu'il n'ait pris parti ni pour la haute Église, ni pour l'Évangélique. Mon fils et moi, nous détestons l'intolérance.

— C'est évident, sans cela je ne m'expliquerais pas comment Alison Balfour fréquente la kirk [1].

— Angus Rothsay, dit madame Gwynne avec dignité, j'ai appris, à travers une longue vie, cette leçon : c'est que les différences extérieures sont de peu d'importance; l'esprit seul de la religion est la véritable vie. C'est aussi ce que j'ai enseigné à mon fils dès le berceau, et où trouverez-

[1] Église nationale.

vous un homme plus sincère, plus moral, plus pieux que Harold Gwynne?

— Où? en vérité! — La voix qui faisait ainsi écho à madame Gwynne était celle de Harold qui, en ouvrant la porte, avait saisi ces derniers mots. —Je vous en prie, dit-il d'un air sombre, si vous m'aimez, ma mère, pas un mot de plus !

CHAPITRE XVI

Le capitaine Rothsay, en déjeunant un matin au presbytère, fut tout étonné de s'apercevoir qu'il s'était déjà passé six jours depuis son arrivée à Harbury. Le temps s'était envolé si rapidement! Mais avec chaque heure passée auprès de son ancienne amie, Rothsay se sentait meilleur, plus heureux.

On déjeunait dans le cabinet d'études de Harold; c'était une pièce dont l'arrangement dénotait plutôt le savant que le pasteur. Outre Leighton et Horel, on remarquait, à la place d'honneur, Bacon et Descartes; la poussière recouvrait les sermons de John Newton, tandis que tout près de là se voyaient les œuvres, mises en lambeaux par un fréquent usage, de son grand homonyme, qui lisait les Écritures de Dieu dans les étoiles. Dans un coin

était un volumineux paquet cacheté sur lequel on
lisait : « Société des Traités; » il servait de socle à
un grand télescope dont la grossière facture indiquait qu'il avait été construit à la maison. Le contenu théologique de la bibliothèque comprenait un
vaste assemblage de polémique orthodoxe et hété-
rodoxe, embrassant toutes les croyances et toutes
les sectes. Mahomet et Swedenborg, Calvin et le
Talmud, reposaient côte à côte, et, sur le rayon le
plus élevé, était relégué le volume contenant la
source de toute vérité, le livre des livres, la Bible.

Ce matin-là, comme c'était son usage, Harold ne
parut que lorsque les prières furent terminées. Sa
mère les lut, ainsi qu'elle le faisait régulièrement
chaque matin et chaque soir. Un étranger eût pu
dire que cet acte était de sa part le dernier vestige
de son autorité dans la maison.

Harold entra. Sa contenance défaite, son regard
fatigué, indiquaient qu'il était resté éveillé dans son
lit à rêver et à réfléchir, longtemps après que l'heure
du sommeil était passée. Sa mère lui en fit la remarque.

— Vous avez tort, Harold, lui dit-elle, de veiller
ainsi ; ne vaudrait-il pas mieux pour vous vous lever comme autrefois, à six heures, et travailler jus-

qu'à neuf, que de perdre tant de temps à rêver pour
m'apporter ensuite ce visage pâle et fatigué? Excusez-
moi, mon fils, mais c'est une habitude nuisible à
votre santé.

Madame Gwynne avait une manière de dire :
« Mon fils, » qui, dans sa belle simplicité, faisait
penser à ces saintes matrones chez les Hébreux, à
Rebecca ou à Hannah.

Harold parut un instant contrarié, mais non
irrité.

— Ne vous tourmentez pas, ma mère; bientôt
je reprendrai le cours de mes études. Jusque-là,
laissez-moi agir à ma guise.

— Sans doute, vous êtes le meilleur juge de
ce qui vous convient. Telle fut la réponse de madame Gwynne.

Elle pouvait faire des observations, mais elle
laissait à son fils une entière liberté d'action.

Détournant la conversation, elle se mit à entretenir le capitaine Rothsay de différents sujets, tandis que Harold prenait en silence son déjeuner,
opération qui fut assez promptement terminée,
après quoi il se leva et se disposa à partir pour toute
la journée.

— Je n'ai pas besoin de faire des excuses au ca-

pitaine Rothsay, dit-il avec ses manières franches
qu'une certaine dignité empêchait seule d'être
taxées de brusquerie et qui contrastaient singulièrement avec l'attitude cérémonieuse de son hôte ;
mes occupations ne peuvent guère lui offrir d'intérêt, tandis que je sais, et il sait aussi, tout le plaisir que ma mère trouve dans sa société.

— Sûrement, Harold, vous n'allez pas être encore
toute cette journée hors de la maison? C'est vraiment au delà de ce qui peut être exigé, même par
mademoiselle Derwent. Ces paroles furent prononcées sous l'impulsion rapide et irréfléchie de la ja-
lousie maternelle; mais elles furent aussitôt ré-
tractées, avant même que la rougeur de la colère
qu'elles avaient fait monter au front de Harold se
fût effacée. — Allez, mon fils, dit madame Gwynne,
votre mère ne doit jamais se mêler de vos devoirs ni
de vos plaisirs.

Harold lui serra la main avec un décorum presque
égal à celui qu'il observa vis-à-vis du capitaine Rothsay. Quelques minutes après, ils entendirent le galop de son cheval le long de la colline, et ils le virent
se diriger vers la plaine avec un empressement
qu'expliquaient assez ses vingt-cinq ans et les impa-
tiences d'un premier amour.

Madame Gwynne le suivit longtemps du regard
avec une intensité de sentiment qui, chez toute autre
femme, eût fait jaillir quelques larmes, ou tout
au moins arraché un soupir.

— Vous pensez à votre fils et à son mariage? lui
dit Angus.

— Oui, naturellement. C'est une crise dans la
vie de l'homme, et cette décision a été si prompte !
Depuis deux mois, c'est à peine si je reconnais
mon fils ; ce n'est plus le même Harold.

— Pour produire un pareil résultat, il faut que
son amour soit bien vif.

— Dites plutôt que c'est une passion violente.
L'amour, lui, ne fleurit pas comme les hyacinthes,
en six semaines. Mais je ne me plains pas; la raison,
à défaut de mon cœur, me dit qu'une mère ne
peut pas être tout dans la vie d'un jeune homme.
Harold veut une femme, qu'il en prenne une ;
ils seront bientôt mariés, et si toutes les qualités de
Sara répondent à sa beauté, cette ardente passion
prendra bientôt la maturité d'une solide affection.
Il peut être heureux, — je l'espère.

— Mais la jeune fille l'aime-t-elle?

— Oh! assurément! s'écria madame Gwynne
avec toute la vivacité de l'orgueil maternel, mais

tout aussitôt, souriant de son exclamation, elle
ajouta :

— Vraiment, mon vieil ami, il faut excuser beaucoup
de mes paroles; je me livre avec vous à un épanche-
ment dont j'aurais honte avec toute autre personne;
mettez-le tout entier sur le compte de nos vieux
souvenirs. Cette semaine a été pour moi une des
plus heureuses de ma vie. Il faut que vous me pro-
mettiez pour bientôt une autre visite.

— Volontiers, mais à la condition que vous viendrez à votre tour chez moi et que vous ferez la connaissance de ma femme et d'Olivia, répondit
Rothsay.

Par quelque influence inexplicable, le capitaine
avait peu parlé de sa femme et de sa fille ; cependant
il était plus occupé d'elles que par le passé et formait
plus d'un projet pour l'avenir, où elles étaient
mêlées.

Ces projets concernaient surtout Olivia ; il s'inquiétait moins, à la vérité, de sa présentation dans
le monde comme l'héritière du capitaine Rothsay,
que de la voir placée sous la protection d'Alison
Gwynne et reflétant ainsi sur la vieillesse de son
père l'action tutélaire qui avait été pour celui-ci la
bénédiction de sa jeunesse.

Ainsi conduit à parler de son intérieur, il confia à madame Gwynne plusieurs de ses plans et lui donna un aperçu sur des affaires dont il n'avait rien dit à personne depuis des années. Au millieu de leur entretien, arriva la visite du facteur, évènement toujours si important dans ces campagnes reculées. On ne le voyait à Harbury que tous les deux jours.

— C'est pour vous, dit madame Gwynne en lui tendant un paquet de lettres. Il n'y a rien là dedans à mon adresse; j'ai si peu de correspondants! ainsi je vais vaquer à mes occupations, tandis que vous lirez votre courrier. Et la digne femme s'éloigna.

Lorsque, au bout d'une heure, elle rentra, le capitaine Rothsay arpentait la chambre d'un pas inquiet.

— Aucunes mauvaises nouvelles, j'espère?

— Non, mon excellente amie, ce ne sont pas positivement de mauvaises nouvelles, tout au plus des ennuis, des contrariétés; mais pourquoi vous en fatiguerais-je?

— Rien de ce qui intéresse mes amis ne peut me fatiguer. Je ne veux pas forcer votre confidence, mais si vous éprouvez quelque soulagement à me la faire, je l'écouterai volontiers. Il peut être bon parfois de prendre un conseil, même d'une femme.

— Oh ! sans doute, sans doute, et surtout d'une femme comme vous !

Alors Rothsay, ouvrant son cœur complétement à sa vieille amie, lui fit connaître la cause de l'embarras momentané où il se trouvait. Une très-importante spéculation commerciale allait lui échapper, faute de quelques misérables centaines de livres qu'il fallait payer le lendemain sur une traite.

— Si on avait pu attendre quinze jours, jusqu'au retour de mon prochain vaisseau, ou même une semaine, pour me permettre de prendre quelques dispositions ! Mais à quoi servent ces récriminations ? il est trop tard.

— Pas encore, voyons, répondit Alison Gwynne, qui paraissait plongée depuis quelque instants dans une profonde méditation ; alors, avec une clarté de jugement qui aurait pu lui acquérir la réputation « d'une femme d'affaires » accomplie, elle interrogea le capitaine Rothsay jusqu'à ce quelle lui eut fait découvrir un moyen de remédier à ses embarras.

— Oui, si, comme vous le dites, j'étais à Londres aujourd'hui, mon banquier ou quelque ami pourrait me faire un chèque. Mais ici cela est impossible, vous voyez.

— Pourquoi? N'avez-vous des amis qu'à Londres? répondit madame Gwynne en souriant; c'est être trop injuste, Angus Rothsay. Notre amitié de « clan » est elle donc tellement oubliée? Allons, mon ami, il serait bien dur que je ne pusse rien faire pour vous dans cette occasion, et Harold, qui aime mademoiselle Flora Rothsay presque à-l'égal de sa mère, sera heureux, j'en suis sûre, de venir en aide à son parent.

— Comment? que dites vous? Non, je n'y consentirai jamais, s'écria Angus d'un ton résolu, mais à travers lequel on voyait clairement percer l'immense soulagement qu'il éprouvait; car, hélas! il en était arrivé à ce degré de la fièvre de la spéculation, qui fait que, semblable à un joueur désespéré, il était capable d'arracher de l'argent des mains de ceux mêmes qu'il aimait le mieux.

— Vous y consentirez, mon ami, reprit madame Gwynne avec calme; pourquoi n'accepteriez-vous pas ce service? C'est une simple formalité, une dette d'une semaine tout au plus. Oui, vous accepterez, pour l'amour d'Alison Balfour.

Rothsay lui saisit la main avec une émotion aussi vive que sa nature le comportait. Mais elle, continuant : — Eh bien, nous reprendrons cette question

aussitôt que Harold rentrera pour le dîner. Mais, en
vérité, le voilà qui revient déjà : oui, je l'aperçois qui
remonte le coteau comme un fou ; j'espère qu'il n'est
arrivé aucun malheur.

Elle ne quitta pas la chambre pour aller à sa rencontre, mais resta assise à l'attendre, quoique ses
mains tremblassent d'émotion. En réponse à la
question que lui fit sa mère, Harold dit avec quelque
agitation :

— Non, non, rien de fâcheux n'est arrivé ; seulement M. Fludger a voulu m'emmener au château
pour voir son nouveau cheval, et là j'ai trouvé...

— Sara, acheva sa mère. Eh bien, peut-être
a-t-elle pensé que ce serait une agréable diversion
à la tristesse de Waterton pendant votre absence.
Pourquoi vous en préoccuper ?

Mais il s'en préoccupait, car il parcourait la
chambre en long et en large, irrité contre sa mère,
contre lui-même, contre le monde entier.

C'est alors que madame Gwynne put se rendre
compte jusqu'à quel point cette violente passion
avait changé son fils. Un moraliste qui aurait observé
en cet instant Harold, avec son front chargé de
nuages, n'aurait pu s'empêcher de sourire du spectacle qu'offrait cet homme sérieux, sage, devenu

l'esclave, le jouet des caprices d'une jolie femme.
Sa mère saisit son bras et se mit à marcher avec lui
dans la chambre, mais sans lui dire un mot. Cet
exercice, au bout de quelque temps, parut calmer
Harold ; madame Gwynne exerçait à la fois sur lui la
double influence de la mère et du père.

Pendant cette petite scène, Rothsay s'était discrè-
tement tenu à l'écart, occupé de sa correspondance,
ou en ayant l'air.

Aussitôt que Harold parut un peu remis de sa
contrariété, madame Gwynne s'adressa à lui :

— Si vous avez, dit-elle, quelques moments à
me donner, Harold, j'ai une demande à vous faire,
mais je puis attendre jusqu'à ce soir.

— Ce soir ! je retourne à Walerton.

— Quoi ! pas une soirée à réserver pour votre
mère, ou...? — Elle se reprit — ou pour vos livres
favoris ?

Harold fit un mouvement d'impatience.

— Ah ! j'ai assez de l'étude comme cela, dit-il ; j'ai
épuisé la coupe de tous les plaisirs que la science
peut procurer. Ce qu'il me faut, c'est un nouvel intérêt, un nouvel horizon. Mère, ne cherchez pas à
m'ôter celui-là ; d'ailleurs, je ne connais de repos
que près de Sara.

Il était rare qu'il parlât avec autant de franchise. Malgré son chagrin, sa mère en fut touchée :

— Allez, mon fils, allez vers Sara, je ne cherche plus à vous retenir ; mais, puisqu'il en est ainsi, je vais de suite vous exposer l'affaire dont il s'agit.

Il s'assit et écouta, quoique d'une oreille distraite, le plan qu'elle avait conçu et par lequel le capitaine Rothsay pouvait être tiré d'embarras.

— C'est une affaire de pure forme, je la ferais moi-même, si le nom d'un homme n'avait pas plus de valeur que celui d'une femme. Mon fils voudra bien accomplir cet acte de complaisance pour l'ami de sa mère.

— Sans doute, sans doute. Voyons, mère, que désirez-vous que je fasse? Vous entendez beaucoup mieux les affaires que moi, dit Harold en se levant pour aller chercher leur hôte.

Le capitaine Rothsay avait été, pendant cet entretien, en proie à plus d'un scrupule ; mais enfin la vision brillante de cette fortune qu'il croyait déjà posséder surmonta sa fierté et sa répugnance. Ne serait-il pas cruel de perdre la chance de tant de richesses en se refusant à une pure formalité? D'ailleurs, Harold Gwynne partagerait les bénéfices, pensait-il, et tout aussitôt il se représenta le confort,

l'aisance qu'il apporterait par là dans le modeste
presbytère. Ce ne fut que lorsque la plume se trouva
entre les mains du jeune pasteur prêt à signer le
mandat, qu'une espèce de pressentiment traversa
l'esprit de Rothsay :

— Arrêtez, dit-il, il ne s'agit que de peu de jours,
à la vérité; mais que sait-on? La vie est si incertaine ! si j'allais mourir avant de pouvoir m'acquitter
envers vous? Non, monsieur Gwynne, c'est impossible, vous ne signerez pas ce papier.

— Il le signera, je l'exige, s'écria Alison avec
force.

— Au moins, laissez-moi lui donner quelques
garanties.

— Ah ! Angus, notre vieille amitié doit-elle être
ainsi marchandée? dit madame Gwynne, se montrant
blessée dans toute la hauteur de son orgueil écossais. D'ailleurs, il n'y a pas de temps à perdre ; voici
la quittance toute prête; tu peux signer, mon fils.

Et Harold signa. Un instant après, heureux de
s'échapper, Harold avait quitté l'appartement.

Angus Rothsay tomba dans un fauteuil en poussant un soupir de soulagement; il regardait avec
reconnaissance ce chiffon de papier qui lui assurait,
croyait-il, une moisson d'or. Ce n'est qu'une baga-

telle, se répétait-il, une somme insignifiante ;
en effet, elle devait paraître telle à celui qui avait
remué des millions ; il ne songea pas un instant que
cette somme représentait une année du revenu de
Harold. Néanmoins, sa gratitude se manifesta avec
beaucoup de vivacité vis-à-vis de madame Gwynne.
Il ne se lassait pas de lui exposer les perspectives
qui s'ouvraient devant lui : — Et puis, continuait-il,
vous ne pouvez vous imaginer combien d'ennuis
vous m'avez épargnés, outre la honte de manquer à
ma parole. Ah ! mon amie, vous ne savez pas dans
quel tourbillon, dans quelle agitation je vis ! Me
tromper en quelques points, ou seulement avoir l'air
de me tromper, ce serait ma ruine et cela me rendrait fou.

— Angus, mon cher vieil ami, lui dit madame
Gwynne en le regardant sérieusement, ne m'en
voulez pas si je vous parle franchement : en une
semaine, j'ai plus lu dans votre cœur que vous ne
vous l'imaginez. Croyez-moi, abandonnez cette vie
factice pour une autre plus calme. Il n'est jamais
trop tard pour goûter les bénédictions de la famille
et du foyer domestique.

— Vous avez raison, répondit Angus, je deviens
vieux, et il me semble parfois que ma tête s'égare, tant

ces affaires me harcèlent. Sentez-la maintemant !
Et il porta la main de madame Gwynne à son
front brûlant, cette main, qui, jeune garçon, l'avait
conduit dans le droit chemin, qu'il avait tant de fois
baisée en rêve; aujourd'hui, malgré le changement
apporté par les années, son attouchement doux et
paisible lui parut encore celui d'un ange consolateur.

— Mon ami, lui dit madame Gwynne avec sympathie, en vérité vous n'êtes pas bien portant. Laissons
de côté toute affaire et allons faire un tour dans le
jardin : venez.

Le capitaine Rothsay demeura encore un jour à
Harbury ; mais il ne pouvait tarder davantage à se
rendre à Londres pour les affaires importantes qui
le préoccupaient si ardemment. D'ailleurs, le mariage de Harold était proche ; dans moins d'une semaine, madame Gwynne ne serait plus seule à la tête
de la maison de son fils. Rien d'étonnant que cette
perspective la rendît grave et anxieuse. Cependant
elle reçut les adieux de son ami avec autant de cordialité et d'effusion que si rien ne l'eût elle-même
préoccupée ; et comme le capitaine, dans ses remercîments pour son hospitalité, ajoutait :

— Je n'en dirai pas davantage, mais dans quelques

jours au plus tard, vous entendrez parler de
moi, faisant ainsi allusion à la dette qu'il avait
contractée, Madame Gwynne l'interrompit avec vivacité :

— Je ne veux rien entendre avant le mariage, non,
non, rien avant le mariage. Maintenant adieu, mon
ami; mais j'espère que c'est pour moins de trente
ans. Adieu!

Angus lui serra la main affectueusement, pro-
mettant un prompt retour, puis il s'éloigna du presbytère, pénétré d'admiration pour cette femme
distinguée qui, à la lueur de son foyer domestique,
ayant surmonté les épreuves de la vie, en remplis-
sant tous les devoirs, lui parut plus sainte et plus
belle qu'à l'époque de son romanesque amour. Il
emportait de cette visite des sentiments qui lui
avaient été jusqu'alors inconnus. Sa pensée alla
chercher avec plus de tendresse, dans son propre intérieur, sa femme, sa chère Olivia ; enfin, repassant
dans son souvenir tout son séjour à Harbury, l'image
de Harold Gwynne, évoquée par l'incident récent
que nous avons rapporté, se fixa fortement dans
son esprit.

— Noble, généreuse nature! se répétait-il. J'aurai
soin qu'il soit rémunéré au décuple pour sa belle

action. Demain, j'irai chez mon notaire mettre tout
en ordre quant à ce qui le concerne.

Demain ! le voyageur ne songea pas un instant à
l'avertissement du texte sacré : « Ne t'attends pas
au lendemain. »

CHAPITRE XVII

Olivia assise dans le bosquet, sous l'aubépine, lieu plein de souvenirs de son amie, contemple tristement une lettre de Sara Derwent, ouverte sur ses genoux. C'est la dernière qu'elle en recevra, elle le sait ; cette lettre respire, non cette franche simplicité des jours de leur amitié de jeunes filles, mais la dignité compassée de celle qui est à la veille de devenir « épouse. »

Sara n'exprime ni regrets, ni remords de sa foi violée ; elle rappelle sa première promesse avec indifférence ; elle ne parle pas du changement de ses sentiments ; elle rapporte froidement l'opinion de ses parents sur les inconvénients des fiançailles à long terme et convient qu'il vaut beaucoup mieux pour elle être mariée de suite à M. Gwynne, que d'attendre peut-être dix ans Charles Gedder !

Olivia frissonne en voyant la coupable faiblesse
de son amie. A ses yeux, cette rupture est un véritable péché ; elle donne des larmes de compassion
au pauvre Charles. La conviction du mal, le sentiment de la misère de ce monde envahit son âme.
Ses idoles tombaient donc toutes à la fois en poussière ! le fardeau de la vie devenait lourd à porter ;
une amertume malsaine prenait possession de son
âme.

Elle relut le tableau que Sara faisait de son avenir, décrivant avec complaisance le joli presbytère
qu'elle allait habiter et triomphant de l'amour
passionné de son futur mari. « Cet homme si savant, cet homme si distingué (c'est ce que tout le
monde répète et plus encore qu'eux tous, sa propre
mère), songez que je le mène avec le bout de mon
petit doigt. Cela ne vaut-il pas la peine de l'épouser?
Et vous demandez, Olivia, si je suis heureuse ? Plus
que vous ne paraissez le croire. »

— Dirait-elle la vérité? murmura Olivia, et elle
soupira en pensant avec tristesse à l'inégalité des
conditions humaines. A quelques-uns Dieu a tout
donné, aux autres rien ! mais elle étouffa bien vite
ces murmures, car ils étaient impies. La foi que lui
avait enseignée Elspie, et qui, chez la vieille Écos-

saise, gardait toute la rigidité du calvinisme, répandait, au contraire, ses plus pures bénédictions
dans l'âme élevée d'Olivia. N'était-ce pas une foi qui
enseigne la paix, qui apprend à se reposer avec la
confiance d'un enfant à l'ombre de la volonté divine,
et à se dire que la main puissante qui tient les fils
embrouillés de notre destinée gouverne toutes
choses et les gouverne pour notre bien?

Telles étaient les méditations pieuses auxquelles
se livrait Olivia, tandis qu'elle était assise sur le
banc du bosquet, regardant couler la petite rivière
et écoutant les joyeuses chansons des oiseaux qui
voltigeaient sur l'eau limpide. Plus d'une beauté
eût pu envier alors l'expression de douceur céleste
qui répandait tant de charmes sur les traits pâles
de la pauvre fille contrefaite.

Si profonde était la rêverie d'Olivia, qu'elle fut un
certain temps avant de s'apercevoir que deux yeux
l'observaient dans sa retraite. Celui qui la guettait
ainsi bien innocemment, c'était son « petit chevalier, » comme il s'était intitulé lui-même, Lyle Derwent. Son joli visage frais et rose perçait à travers
le feuillage de lierre qui tapissait le rebord du
mur. En un instant, il eut sauté en bas et se
trouva agenouillé à ses pieds, absolument dans la

position d'un amoureux de roman. Olivia lui en fit
la remarque en souriant ; elle aimait cet enfant,
dont la délicate beauté plaisait à son œil d'artiste
et dont la gentillesse avait gagné son affection.

— Eh bien, je serai un jour votre amoureux, mademoiselle Olivia, s'écria fièrement Lyle, car je vous
aime beaucoup, mais beaucoup. Je voudrais tant
avoir un baiser de vous ! le voulez-vous, dites ?

— Pour toute réponse, Olivia se baissa vers l'enfant, émue de ses affectueuses démonstrations.

— Pourquoi donc êtes-vous toujours si triste ?
pourquoi ne riez-vous jamais comme Sara, comme
les autres jeunes demoiselles que nous connaissons ?

— Parce que je ne suis pas comme Sara, ni comme
les autres jeunes filles. Ah ! Lyle, tout est si différent pour moi ! mais, mon cher petit chevalier, vous
êtes trop jeune pour comprendre tout cela !

— Ce que je sais bien, tout jeune que je suis,
c'est que je vous aime et que je vous trouve plus
belle que personne au monde.

Il prononça ces mots avec énergie et très-haut.
Au même instant, un éclat de rire moqueur y répondit derrière le mur. Olivia devint pourpre ; encore une de ces blessures si cruelles pour sa nature
sensible. L'affection même d'un enfant avait-elle

donc quelque chose de si peu naturel qu'elle pût être tournée en dérision! Lyle, avec une promptitude de jugement supérieure à son âge, devina ces sentiments et la colère s'empara de sa douce nature.

— Bob! affreux Bob! je le tuerai! Ne faites pas attention à lui, ma chère, douce, belle mademoiselle Rothsay, je vous aime, vous, et lui, je le déteste.

— Silence, Lyle! taisez-vous! cela est mal. Le petit garçon se tut et se tint à ses côtés, les joues brûlantes d'indignation.

Olivia se remit bientôt de son trouble.

— Il faut que je subisse mon épreuve, se disait-elle; il en sera toujours ainsi. Et, avec un calme parfait, elle prit congé de son petit ami en lui disant qu'elle rentrait à la maison.

— Mais vous pardonnez à Bob, n'est-ce pas? et vous allez oublier tout ce qui vous a fait de la peine? demanda Lyle timidement.

Olivia le lui promit avec un doux sourire.

Que la maison était solitaire par cette tranquille après-midi du dimanche! Sa mère était partie pour une église éloignée; il n'y avait personne pour garder la maison qu'une des servantes et le vieux chat gris qui se chauffait au soleil, sur le rebord de la fenêtre. Le chat était un grand favori d'Olivia;

15.

aussitôt qu'il aperçut sa jeune maîtresse, il s'élança
vers elle avec mille caresses, la suivit de chambre
en chambre en faisant entendre des *ron-ron* joyeux
et n'ayant de cesse jusqu'à ce qu'elle l'eut établi sur
ses genoux. Ces muettes démonstrations de l'animal
touchèrent la jeune fille; elle s'assit près de la fenêtre ouverte, se disant qu'il y avait au moins une créature vivante qui l'aimait et qu'elle rendait heureuse.
Que tout était tranquille! De la position qu'Olivia
avait prise, l'horizon était bien borné. Son petit
jardin s'étendait tout fleuri à ses pieds, et le ciel
bleu au-dessus de sa tête. Par degrés, le bruit des
pas des fidèles se rendant à l'église s'éteignit; le son
des cloches cessa; la paix de cette heure du saint
jour enveloppa son âme; elle tomba dans une longue
et douce rêverie, pensant à tant de choses qui
auraient été tristes sans la foi chrétienne, mais auxquelles celle-ci ôtait tout aiguillon. C'était précisément l'heure où autrefois, dans son enfance, appuyée
sur l'épaule d'Elspie, elle écoutait la lecture du livre
sacré. De temps en temps, la vieille Elspie s'endormait. Olivia se souvenait alors qu'elle tournait les
pages du divin volume et qu'elle se plongeait dans
son étude favorite de l'Apocalypse. Elle se rappelait
comment elle était terrifiée par les mystérieuses

prophéties concernant le jugement dernier, jusqu'à
ce que, arrivant au passage qui décrit la cité glorieuse, la nouvelle Jérusalem, elle oubliait toutes
ses frayeurs.

Elle semblait la voir dans cet instant, la sainte
Cité, avec ses douze portes gardées par les chéru-
bins, la mer de cristal et l'arbre de vie. Sa jeune
et ardente imagination se créait, à l'aide de toutes
ces merveilleuses peintures, un paradis palpable,
matériel ; elle ne savait pas que le ciel n'est, pour
les élus, que la présence continuelle de Dieu. Cette
vision la rendait heureuse, et jamais, dans la suite,
elle ne songea au monde d'outre-tombe sans qu'une
réminiscence de l'après-midi de ce dimanche ne se
présentât à son esprit.

Combien elle avait vieilli depuis cet heureux
temps de la bonne Elspie, et que de chagrins étaient
venus fondre sur elle ! — Des chagrins, pauvre enfant ! elle ignorait encore ceux de la vie. — Mais,
pour le moment, son fardeau était allégé. La tête
penchée contre la croisée, Olivia écoutait le bour-
donnement des abeilles qui voltigeaient dans le jardin ; les abeilles, ces ouvrières effrontées du dimanche, mais qui lui parurent alors accomplir
leur labeur avec une sorte de solennité tout à fait

digne du sabbat. Puis, relevant les yeux, elle admira les blancs papillons qui, après avoir erré longtemps de fleur en fleur, étendaient leurs ailes et montaient dans les airs comme des âmes pures fatiguées de la terre et heureuses de la quitter. Combien elle aurait voulu les imiter, laisser la terre, ses fleurs aussi bien que ses poisons, son soleil comme ses orages, et monter, toujours monter vers une vie meilleure!

Pas encore, Olivia, pas encore! Nul n'obtient la couronne avant d'avoir atteint le but.

Un léger bruit vint interrompre la quiétude si complète de cette scène et la rêverie de la jeune fille. Elle écouta; c'était le bruit des roues d'une voiture dans le lointain. Circonstance extraordinaire! car les gens d'Old-Church, sans être tous religieux, du moins vivaient tous dans une atmosphère de piété, et les promenades en voiture, pendant le jour du repos, étaient jugées peu convenables.

Un espoir passager fit battre le cœur d'Olivia. C'était peut-être son père qui revenait; mais non, ce ne pouvait être lui, car il était aussi très-strict sur les convenances et ne voyageait jamais le dimanche. Néanmoins, Olivia prêtait machinalement l'oreille au bruit des roues résonnant sur le pavé;

elles s'approchaient; elles s'arrêtèrent. Oui, décidément, c'était son père.

Elle courut sous le vestibule pour le recevoir; mais là, au lieu de son père, elle se trouva en face d'un petit vieillard aux traits durs, M. Wyld, le notaire de la famille. Olivia recula d'un pas, désappointée, car si dans son âme innocente il y avait place pour quelque aversion déclarée, c'était bien pour cet homme, en partie parce qu'il lui était personnellement antipathique, en partie parce que sa présence annonçait toujours quelque événement désagréable. Jamais il ne venait chez eux sans que, après son départ, le capitaine Rothsay n'eût un front soucieux et ne fût de mauvaise humeur pendant plusieurs jours. Rien d'étonnant donc qu'Olivia n'aimât pas ce personnage. Dans ce moment, cependant, elle regretta d'avoir laissé deviner son impression.

— Oh! pardon, monsieur Wyld, je croyais que c'était mon père, je suis très-fâchée qu'il ne soit pas chez lui pour vous recevoir.

— Je ne venais pas pour voir le capitaine Rothsay, répondit le notaire en hésitant et avec un accent qui trahissait un trouble peu en rapport avec ses manières doucereuses; le fait est, ma chère demoiselle, que j'apporte une lettre pour votre mère.

— Une lettre de mon père? s'écria vivement Olivia.

— Non, pas positivement: c'est-à-dire... mais ne puis-je voir madame Rothsay?

— Elle est à l'église et ne sera de retour que dans une demi-heure probablement: ne voulez-vous pas l'attendre?

Le notaire secoua la tête.

— Est-il arrivé quelque chose de fâcheux? parlez.

— Ne vous alarmez pas, ma chère demoiselle, répliqua le notaire en lui prenant la main pour la conduire au salon. A son contact, Olivia frissonna.

— Votre père est chez moi, continua-t-il; mais je crois, mademoiselle Rothsay, que puisque madame votre mère n'est pas chez elle, vous feriez bien de lire cette lettre.

Olivia la prit en silence, lentement, et la lut deux fois d'un bout à l'autre. Chaque mot semblait l'éblouir et comme flamboyer devant ses yeux. Elle jeta sur le notaire un regard de détresse.

— Je... je ne comprends pas, balbutia-t-elle.

— Je croyais que le docteur s'exprimait pourtant assez clairement, et qu'il annonçait l'accident avec précaution, murmura M. Wyld. Sur mon hon-

neur, reprit-il à haute voix, ma chère demoiselle,
je vous jure que votre père est vivant.

— Vivant! O mon pauvre père! Et Olivia tomba
affaissée sur un siége, comme si elle y eût été contrainte par une main invisible. M. Wyld crut qu'elle
allait s'évanouir, mais il n'en fut rien ; un instant après, elle se tenait debout devant lui, droite,
ferme, prête à entendre le plus grand des malheurs
avec un courage qui faisait mal à voir.

— Je puis écouter maintenant, dites-moi tout !

Alors le vieillard lui raconta en peu de mots
comment le capitaine Rothsay était arrivé chez lui
la veille au soir, et comment, en attendant que lui,
M. Wyld, fût de retour, il avait pris un journal
et s'était mis à le parcourir avidement. Tout à coup
son clerc l'avait entendu pousser un cri, le journal
s'était échappé de ses mains et il avait été instan-
tanément saisi d'une attaque dont il n'était pas encore sorti. — Mais il y a de l'espoir, le docteur le
croit, continua M. Wyld; cependant, si par hasard
il allait plus mal, il serait prudent que vous veniez
de suite auprès de lui.

— Oh! oui, de suite, il faut partir de suite, s'écria
Olivia. Et elle se leva avec effort, se dirigeant vers
la porte du salon en s'appuyant contre la muraille.

— Mademoiselle Rothsay, qu'allez-vous faire ? lui dit le notaire, vous oubliez que nous ne pouvons partir sans votre mère.

— Ma mère ! ô ciel ! cette nouvelle va la tuer.

Et cette pensée fit enfin jaillir un flot de larmes de ses yeux. C'étaient les premières qu'elle versait. Ce fut un soulagement pour ses nerfs excités. Bientôt après, elle recouvra toute la force et la présence d'esprit qui lui étaient si nécessaires. Cette heure la trouva ferme, douce et forte, patiente pour souffrir ; sans crainte, héroïque pour agir.

— Quatorze milles d'ici à B...., dit-elle après un moment de réflexion. Si nous partons dans une heure, nous y arriverons au coucher du soleil. Elle sonna la servante, et s'exprimant avec calme, afin que celle-ci à son tour ne pût trahir aucune agitation vis-à-vis de sa mère, elle lui commanda d'aller à la rencontre de madame Rothsay :

— Allez, lui dit-elle, jusque dans l'église même, si vous ne la rencontrez pas sur le chemin ; annon-cez-lui qu'un message de mon père l'attend et que je la prie de se hâter de venir. Allez, partez sans retard ; je garderai la maison pendant votre absence.

La femme murmura bien un peu de cet ordre inopiné, mais elle ne songea pas un instant à déso-

béir à sa jeune maîtresse dont la dignité la dominait.
M. Wyld subissait aussi cette influence ; ses manières
devinrent plus respectueuses.

— En quoi puis-je vous être utile, mademoiselle
Rothsay? dit-il ; je suis à vos ordres. Mais vous vous
détournez de moi! Ce n'est pas étonnant, puisque j'ai
le malheur d'être un messager de mauvaises nouvelles.

— Silence! fit Olivia machinalement, puis elle
plaça quelques rafraîchissements devant lui. Tout
en mangeant et buvant, M. Wyld parlait de son profond chagrin et exprimait l'espoir qu'aucun malheur
sérieux n'atteindrait son cher ami le capitaine
Rothsay, etc.

Olivia ne put en entendre davantage. Elle s'enfuit
s'enfermer dans sa chambre; là, elle tomba à genoux,
mais elle ne put trouver de paroles, si ce n'est ce cri
d'amère détresse : — Ah! Dieu, aie pitié de nous ! Il
n'y avait pas de temps à perdre, même pour prier,
si ce n'est dans son cœur.

Elle pressa ses tempes de ses deux mains et se
demanda une fois encore ce qu'elle avait à faire. En
cet instant le silence de la tranquille maison fut
interrompu. C'était l'horloge qui sonnait quatre
heures. Jamais la fuite du temps ne lui avait paru

si effrayante. Le jour s'envolait, et peut-être à chacune de ses minutes était suspendue une vie précieuse.

Il fallait faire quelque chose, ou sa raison allait
s'égarer. Elle pensa à différents objets qui pouvaient
être utiles à son père; elle alla dans la chambre de
madame Rothsay pour les y chercher, fit un paquet
de quelques vêtements indispensables si leur séjour
B... devait se prolonger et prit un grand châle pour
mère, afin que celle-ci n'eût pas froid si elle était
appelée à veiller. Quelle horrible réalité il y avait
dans tous ces vulgaires arrangements! Et cependant
elle s'en apercevait à peine; elle était comme
étourdie.

Quatre heures passées, et madame Rothsay n'était
pas de retour; chaque minute contenait une éternité.
Olivia marcha vers la croisée; au dehors tout avait
le même joyeux aspect; les abeilles bourdonnaient,
les papillons voltigeaient, dans la douce sérénité de
cette journée du sabbat, absolument comme elle les
avait observés, il y avait une heure. Et une heure
avait suffi pour apporter dans son cœur une si affreuse
désolation! Elle passa tout en revue, s'appesantissant
sur chacun des détails qui accompagnaient sa douleur,
comme elle se souvenait de l'avoir fait à la mort

d'Elspie. Elle se représenta le retour de sa mère, et crut l'apercevoir s'avançant à travers la prairie; mais non, ce n'était pas elle. C'était une personne vêtue de blanc qui marchait le long de la haie. Or, madame Rothsay, ce jour-là, portait une robe de mousseline bleu pâle, sa couleur favorite, qui lui allait si bien. Elle était sortie en souriant de la remarque que lui en avait faite sa fille. Qui pouvait dire si elle la reverrait jamais dans cette jolie toilette?

Toutes ces idées, et bien d'autres encore, s'attachaient à son esprit avec une horrible obstination. Tout à coup les cloches d'Old-Church se firent entendre au milieu du silence général; elles annonçaient la fin du service, et le glas des funérailles qui ont lieu l'après-midi commença. Olivia frissonna, se bouchant les oreilles pour ne pas entendre ces sons lugubres. Lorsqu'elle regarda de nouveau par la fenêtre, madame Rothsay était devant la grille; elle leva la tête vers sa fille et lui envoya un sourire.

Olivia n'avait pas encore pensé à la pire des tortures qui lui était réservée. Comment apprendre ces nouvelles à sa mère? Sa mère si délicate, si faible, que la plus légère souffrance suffisait pour

l'abattre. Sachant à peine ce qu'elle faisait, elle
s'élança en bas de l'escalier.

— Pas ici, ma mère, pas ici! s'écria-t-elle comme
madame Rothsay se dirigeait vers le salon où était
M.Wyld. Olivia l'entraîna dans une autre chambre et
la fit asseoir.

—Qu'est-ce que tout cela signifie, ma chère enfant?
demanda celle-ci. Pourquoi cet air singulier? Est-ce
que ton père n'est pas de retour? Allons vers lui.

— Nous irons, nous irons, mais...

Puis, regardant sa mère, la parole lui manqua,
elle se jeta dans ses bras en pleurant.

— Je ne puis, non, je ne puis vous le cacher
plus longtemps. Ma mère, un grand malheur nous
menace; il nous faut de la patience, du courage
pour le supporter ensemble. Dieu nous aidera.

— Olivia!... Et madame Rothsay poussa un cri
de terreur qui retentit dans toute la maison.

—Paix! mère chérie; du calme! du courage! mon
père est dangereusement malade à B...; il nous faut
partir de suite pour le rejoindre : j'ai tout préparé;
venez, partons de suite.

Mais madame Rothsay ne l'écoutait plus; elle
était évanouie. Le temps pressait. Olivia saisit des
sels et se disposa au départ. Madame Rothsay, encore

insensible, fut portée dans la voiture où elle demeura quelque temps sans mouvement, soutenue par sa fille. Jamais cet appui ne lui fut plus nécessaire. En contemplant sa mère dans cet état de prostration, des sentiments tout nouveaux s'emparèrent de l'âme d'Olivia; sa tendresse filiale se transforma en un culte supérieur à l'amour d'une fille pour sa mère; il s'y mêla un sentiment de protection et la conscience d'une immense responsabilité. Si mon père venait à mourir, pensait-elle, si nous allions toutes deux être laissées seules dans le monde, alors ma mère n'aurait personne pour prendre soin d'elle que moi; mais je saurai lui tenir lieu de tout. Autrefois, je m'en souviens, elle s'inquiétait peu de moi, mais aujourd'hui... Ah! ma mère, comme nous nous aimons! Lorsque madame Rothsay eut repris ses sens, elle jeta autour d'elle des regards égarés :

— Où allons-nous? murmura-t-elle; qu'est-il arrivé? je ne me souviens pas bien clairement...

— Chère maman, n'essayez pas de penser, je m'en charge pour nous deux; demeurez calme, vous êtes en sûreté auprès de votre fille.

— Ma fille! Ah!... je me rappelle, je me suis évanouie, comme autrefois, lorsqu'on vint m'apprendre que ma fille .. et c'est toi, l'enfant que j'ai autrefois repoussée de mes bras, c'est toi qui me reçois aujourd'hui dans les tiens !

Madame Rothsay semblait divaguer comme si ce choc terrible avait altéré sa raison.

— Silence, ma mère ! je vous en conjure, ne parlez pas, cela vous fait mal.

Madame-Rothsay regarda sa fille d'un air pensif ; la conscience de ce qui s'était passé parut alors lui revenir ; dans sa faiblesse désespérée, elle se cramponna aux bras protecteurs qui l'entouraient et balbutia :

— Olivia ! prends soin de moi ; je ne le mérite pas , mais ne m'abandonne pas.

— Jamais ! jusqu'à la mort !

Et la promesse contenue dans ces paroles, Olivia fit vœu intérieurement de l'exécuter.

Puis elles continuèrent leur route en silence, voyageant aussi rapidement que possible, jusqu'à ce qu'elles atteignirent B.... Hélas ! il était trop tard. Celles qui approchèrent du chevet d'Angus Rothsay étaient une veuve et une orpheline.

CHAPITRE XVIII

La tombe s'était à peine refermée sur le capitaine Rothsay, que l'on découvrit un grand désordre dans ses affaires. Il avait dû vivre depuis plusieurs mois en face d'une ruine inévitable.

Sa mort subite cessait d'être un mystère. Les nouvelles contenues dans le journal dont la lecture avait provoqué son attaque, nouvelles qu'on reconnut plus tard être en partie fausses, lui apprenaient un naufrage qui renversait sans retour ses dernières spéculations. Ainsi se levaient à la fois contre lui la main de Dieu et celle des hommes. Sa nature orgueilleuse ne put supporter ce double choc; l'humiliation le tua.

— Ne me dites qu'une chose, s'écriait Olivia, s'adressant à M. Wyld, avec lequel elle s'entretenait après les funérailles; — elle seule, car sa mère était incapable d'agir, et c'était à la jeune fille de seize ans qu'il appartenait de prendre toutes les décisions, — ne me dites qu'une chose, répétait-elle, c'est que l'honneur de mon père est sans tache; c'est que nul n'a à souffrir avec nous; que nul n'a le droit de maudire la mémoire du négociant ruiné.

— Je ne connais personne, répondit M. Wyld. A la vérité, il reste quelques dettes particulières, mais elles peuvent être facilement acquittées, ajouta-t-il en jetant un coup d'œil significatif sur le salon richement meublé.

— Je comprends, dit Olivia; tout ce qui doit être fait le sera.

L'infortune la rendait sage et prompte à saisir les choses; sans reculer devant aucun pénible détail, elle se mit à discuter avec tranquillité un des plus tristes événements de ce monde, la liquidation d'une faillite.

Le notaire était un homme rigide, et les préventions d'Olivia contre lui n'étaient pas sans quelque fondement; cependant, il n'est pas de cœur si dur qui n'ait dans ses replis quelque côté sensible. M. Wyld considérait avec une curiosité mêlée de compassion la jeune fille qui, assise en face de lui, devant le bureau du capitaine Rothsay, compulsait les liasses de papiers poudreux et interrompait de temps en temps cette tâche épineuse pour parler, d'une manière tranquille et sensée, de sujets plus faits pour occuper des têtes grises ou des cerveaux rompus aux affaires. La faible lueur de la lampe éclairait son visage délicat, qui paraissait d'une pâleur plus diaphane encore, encadré par ses cheveux blonds retombant négligemment sur son vêtement de deuil. M. Wyld pensait à ses filles joyeuses et insouciantes, qu'il avait laissées chez lui, et éprouvait un sentiment vague de reconnaissance envers la Providence de ce qu'elles n'étaient pas dans la position d'Olivia Rothsay. Nous l'avons dit, sa nature n'était pas tendre; néanmoins, dans tous les rapports qu'il eut avec l'orpheline, il ne put s'empêcher de traiter avec une sorte de respect et de bonté l'enfant sans-protection du-négociant décédé.

Après avoir examiné à fond plusieurs questions, M. Wyld s'adressa à Olivia, non sans quelque embarras :

— Il y a un point, dit-il, — un point assez pénible, — sur lequel il faut que je m'explique avec vous, mademoiselle Rothsay. Je l'aurais fait plus tôt

I.   16

si cela avait été possible, mais je n'ai appris cette
circonstance qu'hier.

— Appris quoi ? y a-t-il encore quelque nouveau
malheur en réserve pour moi ? demanda Olivia en
poussant un long soupir ; mais parlez, je suis prête
à tout.

— Ne vous effrayez pas, ce *tout* se réduit à peu de
chose. Vous savez, ma chère mademoiselle Rothsay,
que votre père perdit la parole aussitôt qu'il fut
saisi de cette terrible attaque : mais ma femme qui
ne l'a pas quitté une minute — ah ! je vous assure
que madame Wyld a été une bien bonne garde-
malade pour lui....

— Je le sais, je le sais, et je lui en ai témoigné
toute ma gratitude.

— Eh bien, ma femme vient de me dire que quelques instants avant sa mort, votre pauvre père reprit connaissance et fit de vains efforts pour parler ;
elle lui plaça alors un crayon dans la main et il parvint à écrire un mot, un seul ; car dans cet acte
même la mort le surprit. Pardonnez-moi, ma chère
demoiselle, de vous troubler ainsi par ces tristes
détails, mais....

— Le papier ! donnez-moi ce papier !

M. Wyld tira de son portefeuille un petit chiffon

de papier sur lequel était tracé, en caractères à peine lisibles, le nom de Harold.

— Ne connaissez-vous personne qui porte ce nom, mademoiselle Rothsay?

— Non... je ne crois pas..., répondit celle-ci en hésitant, car au même instant elle se rappela que le nom du mari de Sara était Harold Gwynne; mais qu'est-ce que cela signifiait? entre son père et lui il n'y avait aucun lien. Ce n'était donc qu'une coïncidence singulière.

— Que faut-il faire? demanda-t-elle avec perplexité. Dois-je aller parler à ma mère?

— Si j'ai un conseil à vous donner, répondit M. Wyld, ne le faites pas. Non! il vaut mieux laisser l'affaire entre mes mains. — Harold, c'est un nom de garçon, ajouta-t-il d'un air soucieux. S'il s'était agi d'un nom de fille, je ne dis pas; il m'est arrivé autrefois de me charger d'une petite commission pour le capitaine Rothsay...

— Que dites-vous?

Et le regard pur d'Olivia alla rencontrer le sien. M. Wyld ne put le soutenir; il balbutia :

— Ce que j'ai dit, mademoiselle Rothsay? Oh! rien, moins que rien. Seulement, si j'avais pour mission de découvrir ce mystère...

— Je vous remercie, monsieur Wyld, reprit Olivia avec dignité; mais une fille ne peut décemment
employer un tiers à découvrir les secrets de son
père; sans doute ces papiers m'informeront de tout
ce qu'il sera nécessaire de savoir. C'est pourquoi,
si vous le voulez bien, nous laisserons ce sujet de
côté.

— Comme vous voudrez, répliqua M. Wyld; et
ramassant ses volumineux dossiers, il ferma son
portefeuille et prit congé.

Mais Olivia s'était à peine rassise devant le bureau de son père, après avoir poussé un soupir qui
exprimait son soulagement d'être enfin débarrassée
de la présence de M. Wyld, que le notaire reparut :

— Mademoiselle Rothsay, dit-il, je rentre simplement pour vous dire que si jamais vous trouviez
quelque mystère qui vous embarrassât, ou que vous
eussiez besoin d'un conseil, relativement au papier
en question ou à tout autre, je suis tout à vos ordres. J'ai bien l'honneur de vous saluer.

Olivia remercia le vieillard assez froidement, avec
fierté même, car elle le trouvait inutilement imper-
tinent. Cet incident s'effaça donc bientôt de son
esprit, et elle alla chercher le meilleur remède à

toutes ses peines auprès de sa mère, en s'efforçant
de calmer sa douleur.

Nous n'avons pas décrit l'affliction de madame
Rothsay. Les chagrins de la terre sont nombreux et
divers, mais il semble qu'ils se résument tous dans
ce coup qui vient briser le plus étroit des liens
terrestres, en séparant deux vies que le mariage a
unies. A la vérité, dans le cas actuel, beaucoup d'indifférence était venue relâcher ces liens sacrés;
mais aucune puissance, tant que la vie durait,
ne pouvait complétement les rompre. La veuve
d'Angus Rothsay se rappelait qu'elle avait été l'é-
pouse heureuse et aimée de sa jeunesse; comme
telle, elle le pleurait; mais son chagrin n'était point
sans un mélange de remords quand elle se rappelait les torts qu'elle avait eus jadis envers lui et
qui n'avaient point été réparés; des rêves obscurs
du passé il s'élevait de noirs fantômes qu'elle ne
pouvait chasser de son esprit, parce que entre eux
et elle devait rouler à jamais le fleuve de l'éternité.

Sybil Rothsay était une de ces femmes à qui
aucune circonstance ne peut enseigner à ne dépendre que d'elles-mêmes et à diriger leur volonté.
Comme elle s'était entièrement reposée sur son
mari pour en être guidée et conseillée, de même

aujourd'hui, elle chercha appui et protection auprès
de sa fille. A partir de la mort du capitaine Rothsay,
Olivia s'empara des rênes du gouvernememt, et
d'un commun accord les rôles furent intervertis.
Ce fut avec une sollicitude toute maternelle qu'elle
se mit à veiller sur la pauvre femme affligée„ qui,
soumise et passive, se reposait implicitement, pour
toute chose, sur l'âme forte et courageuse de la
jeune fille, ne s'inquiétant plus ni de penser ni
d'agir par elle-même.

Ceci peut paraître un tableau exagéré; il est cependant moins rare qu'on ne le croit. Que de filles
j'ai connues qui ont noblement accompli ce devoir
sacré! combien d'entre elles ont pu se dire :

— C'est moi qui suis la mère maintenant; c'est
moi qui, étant la plus forte, supporte dans mes bras,
protége, chéris dans sa vieillesse celle qui autrefois
berça mon enfance..

Olivia Rothsay avait formé cette sainte résolution
le jour où elle vit sa mère insensible dans ses bras;
elle fit ce vœu, et elle le tint fidèlement, jusqu'à ce
que l'éternité vînt le consacrer par la plus pure
des bénédictions terrestres, celle qui tombe des
lèvres d'une mère mourante sur une fille dévouée.

Lorsque les affaires du capitaine Rothsay furent réglées, la seule épave qu'on put sauver de ce naufrage fut le mince revenu provenant de la fortune personnelle de madame Rothsay, et sur lequel elle vivait autrefois à Stirling. La mère et la fille étaient donc à l'abri de la pauvreté proprement dite, mais elles se trouvaient dans une situation assez difficile pour leur faire désirer d'échapper aux commérages d'Old-Church et rechercher l'obscurité de quelque grande ville. Là, se disait Olivia, il me sera peut-être possible de travailler pour ma mère, afin de lui procurer quelques-unes de ces superfluités auxquelles elle a été habituée. La jeune fille passa plus d'une nuit sans sommeil pendant les quelques semaines qui s'écoulèrent jusqu'à la vente de leur mobilier, occupée à former toutes sortes de plans pour le bien-être de madame Rothsay ; il ne fallait pas que celle-ci fût tourmentée par des combinaisons ou par de longs raisonnements. Aussi, quand tout eut été mûrement pesé, Olivia se borna à dire :

— Mère, ne pensez-vous pas qu'il serait beaucoup plus agréable de vivre à Londres ?

Et à peine madame Rothsay eut-elle donné son assentiment, que tout se trouva prêt comme par enchantement, et que celle-ci n'eut plus qu'à ajouter :

— Quand partons-nous, ma fille ?

On était à la veille de la vente. Olivia se trouvait
seule, à une heure assez avancée de la soirée ; il
restait encore à la jeune fille une tâche difficile, celle
de mettre en ordre tous les papiers particuliers de
son père. Rien d'étonnant que la mélancolie de
cette heure et de ce devoir lui arrachât plus d'un
soupir d'angoisse, et qu'une sorte de frisson su-
perstitieux vînt glacer son cœur ; mais elle avait
reçu du ciel une âme forte, héroïque, quoique ce
fût celle d'une femme.

Ce qui restait à examiner des papiers du capitaine
Rothsay était d'une nature tout intime ; ils étaient
peu nombreux, les sentiments du capitaine ne se
traduisant guère en paroles. Aucune date ne marquait les différentes époques de sa vie, presque aussi
inconnue à sa femme et à sa fille qu'au premier
étranger venu ; ce n'était pas un homme qui aimât
la correspondance, aussi Olivia trouva-t-elle un très-
petit nombre de lettres. Parmi celles-ci quelques-
unes étaient datées de Stirling. Olivia en ouvrit une
avec une vive émotion ; l'écriture, fine et délicate,
était celle de sa mère lorsqu'elle était toute jeune ;
elle n'y jeta qu'un coup d'œil ; sur la feuille jaune,
usée, les doux mots : « Angus, chéri, bien-aimé »

semblaient sourire encore : trop consciencieuse et, trop discrète pour en lire davantage, Olivia referma la lettre, satisfaite de cette découverte qui ferait plaisir à sa mère. Plus loin, était un souvenir de son enfance, une petite boucle blonde de ses cheveux soigneusement enveloppée dans un papier d'argent, avec cette inscription de la main de son père : « Cheveux d'Olivia. » Son père l'avait donc aimée autrefois? — Ah! plus qu'elle ne l'avait cru.

Le papier sur lequel la main du mourant avait tracé avec effort le nom de Harold s'offrit de nouveau à la vue d'Olivia ; aucune clef ne se présentant à son esprit pour expliquer ce mystère, elle résolut de ne plus s'en occuper davantage et de déposer ce singulier document dans un tiroir du bureau de son père, le seul de tous leurs meubles qu'elle se fût réservé. En cherchant une place convenable pour cet objet, elle fit un mouvement qui découvrit une petite cachette dans laquelle se trouvait un paquet soigneusement ficelé et cacheté. Elle était au moment de l'ouvrir, lorsque ses yeux tombèrent sur la suscription. Le capitaine Rothsay exprimait le désir que ce paquet, après sa mort, fût brûlé sans être ouvert.

Et sa fille scrupuleuse, sans s'arrêter un instant

pour le considérer, jeta le paquet au feu, détournant
la tête de peur que les flammes, tout en le consu-
mant, ne lui révélassent quelques parcelles de son
mystérieux contenu. Tout à coup, un singulier
craquement la fit tressaillir ; elle oublia un instant
la réserve qu'elle s'était imposée, et jetant un coup
d'œil furtif dans le brasier, elle aperçut un médail-
lon curieusement travaillé, autour duquel était en-
roulé quelque chose qui lui parut ressembler à une
longue mèche de cheveux noirs. Mais elle n'en était
pas sûre et se méprisa presque pour ce regard invo-
lontaire. N'était-ce pas une insulte au mort ?

Ses sentiments de regrets, et comme de remords,
de cette sorte de profanation à laquelle elle était
contrainte, s'accrurent encore lorsque, arrivée au
terme de sa tâche, elle trouva une dernière lettre
portant cette suscription :

« A ma fille Olivia, pour être lu lorsque sa mère
ne sera plus et qu'elle sera seule au monde. »

Seule au monde ! Ainsi, la tendresse paternelle
avait prévu cette époque cruelle, bien éloignée sans
doute — elle le demandait à Dieu ! — où elle serait
seule dans le monde, femme sans jeunesse, sans
parents, sans mari, sans enfants pour lui sourire.
Elle ne douta pas que son père ne lui eût écrit cette

lettre, afin de la prémunir par ses conseils et par ses consolations contre les tristesses de cette époque désolée; après que des années auraient passé sur son tombeau. Elle le bénit pour cette pensée; de douces larmes tombèrent sur ces mots qu'il avait tracés, ainsi qu'elle le reconnut par la date, pendant la dernière nuit qu'il passa dans sa maison.

L'idée ne lui vint pas un instant de désobéir à ses injonctions, ni d'ouvrir la lettre avant l'époque fixée; il était inutile d'en parler à sa mère, à laquelle cette circonstance causerait une émotion de plus. C'est pourquoi elle remit respectueusement l'écrit à la même place, se soumettant à n'attendre que du temps la révélation de ce solennel secret entre la mort et elle. Puis Olivia monta dans sa chambre. Harassée, épuisée et contemplant sa mère paisiblement endormie, elle se jeta à genoux en remerciant Dieu de ce qu'il lui restait au moins ce cœur chaud et aimant auquel elle pouvait s'attacher et qui jamais ne la repousserait.

Ah! que celles qui possèdent cette félicité s'en réjouissent! que celles qui n'en ont plus que le souvenir prient Dieu, afin que ce souvenir vive dans leur pensée jusqu'à leur éternelle réunion avec les êtres aimés, jusqu'à la résurrection des justes!

CHAPITRE XIX

Dans un des faubourgs de l'ouest de Londres, il se trouve un quartier qui, bien que placé entre deux grandes lignes d'omnibus, est aussi retiré, aussi primitif que s'il était situé à cent lieues de la métropole. Les champs, les prairies y sont rares, sans doute, mais on s'y promène dans de petits chemins tranquilles, entre des haies vives où l'on peut cueillir, au printemps, plus d'une branche odorante d'aubépine. Là abondent les jardins potagers et de grands vieux chênes ; on y entend continuellement le chant éclatant des oiseaux, surtout des alouettes, et l'on s'étonne que ces petits êtres, « joyeux esprits de l'air, » qui semblent n'avoir que l'air pour demeure, trouvent moyen de faire leurs nids là où croît la prosaïque pomme de terre. Agiraient-ils ainsi par émulation avec leurs voisins,

auteurs ou artistes qui pullulent dans ces lieux et
qui, pauvres âmes comme les alouettes dans les
airs, chantent tout le long du jour la chanson de la
vie sans que le passant que charment ces accords
harmonieux se doute souvent de quelle triste et
mesquine demeure ils s'échappent.

Donc, dans ce quartier se trouve (ou plutôt se
trouvait, car elle n'existe plus aujourd'hui) une
ruelle, « chère vieille ruelle, » toute tortueuse et
dépavée, dans cette ruelle une maison et dans cette
maison un petit appartement en faux équerre, où
habitent Olivia Rothsay et sa mère.

Ce fut un pur hasard qui les conduisit dans cet
endroit ; mais toutes deux, Olivia surtout, remer-
ciaient chaque jour la Providence qui les avait amenées dans cette bizarre maison, qu'on appelait
Woodford-Cottage.

Rien n'y était comme ailleurs ; la porte d'entrée
touchait à celle de l'écurie et l'escalier de la cave
partait directement du salon. Pour aller de la cuisine à la salle à manger, il fallait traverser les
chambres à coucher ; quant à l'escalier principal,
il était taillé dans la muraille, de telle sorte qu'un
certain tournant était un véritable casse-cou et que,
lorsqu'on l'avait monté, on se demandait s'il serait

possible de le redescendre sans s'estropier. Évidemment l'architecte de Woodford Cottage avait dû être
tant soit peu timbré, et tout le bâtiment se ressentait de ses caprices.

A part ces légères irrégularités, la maison était
agréable; elle se trouvait située au milieu d'un jardin que ses murs élevés séparaient- d'une petite
propriété aujourd'hui inhabitée et en ruines, mais
qui avait été autrefois la retraite d'un homme illustre. Maintenant tout y portait les traces de l'abandon
et de l'oubli; on ne s'en occupait pas plus que de la
mémoire du grand personnage qui l'avait créée jadis.
Le feuillage s'y agitait mollement au souffle du vent,
les oiseaux y chantaient, on aurait dit uniquement
pour le plaisir des habitants de Woodford-Cottage et
d'Olivia Rothsay en particulier. Elle aimait passion-
nément ce jardin ; sa végétation abondante et dé-
sordonnée la charmait ; les pêches poussaient le long
du mur presque à l'état sauvage ; un magnifique
mûrier s'y faisait admirer toute l'année et, dans la
saison, quelle clématite ! Ses fleurs couvraient le sol
d'une poussière de neige, et le soir son parfum était
une vraie émanation du paradis.

Tel était donc ce séjour si bien fait pour le rêveur,
le poëte ou l'artiste ; un artiste y demeurait en effet,

et cette circonstance n'avait pas été un des moindres attraits qui avait déterminé le choix d'Olivia. De lui il sera fait mention plus tard.

Pour le moment occupons-nous de la veuve et de l'orpheline; nous les retrouverons installées dans l'unique petit salon où sont venus aboutir tout le faste et le confort de Merryvale-Hall et d'Old-Church. Ce contraste, cependant, n'amenait aucun murmure sur leurs lèvres ; la première amertume de leur douleur est passée ; elles sont paisibles, presque heureuses ; ne sont-elles pas ensemble ?

Olivia va et vient par la porte-fenêtre qui s'ouvre sur le jardin. Son tablier est plein de fleurs et de feuillage, dont elle se dispose à orner la pièce un peu sombre et assez mesquinement meublée. Madame Rothsay est assise, tournée dans la direction du jour et occupée d'un ouvrage à l'aiguille ; elle s'arrête tout à coup en poussant un soupir de découragement.

— C'est inutile, Olivia.

— Qu'est-ce qui est inutile, mère ?

— Je n'y vois plus pour enfiler mon aiguille ; il paraît que je vieillis.

— Quelle folie, chérie ! — Olivia employait souvent cette expression protectrice avec sa mère — vous n'avez pas encore quarante ans. Non, ne parlez pas, ma belle et chère maman, de vieillir; vous n'en êtes pas là, grâce à Dieu, et vous êtes toujours charmante. N'ai-je pas encore entendu, l'autre jour, M. Vanburgh en faire la remarque à sa sœur, et lui qui est artiste s'y connaît sans doute.

- Olivia, en adressant cette flatterie à sa mère, lui prit la main et la considéra un instant avec admiration.

En vérité, cela lui était permis; la beauté fine de Sybil Rothsay ne suivait pas le déclin de sa vie — car sa vie déclinait insensiblement sans que ses traits fussent altérés ni qu'elle fût réellement malade, mais un changement incontestable et graduel se remarquait en elle; c'était celui de l'arbre dont la riche verdure a perdu son éclat et dont les teintes, belles encore, font néanmoins pressentir l'époque éloignée, mais certaine, de l'automne, alors que l'une après l'autre ces feuilles tomberoit doucement sur la terre. Ainsi, selon toute apparence, s'effeuilleraient lentement les jours de madame Rothsay.

Elle souriait, plus flattée en ce moment, des louanges de sa fille, que de celles des admirateurs de sa jeunesse :

— Que tu es enfant, Olivia! mais qu'importe ma beauté, si seulement mes yeux n'étaient pas si faibles? Oh! si j'allais devenir aveugle, dépendante de toi, une charge pour ta jeunesse!

Olivia arracha l'ouvrage des mains de sa mère et ferma, avec des baisers, ses chers yeux fatigués. C'était un sujet d'entretien qu'elle ne pouvait souffrir, peut-être parce qu'elle s'apercevait qu'il revenait souvent dans l'esprit de madame Rothsay, et qu'elle-même était avertie, par un secret instinct, de la vérité de ces appréhensions. Quoi qu'il en soit, elle détourna brusquement la conversation.

— Écoutez, maman! entendez-vous M. Vanburgh, qui marche là-haut dans son atelier? C'est son habitude lorsqu'il est mécontent de son travail. Oh! il a bien tort, car son tableau est superbe! mademoiselle Méliora me l'a montré hier, pendant que son frère était sorti.

— Mademoiselle Méliora! tu me sembles devenue tout à fait sa favorite, ma chère Olivia?

— Ses petits chats se sont enfuis la semaine dernière, c'en est peut-être là la raison. Mais je ne veux pas me moquer d'elle, car il faut bien s'attacher à quelque chose dans ce monde, et elle n'a rien à aimer que ces êtres muets, la pauvre fille!

— Et son frère?

— Oh! oui, sans doute. Personne autre qu'elle
l'a-t-il jamais aimé? et lui, a-t-il jamais aimé
quelqu'un ? répliqua Olivia d'un ton distrait. S'il
n'est pas beau lui-même, il admire singulièrement
la beauté chez les autres. Que penserez-vous, ma
mère, de ce que je vais vous dire? Imaginez-vous
qu'il désire vivement faire le portrait de quelqu'un
que je connais, afin de le placer dans un de ses tableaux, et je lui ai promis de vous le demander. Je
vous en prie, chérie, posez pour lui ; cela vous donnera si peu de peine, et je serai si fière de voir le
portrait de ma jolie maman à l'exposition de l'Académie l'année prochaine !

Madame Rothsay secoua la tête.

— Tenez, le voici qui vient vous le demander lui-
même, s'écria Olivia. Au même instant, en effet,
une grande ombre intercepta le jour, et M. Vanburgh entra dans l'appartement. C'était un homme
d'un aspect assez extraordinaire, et l'appréciation
qu'Olivia avait faite de lui était bien méritée : non-
seulement il n'était pas beau, mais on peut dire
qu'il était difficile de rencontrer son semblable en
laideur. D'une taille gigantesque et mal proportionnée, avec des traits grossiers, il offrait le plus par-

fait contraste avec les créations raphaéliques dans
lesquelles se complaisait son pinceau. C'était à cause
de cela même qu'il les créait. Dans sa jeunesse,
irrité par le sentiment de sa laideur, il s'était dit :
Puisque le ciel m'a fait hideux, je me vengerai du
ciel en créant sans cesse la beauté à l'aide de mon
pinceau. Il fit comme il avait dit, et se mit à aimer
d'amour ses œuvres. Sa maîtresse fut son art ;
comme le sculpteur de Rhodes à sa Galatée, il lui
donna son cœur, sa vie, et bientôt l'art lui tint lieu
de toute affection humaine.

Ainsi avait vécu Michel Vanburgh pendant cinquante ans, d'une vie morose et solitaire, cherchant
à imiter le grand maître florentin dont il était fier
de porter le nom de baptême. Il faisait de grands tableaux que personne n'achetait, mais que lui et sa
fidèle sœur, Méliora, n'en trouvaient que plus beaux
par cette raison même ; il était incompris du monde,
et à son tour il ne cherchait pas à comprendre le
monde : il s'en était donc isolé tout à fait, se renfer-
mant dans ses inspirations jusqu'à ce que, son mo-
dique revenu venant à décroître, il se vit forcé
d'admettre dans sa maison, comme locataires, madame Rothsay et sa fille. Encore n'avait-il pris cette
détermination que parce que miss Méliora avait sug-

géré que l'une de ces dames était d'une beauté ravissante, et qu'elle pourrait lui servir de modèle
dès qu'ils auraient lié connaissance.

M. Vanburgh venait donc, en ce moment même,
présenter la requête dont il a été fait mention plus
haut et il s'acquitta de ce soin sans la moindre cérémonie. A son point de vue, tout dans la vie ne
devait tendre que vers un but unique : l'art. Il ne
considérait la beauté que pour la reproduire. Voici
les termes assez singuliers dans lesquels il s'exprima :

— Madame, il me faut une tête grecque ; la vôtre
me convient parfaitement, voulez-vous me rendre le
service de poser ? Puis il ajouta, en manière d'encouragement et de compliment tout à la fois : C'est
pour figurer dans mon grand ouvrage, mon Alceste,
une composition en six tableaux que j'espère terminer prochainement. Alors, rejetant en arrière la
longue mèche grise qui lui couvrait le front, il se
mit à détailler chacun des traits de la gracieuse
dame à laquelle il n'avait jusqu'ici accordé que l'attention et la politesse que motivait leur voisinage.

— C'est parfait, madame ! s'écria-t-il en con
cluant. Votre type est absolument celui dont j'a
besoin ; vos traits sont admirables.

— En vérité, monsieur Vanburgh, vous me flattez, répondit la veuve en rougissant faiblement et en jetant à Olivia un regard qui l'appelait à son secours; celle-ci avait l'air enchanté, et considérait le vieil artiste avec un respect égal à celui qu'elle eût porté à Michel-Ange en personne. Mais lui, les interrompant toutes deux :

— Voyons, dit-il, c'est bien cela, et il se mit à tirer en l'air des lignes imaginaires autour de la tête de madame Rothsay. Sourcils bien arqués, bouche grecque. Hum! si vous vouliez m'obliger, madame, d'ôter ce bonnet! Merci!... Mademoiselle Olivia, vous me comprenez, je vois que cela va bien. Maintenant, cette draperie blanche sur la tête. Oh! parfait, divin! mon Alceste est vivante! Madame, madame Rothsay, vous avez une tête magnifique; soyez tranquille, vous passerez à la postérité avec mon tableau.

M. Vanburgh se mit à marcher de long en large dans le salon, se frottant les mains dans un ravissement d'orgueil dont la parfaite naïveté ne pouvait être confondue avec une mesquine vanité ou un amour-propre banal. Mon œuvre! mon tableau! ces mots, dans sa bouche, ne signifiaient pas : Je suis l'homme qui les a créés et qui s'en glorifie; ce qu'il

17.

adorait, ce n'était pas lui-même, mais l'idéal qui
toujours flottait devant lui et qu'il était désespéré
de ne pouvoir jamais fixer sur la toile.

— Quand dois-je poser? demanda madame Rothsay d'un ton timide, bien qu'elle fût trop femme
pour ne pas être flattée de l'admiration du peintre.

— Tout de suite, madame, tout de suite, tandis
que l'inspiration est là. Mademoiselle Rothsay, voulez-vous montrer le chemin à votre mère? vous êtes
familiarisée déjà avec les arcanes de mon atelier.

En effet Olivia le connaissait, l'atelier, ayant posé
pendant deux heures dans la pénible attitude d'une
Cassandre furieuse, pour permettre au peintre
de copier ses mains, qu'elle avait fort belles. Du
reste, elle ne demandait pas mieux que d'être
admise dans le sanctuaire; elle avait grandi avec
l'amour de l'art, et, en prenant des années, cette
passion semblait s'être fortifiée en elle. Dès qu'elle
franchissait le seuil de cette pièce, elle était toute
pénétrée de l'atmosphère artistique qu'on y respirait et elle en éprouvait une immense joie.

— En vérité, mademoiselle Rothsay, on dirait
que vous êtes au courant du métier, disait Michel
Vanburgh, tandis que la jeune fille rayonnante
d'orgueil l'aidait à arranger la pose de sa mère.

Vous auriez été digne d'être la fille ou la sœur d'un artiste.

— Que ne l'ai-je été ! soupira Olivia.

— Ma fille est un peu artiste elle-même, monsieur Vanburgh, observa madame Rothsay avec une fierté toute maternelle, mais Olivia en rougissant fit un signe suppliant à sa mère pour l'inviter à se taire.

Quant au peintre, il peignait et ne s'inquiétait de rien au monde que de son Alceste. Quel enthousiasme! Olivia admirait comment sous sa main rude et masculine naissaient ces légères et gracieuses images; comment dans cette tête, d'une laideur presque repoussante au premier abord, habitait un esprit capable de concevoir l'idéal le plus sublime de la beauté. Alors une forte conviction de la grandeur de l'âme humaine s'emparait d'elle.

Cette dernière pensée était consolante pour une personne comme elle, dépouillée de tout ce qui fait le charme extérieur de la vie. A elle aussi la nature ne semblait-elle pas avoir dit : « Renonce au corps, ne pense qu'à l'âme? » De là une singulière sympathie entre M. Vanburgh et Olivia Rothsay.

La séance dura plusieurs heures; la patience de la pauvre madame Rothsay était à bout; elle faisait de vains efforts pour se maintenir au diapason de l'enthousiasme d'Olivia : au fond, Alceste était fort lasse de son rôle, lorsqu'ils furent interrompus par un événement assez rare à Woodford-Cottage, l'arrivée du facteur. Vanburgh en grommelant se rabattit sur un mannequin couvert de draperies, tandis que madame Rothsay lisait sa lettre, ou plutôt la passait à Olivia après y avoir jeté un coup d'œil, enchantée de pouvoir échapper à un ennui. Celle-ci examina l'adresse avec curiosité, comme on se prend à le faire quelquefois assez inutilement, puisque la rupture du cachet doit tout expliquer. C'était une écriture ferme, hardie, sans aucune de ces fioritures calligraphiques qui indiquent que l'on a du temps à perdre. Enfin, impatiente de savoir qui pouvait en être l'auteur, la jeune fille l'ouvrit et lut ce qui suit :

« Madame,

« Par respect pour votre récente affliction, j'ai gardé le silence pendant plusieurs mois. Ce silence, vous voudrez bien admettre que l'on n'avait aucun droit de l'attendre de moi. Peut-être ne l'aurais-je pas rompu aujourd'hui, si je n'avais une mère, une femme, qui dans ce moment à mes côtés souffrent des conséquences de mon imprudence et de la cruauté de..... mais je m'arrête, je ne veux pas

employer de sévères épithètes contre celui qui n'est
plus.

« Avez-vous eu connaissance, madame, que
votre mari, deux jours avant sa mort, lorsque
selon toute probabilité il devait se savoir ruiné, a
accepté de moi un prêt sur lequel les papiers ci-inclus
pourront vous édifier? Ce billet et cette signature
furent obtenus en vertu d'anciens liens d'amitié qui
existaient entre le capitaine Rothsay et ma mère.
Or cette circonstance m'a entraîné à des emprunts
si lourds que mon revenu s'en trouve considérable-
ment réduit et qu'il devra l'être encore pendant
longtemps si je ne suis immédiatement remboursé.

« Votre mari ne me donna aucun reçu, je ne lui en
demandai pas, du reste; c'est pourquoi je n'ai aucun
droit légal pour faire reconnaître le lourd sacrifice
auquel m'ont exposé ma propre imprudence et ma
confiance si mal placée. Mais je viens vous soumettre
ma cause, madame, à vous qui êtes à l'abri des conséquences de l'insolvabilité du capitaine Rothsay et
avez conservé, me dit-on, sinon la richesse, du moins
l'aisance. Je vous le demande, est-il juste devant
votre conscience que moi, pauvre pasteur, n'ayant
pour vivre que mon faible traitement, je porte la
peine d'un acte que, malgré toute la charité que

je désire avoir pour le défunt, je ne puis considérer que comme un acte d'indélicatesse?

« En attendant votre réponse, je demeure,

« Madame,

« Votre obéissant serviteur,

« HAROLD GWYNNE. »

— Harold Gwynne! répéta Olivia tout bas en laissant tomber la lettre à terre. Il était heureux qu'elle fût cachée en cet instant derrière une des grandes toiles de M. Vanburgh; sa mère ne vit pas l'angoisse qui vint contracter ses traits.

Le mystère était donc dévoilé. Elle comprenait pourquoi son père, à sa dernière heure, avait écrit le nom de « Harold. » Son pauvre père ainsi soupçonné, accusé d'un acte de la plus lâche escroquerie! Elle considérait cette lettre avec dégoût; celui qui l'avait écrite lui parut cruel, impitoyable, et c'était le mari de Sara Derwent! Quelle amertume serait désormais associée au nom de Harold Gwynne! Sa tendresse, son respect pour la mémoire de son père altérait son jugement.

— Eh bien, ma chère fille, cette lettre? demanda madame Rothsay, lorsqu'elles quittèrent l'atelier pour rentrer dans leur appartement.

— Elle apporte des nouvelles qui vous feront de

la peine, mais soyez tranquille, mère chérie, nous supporterons ensemble tous les maux.

Alors Olivia lui expliqua brièvement le contenu de la lettre aussi bien que le fait, jusqu'alors ignoré de madame Rothsay, que son mari avait évidemment tenté dans ses derniers instants de reconnaître sa dette.

Olivia avait prévu l'effet que cette nouvelle produirait sur sa mère. Des larmes, des invectives, des récriminations pleines d'amertume. Cependant elle réussit peu à peu à la calmer.

— Voyons, chère maman, dit-elle lorsque madame Rothsay fut en état d'écouter, il faut répondre à cette lettre de suite; qu'allons-nous dire à M. Gwynne?

— Rien. Cet homme insolent ne mérite aucune réponse.

— Mère, s'écria Olivia d'un ton de reproche, quel que soit son procédé, n'oublions pas que nous sommes ses débitrices. M. Wyld lui-même, vous verrez, ne pourra nier cela; nous ne devons pas faillir à ce qui est juste et honorable; il y va de l'honneur de mon pauvre père.

— Oh! oui, c'est vrai, oui, tu as raison, ma fille; faisons tout ce qui dépend de nous pour l'amour de cette chère mémoire, s'écria la veuve en sangglotant. Mais c'est toi qui écriras, Olivia ; quant à moi, je ne le puis !

Olivia fit un signe d'assentiment. Elle avait depuis longtemps assumé tous les devoirs de ce genre. Elle se mit donc de suite à l'œuvre ; mais cette tâche pénible lui demanda beaucoup de temps. Entre les formalités indispensables d'une lettre d'affaires et son sentiment blessé s'établissait une lutte bien naturelle ; la lettre offrait un singulier mélange de ces deux dispositions. Lorsqu'elle eut terminé, elle en proposa la lecture à sa mère.

Madame Rothsay ayant consenti, Olivia commença ainsi :

— « Révérend[1] monsieur... » (Je suis forcée de lui donner ce titre, vous comprenez, ma mère ; il est pasteur, après tout, quoique sa conduite soit si dure qu'elle semble peu digne d'un ministre de l'Évangile.)

— Oui, vraiment, il est bien cruel ; mais continue. Olivia poursuivit :

« Révérend monsieur,

« Je m'adresse à vous, d'après le désir de ma mère, pour vous déclarer qu'elle ignorait absolu-

_____
[1] Titre donné aux pasteurs en Angleterre, et qui signifie *honoré*.

ment votre créance vis-à-vis de mon cher père.
Elle ne peut répondre à votre lettre qu'en vous priant
de prendre patience pour quelque temps encore,
jusqu'à ce qu'elle soit en état de pouvoir s'acquitter,
non point avec le superflu de la fortune que vous
lui supposez, mais au moyen des plus strictes éco-
nomies qu'elle s'imposera. Et moi, l'unique enfant
du capitaine Rothsay, désirant préserver sa mémoire
des accusations dont vous l'avez chargée, je me dois
à moi-même de vous faire savoir que les derniers
instants de sa vie furent consacrés à écrire votre
nom.

« Nous ne comprîmes pas alors ce qu'il voulait
dire ; maintenant tout est expliqué. Oui, monsieur,
mon père a eu l'intention de s'acquitter envers vous.
Si vous avez souffert, c'est par suite de ses malheurs, mais non de sa mauvaise foi. Est-il juste ou
charitable à vous de juger si sévèrement celui qui
n'est plus ?

« Ayez un peu de patience, monsieur, et votre
dette sera fidèlement acquittée.

« OLIVIA ROTHSAY. »

— Tu ne fais aucune mention de Sara, ma fille.
Sait-elle tout ceci ? demanda madame Rothsay, lorsqu'Olivia ferma sa lettre.

— Ah! pas un mot de plus, ma mère, je vous en conjure. Mettons cela de côté, n'y pensons plus. D'ailleurs, elle n'est peut-être pas à blâmer. Je connaissais Charles Gedder, et il est possible que Sara n'ait pas voulu parler de moi à son mari.

Ce fut avec un pénible serrement de cœur qu'Olivia traça l'adresse de sa lettre : « Au presbytère de Harbury. » C'était la maison de Sara ; elle médita longtemps sur le nom du mari de son ancienne amie, Harold Gwynne !

— Ah ! mère, quel singulier effet font quelquefois les noms ! je ne puis plus supporter même la vue de celui-ci ! Je le déteste.

Plus tard Olivia devait se rappeler ces paroles.

CHAPITRE XX

Si le vieil artiste de Woodford-Cottage était un ascète et un misanthrope, jamais la douceur et la mansuétude humaines ne se trouvèrent réunies à un plus haut degré dans aucun cœur que dans celui de son excellente petite sœur, mademoiselle Méliora Vanburgh. A partir du jour de sa naissance où son père, à peu près dans l'indigence, mais qui vivait dans l'attente d'un héritage, l'avait baptisée de ce nom excentrique, mademoiselle Méliora [1] n'avait jamais cessé de poursuivre cette capricieuse déesse appelée la Fortune.

Elle ne s'était jamais lassée de faire la chasse à cette ombre qui fuyait sans cesse devant elle. Elle n'était pas devenue riche, mais elle n'avait pas cessé d'espérer de l'être.

[1] *Meliorate* en Angleterre veut dire *amélioration*.

Elle ne s'était point mariée, n'ayant de sa vie reçu
de propositions. Avait-elle jamais aimé ? C'était une
autre question. En tout cas, elle devait avoir complétement oublié les jours de sa jeunesse, car elle
n'en parlait jamais.

Si son nom n'avait été pour cette digne personne
qu'une dérision, il avait une toute autre signification
pour son prochain. Partout où elle allait, Méliora
apportait toujours de « bonnes choses, » au moins
en espérance ; c'était la plus confiante petite créature
du monde ; elle était toujours munie de proverbes
rassurants, persuadée que tout chemin mène à
Rome et que les matinées nuageuses deviennent
de beaux jours. Son cœur était semblable à un jardin rempli d'arbustes en boutons qui jamais ne
s'épanouissaient, mais dont elle continuait cependant à attendre les fleurs avec une ferme assurance.
Pauvre Méliora ! si ses espérances ne se réalisaient
jamais, au moins n'avait-elle pas le chagrin de les
voir se flétrir !

Sa vie entière était dominée par une seule ambition celle de voir son frère président de l'Académie
royale. Lorsqu'elle était en pension et lui au collège,
elle avait en secret esquissé son portrait, le seul
qui eût jamais reproduit les traits disgracieux de

Vanburgh, avec les initiales magiques P. R. A. La
pauvre fille vivait dans la conviction que cette
prédiction s'accomplirait un jour ; elle lui montre-
rait alors l'ébauche prophétique et son humble et
tendre affection passerait à la postérité, à l'ombre
de la grande renommée de son frère.

Méliora raconta tout cela à sa chère Olivia Rothsay un jour qu'elles étaient toutes deux occupées
à jardiner, — distraction qui leur était commune
et qui ne contribuait pas peu à encourager leurs
confidences et l'amitié mutuelle qui s'était établie
récemment entre les voisines :

— Quelle belle chose que d'être artiste ! disait
Olivia d'un air rêveur.

— Il n'y a rien de pareil dans le monde, ma
chère. Rappelez-vous tous ces récits d'enfants de
paysans qui se sont élevés jusqu'à devenir les com-
pagnons des rois ; et notez que c'étaient les rois qui
étaient honorés ; rappelez-vous l'histoire de Fran-
çois Ier et du Titien, de Henri VIII et de Holbein, de
Van Dyk et de Charles Ier !

— A ce que je vois, mademoiselle Vanburgh, vous
êtes tout à fait versée dans l'histoire de l'art. Il serait bien aimable à vous de me faire part de vos
connaissances.

— Avec plaisir, ma chère amie, répondit la petite personne toute fière et toute ravie. Voyez-vous,
quand j'étais jeune, j'ai lu beaucoup d'ouvrages sur
l'art, afin d'être en état de pouvoir causer avec Michaël. Ce n'est pas que jusqu'à présent il ait paru
beaucoup tenir à traiter de ces questions avec moi ;
mais cela viendra peut-être.

L'esprit d'Olivia semblait errer bien loin de l'endroit où elle se trouvait ; elle arrachait autant de
fleurs que de mauvaises herbes dans la plate-bande
de réséda qu'elle cultivait.

— Mademoiselle Méliora, dites-moi, devient-on
riche en étant artiste ? demanda-t-elle tout à coup.

— Il n'en a pas été ainsi pour Michel, répondit
celle-ci ; ce qui fit qu'Olivia rougit de sa question
indiscrète : — Mais Michel a des idées particulières, poursuivit mademoiselle Méliora. Cependant
je suis convaincue qu'il a encore le temps de s'en-
richir, comme sir Joshua Reynolds, sir Thomas
Lawrence et bien d'autres.

Olivia redevint rêveuse ; puis elle dit d'un air
timide :

— Je me demande comment il se fait que vous,
Méliora, avec tout votre amour pour l'art, vous ne
soyez pas devenue une artiste ?

— Ciel! ma chère! je n'ai jamais songé à une chose pareille. Je n'ai pas de génie, — c'est ce que Michel a toujours dit : — moi, une artiste! une pauvre petite personne comme moi! y pensez-vous?

— Cependant il y a eu des femmes qui....

— Oh! oui, beaucoup. Il y a eu Angélica Kauffmann, et Propersia Rossi, et Élisabeth Sirani; de nos jours, madame A., mademoiselle B. et les deux C. Et puis, si vous lisez l'histoire des vieux maîtres italiens, vous trouverez que plusieurs d'entre eux avaient des femmes, des filles ou des sœurs qui leur ont été fort utiles. Que j'aurais voulu leur ressembler! N'en doutez pas, ma chère enfant, continua Méliora qui, dans son enthousiasme, devenait tout à fait expansive, il n'y a pas de profession au monde qui apporte plus de gloire, de richesse, de bonheur, que celle d'artiste.

Olivia n'était pas la dupe de l'innocent optimisme de sa compagne. Cependant les paroles de mademoiselle Vanburgh firent une forte impression sur son esprit où s'agitait tout un chaos de pensées contradictoires. Depuis le jour où elle avait reçu la lettre de M. Gwynne, le fardeau de cette lourde dette n'avait cessé de l'accabler; il faudrait des années pour l'acquitter, à moins de faire subir une

forte diminution à leur mince revenu. Comment
proposer cela à sa mère? comment la voir privée de
ces petites douceurs qui lui étaient devenues indispensables, avec sa santé délicate? La lettre d'Olivia
n'avait point provoqué de réponse ; leur créancier
était donc patient, mais cette conduite n'en stimu-
lait que davantage le désir de la jeune fille de se
libérer. Nuit et jour elle y songeait et se creusait la
tête à former des plans pour arriver à ce but. Parmi
ces plans était celui de se faire institutrice à la journée, cette dernière ressource de la femme sans
moyens d'existence ; mais son éducation dépourvue
de toute méthode la rendait impropre à cette tâche; elle le savait bien, et d'ailleurs, aussitôt qu'elle
se hasarda à en parler, les représentations de madame
Rothsay lui montrèrent que c'était impraticable.

Ce fut alors que la conversation de mademoiselle
Vanburgh fit naître dans l'esprit d'Olivia un nouveau
projet dont la réalisation lui permettrait, avec le
temps, de relever la mémoire de son père et de
conserver à sa mère toutes les commodités de sa
vie actuelle. Et ainsi, quoique cette confession doive
diminuer ce qu'il y eut de romanesque dans sa détermination, devons-nous convenir que ce ne fut ni
par amour de la renommée, ni guidée par l'ambition

du génie, mais uniquement poussée par le désir de gagner de l'argent, qu'Olivia conçut l'idée de devenir artiste. Cet espoir fut bien faible au commencement, si faible qu'elle n'osa en souffler mot à sa mère; mais il ne l'en excita pas moins à une étude assidue; elle prit secrètement et avec une grande persévérance toute espèce de renseignements auprès de mademoiselle Méliora; fréquenta journellement l'atelier du peintre, jusqu'à ce que tous ses mystères lui fussent devenus familiers; elle se glissa peu à peu dans les bonnes grâces de M. Vanburgh, en se rendant utile de mille manières à ce bizarre personnage.

Cependant, travaillant ainsi seule et sans encouragement, Olivia ne tarda pas à découvrir que ses progrès étaient fort lents. Un jour que madame Rothsay était absente, Méliora entra pour causer avec son amie; elle trouva la pauvre Olivia pleurant silencieusement; un dessin inachevé était posé devant elle, mais elle se hâta de le faire disparaître avant que mademoiselle Vanburgh pût l'avoir remarqué.

— Qu'y-a-t-il donc, ma chère enfant? s'écria la petite sœur du peintre, toujours prête à offrir sa sympathie; rien de sérieux, j'espère?

Mais les larmes d'Olivia n'en coulaient que plus
abondamment, car elle était vraiment très-malheu-
reuse. Ce jour-là, sa mère avait fait tristement allusion aux droits de M. Gwynne et avait proposé
plusieurs réformes à leur ordinaire, ce qui était
allé au cœur de sa fille.

Méliora fit de vains efforts pour consoler son
amie; lorsqu'elle eut épuisé toute son éloquence,
elle alla chercher ses deux petits chats et les posa
sur les genoux d'Olivia comme un dernier moyen
irrésistible. Ne faisait-elle pas elle-même ses délices
de sa ménagerie domestique, d'où elle comptait
aussi tirer beaucoup de profit? D'abord, elle avait un
chat si magnifique, que si on l'envoyait à Edwin
Landseer, ce chat ferait nécessairement sensation
dans ses tableaux d'animaux; puis, son terrier
était si séduisant qu'elle avait l'intention de l'offrir
à Sa Majesté Victoria, alors toute jeune, et qui avait
la passion des chiens, circonstance qui ferait pleu-
voir toute sorte de prospérités sur la maison Vanburgh.

Au bruit de ce babil affectueux, Olivia essuya ses
larmes et se mit à caresser les chats. — Elle aimait ces petits animaux, ce qui n'était pas un de ses
moindres mérites aux yeux de Méliora. — Puis elle

déchargea son cœur en confessant à son amie
qu'elle était bien malheureuse.

— Je ne vous demanderai pas la cause de votre chagrin, ma chère, parce que Michel prétend que je suis
douée de beaucoup trop de curiosité féminine. Je voudrais pourtant bien vous soulager en quelque façon.

Sa sympathie était si discrète, qu'Olivia se sentit
toute portée à ouvrir son âme à la douce Méliora.

— Je ne puis pas vous dire tout... je crois que ce ne
serait pas convenable, ajouta-t-elle en hésitant,
comme si cette confession avait quelque chose d'hu-
miliant.

A la fin pourtant, elle avoua son ardent désir de
gagner de l'argent par elle-même.

— Vous, ma chère Olivia, vous avez besoin d'argent! s'écria mademoiselle Méliora qui avait toujours considéré sa locataire, madame Rothsay,
comme une vraie mine d'or. Mais sa délicatesse
l'empêcha de presser Olivia de questions.

— Oui, il me faut de l'argent; je ne puis pas vous
dire pourquoi, mais c'est pour une bonne et sainte
cause, soyez-en convaincue. O mademoiselle Vanburgh, si vous pouviez m'indiquer le moyen d'en
gagner! Réfléchissez, vous qui connaissez le monde
beaucoup mieux que moi.

C'était là une vérité fort contestable, car l'innocente petite Méliora était restée enfant, quant à la
sagesse pratique. Elle le montra par la phrase suivante qui lui prit bien dix minutes de laborieuses
méditations :

— Ma chère, il n'y a qu'une manière d'obtenir la
richesse et la prospérité, c'est de se vouer à l'art.

Olivia leva vivement la tête :

— Ah! c'est précisément à quoi je songeais lorsque vous êtes entrée; mais j'étais en doute de moi-
même et honteuse de ma présomption.

— Votre présomption? Pourquoi?

— Parce que je m'étais imaginé par moments
que mes dessins n'étaient pas trop mauvais ; et
j'aime tant l'art que je donnerais tout au monde
pour devenir une artiste!

— Comment! vous dessinez? vous souhaitez
d'être artiste?

C'était la seule chose qui manquât encore à
Olivia pour être parfaite aux yeux de Méliora. De
joie, celle-ci lui en sauta au cou et l'embrassa avec
enthousiasme.

— Je savais bien que vous deviez avoir le culte de
l'art, c'est un besoin pour toutes les belles âmes.
Eh bien, votre désir sera accompli, car mon frère

vous donnera des leçons : je vais lui parler de suite.

Mais Olivia s'opposa à ce dessein, car son pauvre
petit cœur. commençait à être fort agité. Était-ce
donc possible? le long rêve de sa jeunesse allait-il
se réaliser? Mais quoi ! si le jugement sévère de
M. Vanburgh allait prononcer qu'elle n'avait pas de
talent, s'il allait dire qu'elle ne deviendrait jamais
artiste!

— Allons, ma chère enfant, ne soyez donc pas si
effrayée, disait mademoiselle Méliora. Montrez-moi
vos esquisses, je m'y connais un peu, quoique Michel n'ait pas une haute opinion de moi.

Olivia, tremblant de cette émotion qui est une
véritable agonie pour le jeune artiste ou le poëte
mis en demeure de produire au jour les premiers
fruits de son génie, Olivia, debout près de l'humble petite sœur du peintre qui examinait son portefeuille, était l'image de l'anxiété.

Ses ébauches témoignaient, par leur originalité,
de l'inspiration qui les avait fait naître. Il ne s'a-
gissait pas de ces délicates et fines esquisses représentant des chaumières à moitié ruinées, des arbres
dont l'espèce est inconnue au botaniste, genre où
se complaisent les jeunes demoiselles. Les compo-
sitions d'Olivia étaient toutes dans un style large,

18.

incorrectes peut-être, mais dénotant certainement
une touche bien à elle; on y voyait de nombreux
portraits à la plume de cette belle tête dont son
cœur de fille était si fier, des esquisses de mémoire
de plusieurs tableaux de M. Vanburgh, que l'œil
satisfait de Méliora discerna de suite; puis des
dessins reproduisant les principales scènes des
poëmes célèbres du jour.

Il n'était guère probable que la sœur de Michel
Vanburgh fût un juge tout à fait incompétent en
matière d'art; elle avait, à son insu, recueilli bien
des connaissances qu'elle manifesta dans cette occasion, faisant sur tel ou tel dessin des remarques
qui témoignaient d'un jugement sain et d'un goût
délicat. Lorsque enfin elle ferma le portefeuille, ce
fut avec un regard si encourageant qu'Olivia en
tressaillit de joie :

— Allons trouver Michel, allons, s'écria l'heureuse petite personne; et les deux amies se rendi-
rent à l'atelier.

Malheureusement le peintre n'était pas ce jour-là
dans son assiette ordinaire; il avait eu les nerfs aga-
cés par une espèce de fat qui voulait se poser en
connaisseur, et il essayait de ramener en place ses
poils hérissés par l'impatience et la colère, en s'oc-

cupant de son Alceste. Son « que venez-vous
faire ici? » fut une sorte de rugissement étouffé,
que la vue d'Olivia seule adoucit un peu.

— Frère, dit mademoiselle Méliora faisant un
effort désespéré pour soutenir son enthousiasme
qui s'écroulait, Michel, j'ai découvert un génie
naissant! Voyez, examinez plutôt ces dessins, et convenez qu'Olivia Rothsay est artiste.

— Ta, ta, ta! Une femme devenir artiste, c'est
parfaitement ridicule! fut la réponse qu'elle
obtint. Ah! continua-t-il, n'approchez pas de mon
tableau, la peinture en est toute fraîche. Allez-
vous-en.

Et Michel se tenait debout, brandissant son pinceau et sa palette, absolument comme un géant
belliqueux qui aurait eu à défendre, avec l'épée et le
bouclier, le sanctuaire de l'art. Sa pauvre petite
sœur, toute confuse, ramassa les dessins que dans
sa stupéfaction elle avait laissés tomber à terre;
mais lui, fulminant, s'écria : — Laissez-les là ; et
finalement il pria Méliora de le débarrasser de sa
présence.

— Eh bien, frère, répondit celle-ci avec douceur,
peut-être qu'une autre fois vous voudrez bien jeter
un coup d'œil sur ces ébauches. Venez, Olivia.

— Non, mademoiselle Olivia peut rester, j'ai besoin d'elle ; personne ne sait comme elle porter
cette chlamyde de pourpre, et j'ai à travailler aujourd'hui à la draperie d'Alceste. Il me serait impossible de faire autre chose, grâce à ce maudit frelu-
quet qui sort d'ici. Je vous demande pardon,
mademoiselle Rothsay, balbutia pourtant le vieux
peintre d'un ton plus conciliant, ce qui encouragea
Méliora à tenter de nouveau un timide assaut :

— Eh bien, frère, puisque votre journée est
perdue, autant vaudrait, il me semble, jeter un coup
d'œil sur ces...

— Non, c'est inutile, je ne veux rien voir : allez-
vous-en et laissez mademoiselle Rothsay ici, grommela Michel. C'est la seule, parmi vous autres
femmes, qui soit digne d'entrer dans un atelier.
A cette parole, Méliora jeta un regard fin à Olivia et, avec un sourire qui voulait dire qu'elle
ne désespérait nullement du succès de sa mission,
elle disparut.

Olivia, humiliée et désolée, se prépara docilement
à poser pour Vanburgh. Si elle n'avait pas eu un si
grand respect pour son génie, il est certain qu'elle
n'eût pas supporté les caprices de cet homme bizarre. Mais son admiration était si vive et sa patience

féminine si grande, qu'elle était presque aussi soumise que Méliora elle-même. Aujourd'hui, pour la centième fois, elle observa le front du peintre qui se déridait, sa voix qui s'adoucissait à mesure que l'influence de son art s'exerçait sur lui. Alceste, souriant sur la toile avec une béatitude que rien ne pouvait altérer, versait un baume bienfaisant dans l'âme irritée de son créateur.

La pauvre petite Olivia, sous la chlamyde de pourpre, était toute triste et tremblante; c'est en voyant son espoir renversé qu'elle s'apercevait combien il lui tenait au cœur. Elle trouvait la conduite dédaigneuse de M. Vanburgh bien cruelle; un sentiment d'amère humiliation vint la dominer. Jamais le peintre n'eut de modèle plus patient; ses doigts roidis sous la riche draperie, ses yeux vaguement fixés vers l'un des angles de la chambre, afin de conserver la pose indiquée, cette attitude monotone et cette immobilité la jetèrent bientôt dans un véritable désespoir.

De sa place, Michel Vanburgh ne pouvait la voir que de profil. Tout à coup, il fit un mouvement et poussa une exclamation qui la fit tressaillir.

— Admirable! ne bougez pas, ne changez pas votre expression; c'est celle qu'il me faut pour la

mère d'Alceste, un peu plus âgée seulement. Mais ce
regard de douleur passive, ces cils abaissés et cette
bouche! Ah! magnifique! magnifique! Je vous en
conjure, conservez cette expression quelques minutes encore! L'artiste était tout enthousiasme. Il pouvait enfin donner à son personnage la physionomie
qu'il avait longtemps cherchée en vain. Car les traits
d'Olivia avaient de longue date été habitués à reproduire toutes les impressions de son âme, et elle aurait pu poser, si cela eût été nécessaire, toutes les
« Passions » de Lebrun. Ravi de son succès, M. Vanburgh se prit subitement à penser à son modèle, non
plus uniquement sous ce point de vue, mais comme
à un être doué de sensibilité. Il se demanda d'où
pouvait provenir cette expression qui, fidèlement re-
produite sur sa toile, achevait si à propos une œuvre
qui l'avait préoccupé pendant plusieurs semaines.

De là à songer au portefeuille si mal accueilli
d'abord, il n'y avait qu'un pas. A la vérité, il détestait les amateurs et leurs productions, mais celles-
ci, après tout, pouvaient n'être pas sans mérite.

Il ne voulait pas condescendre jusqu'à les ra-
masser, mais, sans avoir l'air d'y toucher, il manœu-
vra de telle sorte avec son appui-main qu'il parvint à les mettre assez en évidence pour se rendre

compte de ce qu'elles valaient. Enfin, après une
heure de travail silencieux, il adressa brusquement
à Olivia la question suivante :

— Mademoiselle Rothsay, qui a pu vous mettre
dans la tête l'idée de devenir artiste?

Olivia ne répondit rien Elle aurait eu honte
d'avouer ses aspirations de jeune fille, et ne pouvait
pas non plus faire connaître son motif déterminant,
— l'affaire de M. Gwynne; — car Vanburgh aurait
méprisé la pensée d'entrer dans la grande carrière
de l'art par amour pour l'argent ! C'est pourquoi
elle gardait le silence.

L'artiste ne parut pas s'en inquiéter; il continua
à causer ou plutôt à déclamer tout seul, ainsi
qu'il faisait souvent.

— Je ne suis pas assez insensé pour croire que le
génie soit des deux sexes, car c'est un fait reconnu
qu'aucune femme ne fut jamais ni grand peintre,
ni grand poëte, ni grande musicienne ; le génie,
cette puissance, dédaigne d'habiter dans la faible
nature de la femme ; et si par hasard il y descendait, l'éducation et nos mœurs l'auraient bientôt
étouffé. Voyez, enfant, — et au grand étonnement
d'Olivia, il ramassa une des esquisses et se mit
à discourir en la regardant — voyez , vous

avez fait ici un dessin qui a quelque originalité ; mais quelle manie avez-vous donc toutes,
femmes ou demoiselles, de copier éternellement
des paysages, des fleurs et ces fades études de Jul-
lien ? Hum ! voilà qui n'est pas mal ; c'est assez
hardi, — et le peintre se mit à examiner en silence
et attentivement une autre esquisse qu'il avait enfin
ramassée. Il reprit : — Oui, c'est passable ; une
femme debout sur un rocher, un homme plus bas à
quelque distance, qui la regarde. — C'est dessiné
assez correctement, mais quelle profusion de draperie ! Il est vrai que c'est pour dissimuler l'ignorance de l'anatomie. Hum ! le motif est respectable,
mais si vous comparez tout cela au poëme, à quelle
distance en êtes-vous restée? Et de sa voix profonde, sonore, il se mit à répéter les strophes de la
Révolte de l'Islam.

    — La ! s'écria-t-il, toute sa contenance illu-
minée d'un enthousiasme ardent, qui donnait une
certaine grandeur à ses traits vulgaires ; — La !
quelle femme pourrait reproduire ces images, et
même quel homme? Hélas ! que nous sommes tous
indignes de traduire cet art divin ! Il en est un pourtant, mais un seul, qui s'éleva véritablement au-
dessus de l'humanité, Michel-Ange. En achevant

ces paroles, Vanburgh s'était arrêté avec respect
devant la tête majestueuse du Buonarroti qui trônait
à la place la mieux éclairée de l'atelier.

Olivia éprouva ce qui lui était déjà arrivé plusieurs fois au contact de l'exaltation de cet homme
étrange, un ravissement mêlé de terreur ; c'était
une agitation, un frémissement dans tout son être.
Elle se sentait transportée d'un enthousiasme semblable à celui qui s'emparait de la pythonisse antique ; c'était l'enthousiasme du génie.

Vanburgh revint à sa toile, reprit ses pinceaux et
continua son monologue :

— Quand je dis qu'il est impossible qu'une
femme devienne artiste, j'entends un *franc artiste*.
Avez-vous jamais réfléchi, ma chère enfant, à la valeur de ce mot? Un artiste ne veut pas dire simplement un peintre, mais un poëte, un savant, un profond observateur, un gentleman aussi. — Nous autres, nous avons été les amis des rois. Un artiste,
c'est un homme sans tache ; autrement comment
pourrait-il atteindre le pur idéal? c'est un homme
ayant une volonté de fer, une audace indomptable,
de grandes passions qu'il sait toujours contenir, un
homme, en un mot, qui sentant en lui-même une
étincelle de l'esprit divin, adore Dieu de toute son

âme. En prononçant ces derniers mots, Vanburgh ôta son béret de velours et resta la tête découverte pendant quelques instants avec respect ; puis il continua :—Voilà ce qu'un artiste devrait être de naissance. Je n'ai pas parlé de ce qu'il doit acquérir, des années d'études incessantes qui s'ouvrent devant lui ; ce n'est pas une vie de salon, ce n'est pas un travail de fantaisie, broyer des couleurs et toujours peindre. Savez-vous que ces mains-là ont non-seulement manié le pinceau, mais aussi le scalpel? que ces yeux se sont arrêtés sur des scènes d'horreur, de misère, de crime? Je m'en glorifie, car c'était pour le service de l'art. Oui, j'ai éprouvé quelquefois ce que ressentit jadis Parrhasius[1], qui étudiait, dit-on, les convulsions de ses esclaves mourants, afin que son génie fît passer leurs traits à l'immortalité. Mais je vous demande pardon, vous n'êtes qu'une femme, une pauvre fille, dit Vanburgh en s'interrompant à la vue d'Olivia pâle et toute frémissante. L'artiste ne manqua pas cependant d'observer l'ardent enthousiasme dont elle paraissait saisie en l'écoutant. Cette émotion le toucha comme une réminiscence de sa propre jeunesse. N'y avait-il pas

---

[1] Parrhasius, peintre célèbre, le rival de Zeuxis ; né à Ephèse, environ 420 ans avant Jésus-Christ.

quelque point de ressemblance entre lui et cette
jeune créature pour qui la nature s'était montrée
si cruelle ? Que savait-on si elle ne devait pas faire
partie de ces élus qui, privés des liens terrestres,
n'en sont que plus libres pour concourir aux œuvres
glorieuses du génie? Après quelques minutes de
réflexion, l'exaltation de Michel éclata de nouveau :

— Ceux qui ont embrassé la carrière de l'art doivent y consacrer toutes leurs forces. L'art, c'est
leur unique fiancée, et ce sera pour eux une fiancée fidèle qui leur tiendra lieu de toutes les joies.
Quel triomphe n'est-ce pas pour celui à qui le sort
a refusé tout agrément extérieur, que de pouvoir se
dire que sa main — cette main mortelle — peut
créer la beauté qui ne meurt pas ? Pourquoi s'in-
quiéterait-il des pompes du monde, lui qui dans ses
rêves peut évoquer une terre enchantée si merveil-
leuse que son pinceau, fût-il trempé dans les teintes
de l'arc-en-ciel, est impuissant à la représenter?
Qu'a-t-il besoin d'un foyer domestique, celui à qui le
monde entier appartient comme un trésor à étudier,
et pour lequel la vie elle-même est trop courte? Qu'a-
t-il besoin d'affections humaines ? Qu'est-ce que
l'amitié, au prix de l'adoration de tous? adoration
qu'il peut espérer pendant sa vie, mais qu'il est

sûr d'obtènir après sa mort. Quant à l'amour....

Ici le vieil artiste fit une pause ; lorsqu'il reprit, sa voix avait une harmonie particulière :

—Au lieu de l'amour, du fragile amour terrestre, de cette fleur empoisonnée de la jeunesse qui ne dure qu'une heure, — il possède l'idéal divin, cet idéal qui flotte toujours devant lui ; on dirait parfois qu'il l'embrasse dans son étreinte ! l'idéal inspire la pureté à sa virilité ; il réchauffe sa vieillesse de célestes passions. Son cœur, quoique mort à toutes les affections humaines, n'est pas glacé, mais brûlant, car il adore l'idéale beauté, l'idéal amour.

Olivia écoutait avidement ces paroles ; elles lui donnèrent le vertige. Un instant, en regardant Vanburgh, il lui apparut comme transfiguré, sa laideur était de la majesté ; il rajeunissait au reflet de cette flamme céleste dont il était consumé. Tout en larmes, elle était près de tomber à ses genoux en s'écriant :

— Moi aussi, je suis un de ces proscrits de la terre ; communiquez-moi cette vie supérieure qui réconcilie avec tous les maux. Ami, conseillez-moi ; maître, enseignez-moi ! Je ne suis qu'une femme, mais je puis tout oser, tout souffrir : aidez-moi seulement à devenir une artiste.

CHAPITRE XXI

Le vœu d'Olivia Rothsay, « comme toute ferme espérance, se réalisa par sa propre énergie. » Elle devint artiste, non en une semaine, un mois ou une année — l'art exige de ses disciples une vie entière de labeur ; — mais dans sa jeune âme on avait fait vibrer la bonne corde, une noble harmonie en fut le résultat. La bonne graine était semée, qui, jour après jour, devait germer et faire croître la plante bienfaisante.

Vanburgh avait dit vrai, le génie n'a pas de sexe ; mais il avait dit vrai aussi en affirmant que nulle femme ne peut devenir une grande-artiste.

Dans les domaines de l'esprit, les sommets seuls appartiennent à l'homme, et c'est justice qu'il en soit ainsi. Dieu le créa le premier, laissons-lui donc

la prééminence ; mais parmi ces étoiles de moindre
gloire qui sont destinées à éclairer les peuples,
parmi ces douces voix de poëtes, parmi ces sincères
écrivains qui cachent les vérités les plus hautes
sous le voile transparent de la gracieuse légende
ou de la parabole, et qui, chacun dans sa sphère et
de génération en génération, moralisent le monde,
peintres de fantaisie, musiciens adorables, parmi
tous ceux-là que la femme brille !

Sa carrière est et doit toujours rester limitée,
parce que, si élevé que soit son génie, il n'en
habite pas moins dans une âme de femme. La nature donna à l'homme le domaine de l'intelligence ;
à la femme celui du cœur et des affections. Ces
affections la lient étroitement de chaînes perma-
nentes dont elle ne peut être affranchie et qu'elle
ne voudrait pas briser, même si cela lui était permis. L'homme, au contraire, fort de sa puissance
intellectuelle, possède l'avantage de pouvoir en faire
le seul but de sa vie, son tout, sa récompense. Un
Brutus, poussé par cette ambition mal nommée pa-
triotisme, foulera aux pieds tous les liens humains ;
un Michel-Ange s'enfermera seul avec son art et
descendra avec austérité les degrés d'une vieillesse
désolée ; mais quelle est la femme qui, pouvant jouer

le rôle de Corinne au Capitole, ne préférera s'asseoir humblement au foyer domestique, entre son mari et ses enfants ?

Ainsi, pour la femme qui essaye de lutter avec l'homme, c'est une cause de faiblesse et d'infériorité que ces sentiments mêmes qui assurent la gloire et la force de son empire. Cependant le hasard, une circonstance, une offense peut-être, venant à mettre son sceau sur sa nature féminine, transformera son âme et lui apprendra à ne dépendre que d'elle-même. Elle méprisera toutes les douceurs de la vie, pour n'en rechercher que les grandeurs. Le combat fini, son génie prend son essor, s'étend, s'accroît ; mais sans jamais atteindre à la stature de l'homme. Alors, tandis qu'elle marche par les rudes sentiers du monde, les pieds meurtris, une auréole de gloire céleste entoure son front, et c'est ainsi qu'elle pourra devenir une étoile pour sa génération.

Telle était la destinée qui s'ouvrait devant Olivia Rothsay.

Elle l'accueillit comme ferait celui qui, ayant ceint ses reins pour un long et fatigant voyage, et s'étant armé d'une inébranlable mais douloureuse persévérance, accueillerait le faible rayon qui doit le guider à travers une terre désolée. Désormais Olivia ne répétera plus la plainte amère de ses accès de mélancolie : « Pourquoi suis-je au monde ? » elle se dira : « Je vivrai, afin de contribuer, dans la mesure de mes forces, au progrès de l'humanité, et je n'aurai pas vécu en vain. »

Il fallut beaucoup de temps à Michel Vanburgh pour se réconcilier avec l'idée qu'une jeune fille telle qu'Olivia pouvait devenir peintre. Mais peu à peu, il finit par considérer sa jeune élève comme UN élève. Sous sa direction, Olivia se débarrassa bientôt des mièvreries inhérentes à un pinceau féminin et comprit la véritable grandeur de l'art. Soutenue par une puissance de conception vraiment virile, elle ne tarda pas à apprécier et à révérer les maîtres que Vanburgh aimait. Celui-ci la conduisit par des chemins et sur des sommets qui sont rarement abordés par une femme. Elle suivit docilement ses leçons et s'appliqua aux études les plus abstraites de l'art. Toutefois, ainsi qu'il l'avait dit, des limites existaient qu'elle ne pouvait franchir. Autant qu'il était possible de le faire, elle s'éleva au-dessus de la faiblesse de son sexe, déploya une persévérance qui manque habituellement à celui-ci, et par un travail devant lequel la plupart des femmes auraient reculé, elle se rendit digne d'être rangée parmi ces artistes dont la renommée « n'est point seulement de leur temps, » mais de toutes les époques.

Sa difformité physique qui, croyait-elle, devait l'exclure de la destinée commune, lui donna plus de liberté dans la carrière qu'elle avait embrassée. Mise en contact avec la société, elle ne se considéra pas comme une jeune fille timide et sans expérience, mais comme un être à part, fort de son isolement, qui se mêle à tous et doit se mêler à tous ; non comme une femme, mais comme l'homme qui a sa vocation, son but à atteindre et qui ne s'arrête devant aucune crainte mesquine, ne recule devant aucune fausse pudeur. Partout où elle allait, sa parfaite innocence la couvrait comme d'un bouclier.

La tranquille et modeste Olivia Rothsay pouvait agir avec une indépendance qui eût été interdite à une jeune fille vive et belle. Quelquefois madame Rothsay s'inquiétait et murmurait de tant de jours d'étude solitaire dans les musées ou dans les galeries particulières, de ces longues courses qui, en hiver, ne la ramenaient chez elle qu'à la tombée de la nuit ; mais Olivia, dans ces occasions, répondait invariablement, avec un sourire mélancolique :

19.

— Je suis en sûreté partout, ma mère ; oubliez-vous que je ne ressemble pas aux autres jeunes filles? Qui songerait à faire attention à moi?

Ces allusions pénibles étaient ordinairement accompagnées d'un commentaire encourageant; car la jeune artiste ne manquait pas de faire ressortir combien il était heureux qu'aucun obstacle ne vînt entraver le désir de son cœur. Elle devenait presque aussi optimiste que mademoiselle Méliora, la bonne petite âme, qui était ravie au septième ciel lorsqu'elle entendait son frère proclamer les progrès d'Olivia.

— Ne voyez-vous pas, chère mademoiselle Rothsay, disait-elle quelquefois à cette dernière, que tout tourne bien à la fin? que si vous n'aviez pas été si malheureuse et que je ne me fusse pas trouvée sur votre chemin pour vous consoler, vous auriez pu continuer à pleurer en secret, au lieu d'être en train de devenir une grande artiste?

Olivia en convenait et avouait qu'il était en effet assez étrange de penser que c'était du sein de sa plus profonde affliction qu'avaient pris naissance ses plus grandes joies.

— Ne semble-t-il pas, dit-elle un jour à sa mère en souriant, que ce soit ce cruel M. Harold Gwynne

qui a tenu les fils de ma destinée et m'a poussée à
me faire artiste?

— Ne parlons pas de M. Gwynne, ma fille, je
t'en prie; c'est un sujet de conversation trop désagréable. Telle fut la réponse de madame Rothsay.

Olivia ne parlait guère de lui, mais elle y pensait
d'autant plus, et quoique le désintéressé M. Vanburgh ne lui eût jamais pardonné cette profanation de l'art, s'il l'avait connue, ce n'en était pas
moins un puissant stimulant à ses progrès que de
penser qu'aussitôt que ses tableaux pourraient se
vendre, il lui serait permis de s'acquitter vis-à-vis
de ce cruel créancier dont le nom seul mettait
l'angoisse dans son cœur.

Jour après jour, à mesure que son esprit se for-
tifiait et que grandissait son talent, la vie d'Olivia
s'éclairait; de nouveaux horizons s'ouvraient devant
elle; sa vie avait désormais un but, de douces affections remplissaient son cœur. La principale, plutôt
un culte qu'un sentiment, était celle qu'elle avait
vouée à sa mère. Il lui était bon aussi de vivre
auprès du peintre enthousiaste et de sa modeste
petite sœur toujours contente de tout; elle appre-
nait, par leur exemple, que la résignation et la paix
peuvent tenir lieu de ces bénédictions que son

imagination romanesque avait jugées autrefois indispensables au bonheur : la beauté et l'amour. La
grandeur, la félicité existaient donc en dehors de
ces biens. Cette vérité lui fut confirmée par un incident qui prend place, précisément à cette époque,
dans la vie de notre jeune artiste.

— Mademoiselle Vanburgh demandait souvent à Olivia de l'accompagner dans ses visites de charité. Un
jour elle lui en fit la proposition en ces termes :

— J'aimerais beaucoup vous avoir avec moi ce
matin, dit-elle, car à vous parler franchement,
j'ose à peine me rendre seule là où je suis appelée.

— En vérité? fit Olivia fort étonnée, car la petite
vieille fille était aussi brave qu'une lionne et se tirait
d'affaire par les soirées les plus noires, au milieu
du réseau de ruelles le plus embrouillé et le plus
sombre.

— Ce n'est pas une de mes clientes ordinaires que
je vais voir; c'est cette mulâtresse, cette madame
Manners qui vient quelquefois poser pour mon
frère: vous devez la connaître.

— A peine, mais je l'ai aperçue traversant le
corridor; c'est une grande et belle femme qui ressemble à une reine d'Orient. Je me souviens que
c'est elle qui a servi de modèle à M. Vanburgh

pour sa Cléopâtre. Quels yeux elle a! quelle
magnifique bouche! s'écria Olivia en s'animant.

— Pauvre femme! sa beauté est bien déchue aujourd'hui, répondit Méliora ; il semble qu'elle s'en
va lentement, et je ne serais pas étonnée que son
dépérissement fût le résultat de la misère. Ces modèles gagnent si peu! Hier elle s'est évanouie en
posant. Michel est si distrait! il m'appela cependant
pour lui offrir un peu de vin ; puis, nous la fîmes
reconduire chez elle par la servante. Elle demeure
dans une maison délabrée, mais d'apparence honnête, à ce que m'a dit Annah. Je veux aller voir cette
pauvre créature; seulement, comme elle a l'air assez
violent, que ses yeux lancent par moment des éclairs,
j'appréhende d'y aller seule : qui sait? elle pourrait
se mettre en colère. Bref, vous me ferez plaisir de
venir avec moi, chère mademoiselle Rothsay.

Olivia y consentit de grand cœur ; l'imprévu de la
situation la séduisait, indépendamment du motif
charitable assigné à cette démarche.

Les deux amies marchèrent pendant un mille ou
deux, jusqu'à ce qu'elles atteignirent une rue fort
misérable qui longeait la rivière. Là, miss Méliora
s'aperçut tout à coup qu'elle avait oublié le numéro
de la maison qu'elle cherchait. Elles auraient été

forcées de retourner sans avoir accompli leur mission, si une petite fille, penchée à une des fenêtres
d'un étage élevé, les coudes en lambeaux et ses
yeux noirs fixés sur les bateaux qui remontaient et
descendaient la Tamise, n'avait attiré l'attention
d'Olivia.

— Je connais cette enfant, s'écria-t-elle ; c'est
celle de la pauvre femme. Elle l'a laissée un jour
dans le vestibule de Woodford-Cottage, et j'ai été
frappée du contraste singulier de ses yeux noirs
avec ses cheveux blonds. Je me rappelle aussi son
nom, car je le lui ai demandé : c'est un très-joli
nom, bien qu'un peu étrange ; elle s'appelle Christal.

Tout en causant, les deux dames montaient l'escalier branlant de la misérable demeure et deman-
daient madame Manners. A ce nom, la porte d'une
chambre s'ouvrit avec une violence qui eût interrompu tout sommeil moins profond que ne l'était
celui de la personne occupant cette demeure.

— Ma mie est endormie, ne l'éveillez pas, ou elle
me grondera, dit la petite fille qu'Olivia avait appelée Christal et qui avait sauté de la fenêtre à leur
rencontre, s'interposant ainsi entre mademoiselle
Vanburgh et la femme désignée sous le nom de madame Manners.

La beauté de cette femme était en effet d'un caractère saisissant. Elle s'était jetée à moitié habillée
sur une espèce de paillasse et n'était recouverte que
d'une mauvaise couverture. Ainsi renversée, dormant lourdement, son bras jeté sur sa tête, les
belles proportions de son corps et son attitude
rappelèrent à Olivia l'une des figures du groupe
célèbre connu sous le nom des Trois Parques. Sur
ses traits, prématurément vieillis et dévastés, se
lisait l'histoire d'une vie aventureuse.

Olivia, dont l'imagination se donnait volontiers
carrière, se demandait si la beauté qui, bien qu'à
demi détruite, illuminait encore les traits de cette
simple femme du peuple, n'était qu'un caprice de
la nature, ou si elle était l'indice et comme le reflet
d'une âme également belle et grande. Mademoiselle Méliora, elle, n'avait pas de ces préoccupations ; elle songeait tout simplement que c'était
l'heure du dîner de son frère et que si la pauvre madame Manners ne se réveillait pas promptement, il faudrait s'en retourner sans lui avoir
parlé.

Mais la dormeuse se réveilla bientôt, et telle fut
la colère qui s'empara d'elle, lorsqu'elle découvrit
les visiteuses inattendues, qu'Olivia ne fit qu'un

bond jusqu'à l'escalier. La courageuse petite mademoiselle Vanburgh n'abandonna pas aussi facilement sa charitable entreprise :

— En vérité, ma bonne femme, dit-elle, je ne
suis venue ici que dans l'intention de vous assurer
de ma sympathie et de m'informer si je pouvais
vous être-utile en quelque chose pendant votre
maladie.

— Je vous répète que nous n'avons besoin de
rien, dit la femme en faisant un signe négatif.

— Ma mie, j'ai grand'faim, s'écria la petite Christal, d'un ton moitié larmoyant, moitié effronté. Je
veux quelque chose à manger.

— Il ne faut pas parler si malhonnêtement à votre mère, petite fille, interrompit mademoiselle
Méliora.

— Ma mère ! non vraiment elle est seulement
ma mie. Ma mère était une dame très-riche et mon
père un noble monsieur.

— Entendez-la, ô ciel ! entendez-la ! s'écria la
femme en gémissant.

— Mais j'aime beaucoup ma mie, c'est-à-dire
lorsqu'elle est bonne pour moi, continua Christál; et
quant à mon père et à ma mère, pourquoi se tourmenter d'eux, puisque, comme le dit ma mie, il y

a des années qu'ils ont été noyés au fond de la mer?

— Oui, oui, murmura madame Manners, qui au même instant saisit l'enfant dans ses bras et la pressa sur sa poitrine avec une violence qui ressemblait plutôt à la caresse d'une lionne qu'à celle d'une femme.

Épuisée par cet effort, elle retomba sur son grabat et ne fit plus attention à personne. Pendant cette scène, Méliora avait complétement oublié le dîner de M. Vanburgh ; elle prit quelques petits arrangements dont le résultat fut un thé confortable pour la petite Christal et « sa mie. »

Le sommeil s'était de nouveau emparé de la pauvre femme, qui paraissait mourir de consomption, de cette maladie anormale où l'esprit est l'agent principal de la décomposition du corps. Pendant ce temps, mademoiselle Vanburgh parlait à voix basse à Christal qui, sa faim apaisée, les doigts dans sa bouche, se tenait debout en contemplation devant les deux dames. Elle avait l'air d'une petite bohémienne à moitié apprivoisée, avec ses grands yeux noirs brillants. Mademoiselle Méliora, un peu inquiète de la tournure que prenait cette visite, questionna soigneusement l'enfant, avec l'intention évidente d'en savoir davantage sur elle.

— Cette personne que vous appelez « ma mie »
ne vous est donc point parente ?

— Les voisins disent qu'elle est ma tante, parce
que je lui ressemble ; mais je n'en sais rien.

— Et son nom est madame Manners, une veuve
sans aucun doute ? Oui, car je me rappelle que lorsqu'elle vint pour la première fois à Woodford-Cottage, elle portait un deuil et sa mise était des plus
décentes. Pauvre jeune femme ! continua mademoiselle Méliora qui s'était assise auprès de l'objet
de sa compassion, qu'il doit être cruel de perdre
son mari si jeune ! Je suis sûre qu'elle a traversé
une grande misère, vendu l'un après l'autre tous ses
meubles pour subvenir aux premières nécessités.
Oui, en vérité, continua la simple et naïve Méliora,
qui composait une histoire dans laquelle chaque détail qu'elle avait sous les yeux trouvait son explication, la pauvre âme a même été forcée de se séparer
de son alliance.

— Je n'en ai jamais eu, je l'ai dédaignée ! s'écria
la femme, s'élançant de sa couche avec une brusquerie qui confondit la sœur du peintre. — Venez-
vous pour m'insulter, vous autres belles dames
anglaises à la langue dorée ? Ah ! vous reculez ! que
savez-vous de moi ?

— Je ne sais rien de vous, je vous assure, répondit Méliora, qui chercha timidement à gagner la porte, tandis qu'Olivia, ne comprenant que vaguement le sens des paroles qu'elle venait d'entendre, restait pétrifiée d'étonnement, presque d'admiration, devant l'étrange beauté que la colère, la passion communiquaient à la malade. C'était la beauté de la pythonisse en fureur.

— Vous ne savez rien de moi? eh bien, je vais vous la dire, mon histoire. Je suis d'une contrée où vivent des milliers de jeunes filles dont le sang mêlé, trop pur pour l'esclavage, l'est cependant trop peu pour la liberté. Belles, accomplies, élevées dans le luxe, elles n'ont pas d'autre perspective que de devenir le jouet passager de l'homme blanc. — Aimées, puis repoussées.

Elle s'arrêta, et mademoiselle Vanburgh, étonnée de cette explosion d'un langage éloquent si peu en harmonie avec le rang de celle qui parlait, ne trouva pas un mot à répliquer. Madame Manners reprit :

—Je n'ai fait qu'accomplir ma destinée. Comment une créature telle que moi pouvait-elle espérer porter le nom respecté d'un honnête homme? Aussi, lorsque mon sort se décida, je jetai ma réputation à tous vents, et j'ai vécu de la vie à laquelle j'étais vouée. Je suivis mon amant au delà des mers, je m'attachai à lui, fidèle dans ma dégradation, et lorsqu'un jour son enfant reposa dans mes bras, je le regardai avec amour et je fus presque heureuse. Eh bien, que pensez-vous de moi, maintenant, vous autres belles dames vertueuses? s'écria la malheureuse en repoussant en arrière ses cheveux noirs ondulés et en fixant des regards durs et ironiques sur ses visiteuses.

La pauvre mademoiselle Vanburgh n'avait conscience que d'une chose, c'est que cette scène était très-peu convenable pour une jeune personne telle qu'Olivia.

—Je reviendrai vous voir un autre jour, madame Manners, lui dit-elle avec bonté ; mais dans ce moment nous sommes forcées de vous quitter. Venez, ma chère demoiselle Rothsay.

En achevant ces mots, elle quitta la chambre avec sa compagne. Apparemment leur départ précipité irrita encore davantage l'infortunée qu'elles étaient venues secourir, car en descendant l'escalier, elles l'entendirent à plusieurs reprises prononcer le nom d'Olivia d'un accent sauvage et terrible; elles ne purent démêler si c'était colère ou supplication.

Olivia manifesta le désir de remonter, mais mademoiselle Vanburgh s'y opposa formellement.

— Non, ma chère, lui dit-elle, la malheureuse ne fera que vous insulter. D'ailleurs, je vous promets d'y retourner demain. Pauvre créature ! Évidemment elle est près de sa fin, ne la jugeons pas trop sévèrement ; il faut avoir pitié des mourants.

Le retour vers la maison fut silencieux ; ce spectacle de misère avait rendu Olivia pensive. A mesure qu'elle quittait les rues sales et bruyantes pour rentrer dans le quartier tranquille où se trouvait Woodford-Cottage, elle sentait plus profondément le prix, la bénédiction de son heureux intérieur. Quelle satisfaction de se retrouver dans la jolie pièce qu'elle et sa mère occupaient, et de respirer le doux parfum de la verdure naissante ! A peine une légère brise troublait le calme de cette belle soirée de printemps ; le ciel était semblable à un lac d'azur. Dans l'ouest flottait la nouvelle lune comme une voile d'argent.

Olivia se souvint de ses superstitions d'enfance et comment, à chaque nouvelle lune, elle avait formé un souhait. Et que de fois ce souhait obstiné avait eu l'impossible pour objet ! Elle n'en avait formé qu'un, pour mieux dire : être belle et aimée !

Belle et aimée ! n'étaient-ce pas ces paroles amères que venait de prononcer la malheureuse créature qu'elles sortaient de voir ? Elles retentissaient encore à ses oreilles. Belle et aimée ! Celle-là l'avait été, et qu'était-elle maintenant ? Olivia rendit grâce à Dieu, du fond du cœur, de ce que la folle exaltation de son enfance s'était depuis longtemps transformée en un sage jugement et en une soumission patiente, seuls dignes de la femme. Si elle formait encore un désir aujourd'hui, c'était de posséder ce cœur pur, cet esprit d'humilité qui sont plus précieux que la beauté. Combien la paix, la vertu sont plus désirables que l'amour !

Aujourd'hui sa destinée lui apparaissait clairement tracée ; au dedans, c'était une vie toute consacrée à l'amour filial, « source d'affection qui ne décroît jamais ; » au dehors, l'espoir qu'elle puisait dans son art, à l'ombre duquel la femme solitaire pouvait ne pas descendre sans honneur au tombeau. En se représentant tout cela, Olivia cessait de murmurer de son sort et ne se trouvait plus à plaindre. Elle en remercia Dieu avec effusion.

CHAPITRE XXII

Peut-être, avant de poursuivre l'histoire d'Olivia,
est-il à propos de mettre l'esprit du lecteur en repos
sur l'incident rapporté dans le chapitre précédent. Ce
fut le même vieux dénoûment de misère, de passion
et de mort, qui se répète si souvent dans le monde.
Mademoiselle Méliora, avec toute son imagination,
ne put obtenir aucun renseignement nouveau sur le
passé de madame Manners. Lorsque le jour suivant
elle retourna chez la mulâtresse ainsi qu'elle l'avait
annoncé, l'excellente personne trouva que l'infortunée, objet de sa charité, n'en avait plus besoin.
Dans la nuit, subitement selon toute probabilité,
l'âme s'était envolée. Aucun ami ne se présentant
pour prendre les dispositions nécessaires, mademoiselle Vanburgh arrangea tout elle-même. Par sa
prévoyance et sans bruit, elle empêcha que les fu-

nérailles fussent faites par l'assistance publique. En
examinant ensuite les effets peu nombreux de la
défunte, sa surprise fut grande de trouver des papiers établissant clairement que depuis plusieurs
années une somme produisant une rente modeste,
mais suffisante, avait été déposée, pour Célia Manners, dans une banque de Londres. La femme avait
donc dédaigné ce secours et était morte volontairement de misère ; mais elle avait eu soin de laisser
par écrit l'injonction formelle que l'on réclamât la-
dite somme pour la petite Christal, « dont c'était le
droit. » Ce soin fut pris immédiatement, à la grande
satisfaction de mademoiselle Vanburgh et de l'honnête banquier, qui se rappelait que le déposant (il
avait oublié quelle espèce d'homme c'était) avait
versé cet argent, en stipulant qu'il serait payé
soit à Célia, soit à Christal Manners.

Ainsi, ce dernier nom était bien celui de l'enfant.
Mademoiselle Vanburgh en aurait conclu que ce fait
impliquait pour elle un héritage de honte, si la petite fille n'eût obstinément répété que son père et sa
mère, « un illustre gentilhomme et une noble dame, »
s'étaient tous deux noyés dans l'Océan. Cette circonstance n'était en aucune façon improbable, et la
femme qu'elle appelait « ma mie » avait évidem-

ment cherché à l'imprimer fortement dans l'esprit de l'enfant. Il n'était pas impossible qu'une parenté quelconque eût existé entre madame Manners et la petite Christal, mais mademoiselle Vanburgh ne pouvait admettre qu'une mère pût ainsi volontairement renier sa fille.

On plaça Christal provisoirement chez une ancienne domestique qui demeurait non loin de Woodford-Cottage; mais, de ce côté, mademoiselle Vanburgh reçut de tels rapports sur le caractère insoutenable et violent de l'enfant, que, tremblant sous le poids de sa responsabilité, cette excellente Méliora se décida à envoyer sa protégée en pension. Or, la seule maison qu'elle connût et trouvât digne de confiance était une pension dans l'ancien style, à Paris, où, pendant les études de son frère, elle avait elle-même achevé sa modeste éducation.

Ce fut dans cet établissement qu'on expédia la petite étrangère, après une suite de combinaisons qui faillirent faire perdre la tête à la simple Méliora; car de peur que le bruit de sa petite aventure charitable ne parvînt aux oreilles de Michel, elle n'osa admettre personne dans sa confidence, pas même les dames Rothsay. Quant à madame Blandin, la maîtresse de pension, aucune explication ne lui fut

donnée; il faut bien convenir que dans le cas actuel
les renseignements n'abondaient pas. L'orpheline
apparut donc sur la scène nouvelle où devait s'écou-
ler son enfance, avec le caractère qu'elle mainte-
nait elle-même si obstinément, celui de mademoiselle Christal Manners, la fille des nobles parents
naufragés. Ce fut ainsi qu'elle disparut complètement de la zone de Woodford-Cottage.

Toutes les pensées d'Olivia Rothsay, tous ses efforts étaient à cette époque dirigés vers l'achèvement
de son premier tableau destiné à l'exposition, —
crise décisive dans la carrière de tout jeune artiste.
On était en mars, mois particulièrement agréable
dans le quartier abrité où elle demeurait. Tout y est
plus précoce qu'ailleurs; les arbres y bourgeonnent
plus tôt, les alouettes y chantent de préférence et la
première douce brise du printemps s'y fait sentir.
Mais rien, cette année, ne pouvait séduire Olivia
ni l'attirer hors de l'angle du salon dont elle avait
fait son atelier et où elle travaillait du matin au soir.
L'artiste elle-même ne formait point un tableau
sans charme; c'était du moins l'opinion de sa tendre
mère. Olivia debout devant son chevalet, le jour
tombant d'en haut sur ses cheveux de ce blond doré,
si rare aujourd'hui, qu'affectionnaient les anciens

maîtres et qui, à cause de cela, faisait l'admiration
de Michel Vanburgh, Olivia ainsi éclairée par cette
lumière habilement ménagée, avec ses traits purs
et son teint éclatant, avait quelque chose d'aérien et
de céleste qui rappelait à madame Rothsay l'ange
de son rêve.

A mesure que le mois s'écoulait, l'anxiété d'Olivia,
qui tremblait que son tableau ne fût pas achevé et
dignement achevé, devenait presque une torture. Il
ne restait plus qu'une semaine, une semaine dont
toutes les heures devaient être passées dans un travail assidu, lorsque ses espérances et ses craintes
furent soudainement anéanties par une maladie de
madame Rothsay, maladie passagère et sans danger,
mais qui interrompit fatalement l'œuvre d'Olivia.
Plus d'une fois sa mère, pleine de sollicitude, la
supplia de tout négliger plutôt que d'abandonner son
tableau ; mais Olivia s'y refusa constamment. Ce
n'est pas qu'il ne lui en coûtât beaucoup cependant,
— ah ! plus que madame Rothsay ne pouvait se l'i-
maginer, — de renoncer à l'espoir caressé pendant
une année entière. Que les jours fixés pour le concours pesèrent lourdement sur l'âme d'Olivia ! Les
soins à donner à sa malade ne l'absorbaient plus,
mais elle était sans cesse en mouvement dans la

maison ; sa présence était nécessaire partout à la
fois ; d'abord dans l'atelier, pour aider à l'arrange-
gement de ses nombreuses richesses et.prêter à
M. Vanburgh l'assistance de son goût et de son
tact ; car on tenait, à Woodford-Cottage, un véritable « lever » d'artistes et d'amateurs, pendant
ces premiers jours d'avril. Puis, lorsque Olivia
avait pour la centième fois changé de place le chevalet qui supportait l'unique petit tableau que Michel Vanburgh condescendait à vendre, quand elle
avait admiré, au grand contentement de l'auteur,
l'Alceste chérie, depuis si longtemps offerte en vain
aux acheteurs ; elle s'élançait dans la chambre de
mademoiselle Méliora pour l'aider dans sa toilette.

Jamais il n'y eut sous le soleil une plus heureuse
petite personne que mademoiselle Vanburgh, lorsque, par ces fameux lundis d'avril, elle entendait
rouler une douzaine de carrosses le long de la ruelle
boueuse, et que le gros chien, sous le mûrier, ne
cessait d'aboyer du matin jusqu'au soir. Tous ces
bruits, pensait Méliora, c'était une ovation donnée à
Michel. Chaque année elle comptait que des visiteurs
distingués allaient acheter toutes les œuvres d'art
de l'atelier, sans parler des grandes fresques de Mi-

chel, œuvres de sa jeunesse, qui ornaient le corridor ; et chaque année, lorsque les équipages s'éloignaient et qu'il ne restait de l'admiration des amateurs que de l'*admiration*, elle se consolait en se
répétant que Michel Vanburgh était un homme qui
était en avance sur son temps et dont on reconnaî-
trait un jour le mérite. Cet espoir la faisait vivre jusqu'au mois d'avril. Heureuse Méliora !

— Oui vraiment, vous êtes heureuse, mademoiselle Vanburgh, disait Olivia tandis qu'elle lissait
les cheveux de mademoiselle Vanburgh grisonnants
sous son modeste bonnet, et que la petite sœur du
peintre s'apprêtait à monter la garde à la fenêtre du
salon, afin de voir arriver la foule des amateurs et
d'observer l'expression de leur physionomie lorsqu'ils sortiraient de la maison.

— Sans doute, je le suis, car il faut convenir que
le dernier tableau de Michel est bien le meilleur
qu'il ait jamais peint (elle faisait la même observation chaque année). Mais, chère mademoiselle
Rothsay, excusez-moi de vous parler si gaiement, à
vous dont le tableau n'est pas achevé. Voyez-vous,
vous avez été une fille attentive et dévouée ; c'est
pourquoi, malgré les apparences, tout finira pour
le mieux, j'en suis convaincue.

20.

Olivia sourit faiblement et répondit qu'elle l'espérait aussi.

— Puis, continua Méliora, comme si elle était frappée d'une idée nouvelle et consolante, qui sait? si vous aviez envoyé votre tableau à l'exposition, peut-être ne l'aurait-on pas admis, ou bien l'aurait-on placé dans le salon octogone, parmi les miniatures, où personne ne l'aurait vu, ce qui eût été bien pis, n'est-ce pas?

— Je le suppose; aussi, veux-je être tout à fait résignée et contente.

Résignée, elle l'était, la pauvre enfant! satisfaite, non. Ce n'était guère possible. Cependant elle quitta mademoiselle Vanburgh le sourire sur les lèvres, et lorsqu'elle rentra dans la chambre de sa mère, ce fut encore avec un sourire.

Que ce jour était différent de ce qu'elle avait pensé! Rien à faire à son cher tableau, aucune dernière retouche à lui donner; il gisait en bas, abandonné; impossible d'aller le regarder seulement, cela était au-dessus de ses forces. Le temps était clair et brillant, un temps fait exprès pour peindre; mais à quoi bon ces regrets? Lorsque Olivia eut laissé sa mère bien établie pour goûter sa sieste accoutumée, elle mit son chapeau et alla faire un tour dans le jardin, afin de chasser ses tristes pensées.

Courage ! espoir ! lui chantaient les alouettes en montant dans le ciel bleu, au-dessus des verts sentiers ; mais son cœur ne les entendait pas. Une année, toute une année de perdue ! Et une attente de même durée avant de connaître son sort ! Le temps paraît si long, quand on compte à peine vingt ans ! plus tard, comme il s'envole !

— Peut-être, se disait la jeune fille, dont la rêverie suivait toujours le même courant, peut-être mademoiselle Vanburgh a-t-elle raison, et que mon tableau n'eût pas été admis. Il ne saurait être bon ; sans cela m'eût-il coûté tant de labeurs, tant de peine ? Le génie, dit-on, n'est pas le fruit de l'effort, mais celui de l'inspiration ; il est probable que je n'ai aucun génie ; alors, à quoi bon m'épuiser à travailler comme je le fais ? En vérité, à quoi bon vivre ?

Telles étaient les réflexions d'Olivia, telles sont les luttes de plus d'un jeune talent à son aurore ; luttes avec lui-même, découragement, affaissement, sentiment profond de son indignité, mépris de soi-même ; voilà les ennemis qu'il a à vaincre. Dans ces moments, lorsque la vie intérieure, la lampe de l'âme, ne jette que de faibles clartés, nous entendons le pauvre artiste s'écrier en gémissant :

— Insensé ! insensé ! c'est en vain que tu tends vers le but. Tu t'es trompé toi-même, tu ne vaux pas mieux que le premier venu sans cervelle qui se traîne à travers la vie.

Et alors, tout s'obscurcit à ses yeux, la vie perd tout son prix, il voudrait s'effacer du monde.

Olivia marchait sous ce sombre nuage ; elle se disait que son tableau n'était pas une œuvre de génie et que ce mécompte, cette croix, ne lui étaient envoyés que parce qu'elle n'était pas destinée à devenir artiste. Oui, le sort était contre elle. Elle voulait être patiente et soumise, mais elle sentait qu'elle n'aurait jamais le courage de reprendre ses pinceaux. Cela était dur, au moment même où son art devenait le principal but, la plus grande joie de sa vie.

Fatiguée, elle rentra à la maison ; le temps avait tourné à la pluie ; elle était mouillée, crottée ; mais cela même, — comme le disait Méliora, — n'était-ce pas un avantage, puisqu'elle devait en apprécier d'autant mieux la douceur d'avoir une tendre mère toute prête à la débarrasser de ses vêtements trempés, à lisser ses cheveux et à la faire s'asseoir devant un bon feu ? Olivia, en appuyant sa tête contre

l'épaule de sa mère, sentit qu'elle avait eu tort,
qu'elle avait péché. Elle était ainsi occupée à s'accu-
ser elle-même, tout en laissant couler quelques larmes, lorsque mademoiselle Méliora pénétra dans
la chambre comme un rayon de soleil.

— Bonne nouvelle ! bonne nouvelle !

— Qu'est-ce ? M. Vanburgh a-t-il vendu son tableau à M. X***, comme vous l'espériez ?

— Non, pas encore, — et à cette question, un petit
nuage tout transparent vint couvrir le visage de la
sœur du peintre, — mais rien n'est encore désespéré. Ce n'est pas de cela qu'il s'agit pour l'instant,
mais que croyez-vous que ce soit ? Il vient d'arriver
quelque chose de tout aussi heureux, au moins
pour quelqu'un ; devinez pour qui ?

— En vérité, cela m'est impossible !

— Michel a vendu le vôtre.

Olivia rougit, puis pâlit, et finalement accueillit
ce premier succès comme plus d'une autre aspirante
à la renommée l'a fait avant elle et depuis, par des
torrents de larmes.

Madame Rothsay, facilement émue, y mêla les
siennes, et la bonne Méliora fit de même, gagnée
par cette contagion. Bref, jamais bonne nouvelle ne
fut saluée d'une façon plus larmoyante.

Mademoiselle Vanburgh se remit la première et se hâta d'expliquer comment, ayant placé le tableau à moitié terminé d'Olivia dans l'atelier de son frère, tous l'avaient admiré, et comment un amateur, grand protecteur des jeunes artistes, l'avait finalement acheté.

— Mon frère a tout arrangé, jusqu'au mode de payement ; vous recevrez le complément de la somme lorsque vous aurez achevé le tableau. En attendant, voyez !

Elle ouvrit sa main, et une véritable pluie de Danaé tomba sur les genoux d'Olivia. Puis, riant et sautillant comme un enfant, la bienfaisante petite fée disparut aussi rapidement que la marraine de Cendrillon.

Olivia restait muette, les yeux fixés sur ces « petits morceaux d'or brillant ; » ils lui paraissaient tout différents des autres pièces d'or qu'elle avait vues jusqu'ici. Elle les prenait et les retournait comme si elle eût craint de les voir se fondre sous ses yeux ou, monnaie enchantée, se métamorphoser en feuilles sèches. Enfin, avec un radieux sourire, elle les prit et les compta une à une sur les genoux de sa mère.

— Prenez-les, mère bien-aimée, ce sont les premières que je gagne, et embrassez-moi ; oui, embrassez votre heureuse fille.

Que ce moment fut doux ! Il valait des années de célébrité ! Il était possible qu'Olivia vécût pour s'épanouir au soleil de la renommée, pour entendre sur son passage le murmure des applaudissements ; mais jamais elle ne goûterait comme dans cet instant cette pure félicité de déposer aux pieds de sa mère les premiers fruits de son travail, d'obtenir comme sa meilleure récompense les caresses maternelles.

— Te voilà tout à fait riche, ma fille, dit enfin madame Rothsay.

— Nous le serons bientôt, répondit Olivia.

— Et penser qu'un aussi grand connaisseur que M. X*** ait choisi le tableau de mon Olivia ! Ah ! elle va devenir une femme célèbre : j'ai toujours cru qu'il en serait ainsi.

— Oui, je le veux, répondit la jeune artiste dans son cœur.

Excitée par l'enthousiasme de ce premier succès, elle sentait au dedans d'elle-même une puissance dont elle ne pouvait méconnaître la nature. Sa poitrine se soulevait, son œil se dilatait à la pensée de son avenir, de cet avenir auquel, le ciel aidant, elle ne faillirait pas.

Mais lorsqu'une main douce et sympathique alla chercher la sienne toute frémissante et qu'une tendre voix murmura tout bas : « Ma chère enfant ! » Olivia, jetant ses bras autour du cou de madame Rothsay, cacha son visage sur son sein et se retrouva tout simplement son humble et modeste fille.

Ce fut une heureuse soirée pour toutes deux que celle de ce jour si tristement commencé ; presque la plus heureuse de leur vie. La mère formait déjà une foule de projets sur l'emploi de cette richesse nouvellement acquise et qu'elle dépensait en imagination, uniquement au profit de celle qui l'avait gagnée, lorsque Olivia, prenant un air sérieux, dit timidement :

— Mère, en vérité je n'ai besoin de rien, et quant à cette somme d'argent, faisons-en un usage qui nous contentera toutes deux. Or, il m'est impossible d'avoir aucun repos jusqu'à ce que nous nous soyons acquittées envers M. Gwynne.

Madame Rothsay soupira.

— Eh bien, mon amour, comme tu voudras. Cet argent est à toi, tu sais ; seulement il est dur que tes premiers bénéfices servent à payer cette cruelle dette.

— Sans doute, mais d'un autre côté, n'est-il

pas doux qu'ils servent à racheter l'honneur de mon
père? répondit Olivia avec dignité.

Et en effet, dès que le tableau fut terminé et
qu'elle en eut reçu le prix, Olivia, d'un cœur joyeux,
expédia toute la somme à leur créancier.

— Son nom ne me paraît pas aussi redoutable à
présent, dit-elle en souriant et en adressant la
lettre à M. Gwynne : il m'est possible maintenant d'écrire ce nom sans trembler. Peut-être
n'aurai-je pas à le prononcer souvent, car si nous
devenons riches, nous serons bientôt quittes envers
lui et jamais nous n'entendrons plus parler de
Harold Gwynne. Quel bonheur!

La lettre partit et la réponse ne se fit pas attendre, adressée non à *Madame*, mais à *Mademoiselle
Rothsay* :

« Mademoiselle,

« Je vous remercie de votre lettre et de son contenu ; je suis heureux de voir annulée une portion
de ma créance; je voudrais pouvoir l'annuler tout
entière, mais il ne m'est pas permis de sacrifier le
bien-être des miens à celui de personnes étrangères.

« Permettez-moi de vous exprimer le profond respect que m'inspire la conduite d'une fille aussi ja-

louse que vous l'êtes de sauvegarder la mémoire de
son père et croyez-moi

« Votre bien obéissant serviteur,

« HAROLD GWYNNE. »

— Après tout, maman, ce n'est pas un cœur de
pierre, dit Olivia en souriant. — Mettrai-je cette
lettre avec l'autre? Ne convient-il pas de les garder
toutes deux?

— Certainement, ma chère.

— Voyez donc, l'enveloppe est bordée et cache-
tée de noir.

— Il a sans doute perdu sa mère. Je crois avoir
entendu dire une fois à ton pauvre père qu'il l'avait
connue dans sa jeunesse; elle devait donc être fort
âgée, mais sa perte n'en aura pas moins été sensible
pour son fils.

— Je le crois bien, reprit Olivia avec vivacité.
Et elle changea promptement de conversation,
car elle ne pouvait supporter la moindre allusion à
la perte d'une mère. Néanmoins cette idée que Harold Gwynne avait eu à traverser cette épreuve lui
inspira pour le pasteur un sentiment de compassion
et de sympathie.

CHAPITRE XXIII

Le grand mûrier de Woodford-Cottage a pendant
sept étés consécutifs porté ses feuilles, ses fleurs et
ses fruits ; le vieux chien qui grondait sous son om-
brage y est encore couché, mais il ne gronde plus...
deux pieds de terre le séparent de l'air embaumé ;
une petite tombe élégante sur laquelle mademoiselle Rothsay, à la prière de l'inconsolable Méliora,
a modelé en terre cuite l'image du défunt, marque
la place où il repose.

Snap est le seul personnage qui ait disparu de Woodford Cottage ; tout y a plutôt progressé et grandi que diminué. Les pêches et les brugnons recouvrent deux
murs au lieu d'un ; la clématite, dans sa virginale
beauté, s'est élancée jusqu'au toit. Le jardin est changé
en mieux ; ce n'est pas qu'il soit taillé, peigné, jamais
il ne le sera, grâce à Olivia qui recherche en tout le
pittoresque ; mais il est riche, luxuriant, plein de

fleurs qui ont remplacé les mauvaises herbes.; cette richesse est telle, que l'on peut chaque jour y cueillir un bouquet pour une amie, et il se trouve que, de même qu'en pratiquant la charité, plus on a donné, plus on est riche.

Si, quittant le jardin, vous entrez dans le salon, là aussi vous vous apercevrez d'un léger changement. Sa tristesse a été adoucie par plus d'une gracieuse addition. Là un meuble confortable ; plus loin un objet de luxe. Partagé en deux par un écran cramoisi, une partie est toujours réservée pour l'atelier d'Olivia. La jeune artiste le veut ainsi pour plusieurs raisons : la principale, c'est que madame Rothsay est toujours à portée de l'entendre ; car, hélas ! la douce, harmonieuse voix de sa fille est tout ce qui reste à la mère !

Le malheur qu'avait redouté madame Rothsay était venu peu à peu l'envahir : elle était aveugle. On pourrait en conclure que nous avons à tracer quelque tableau douloureux ; mais non, il n'en est pas ainsi : un malheur inévitable, qui se glisse lentement vers nous, arrive souvent d'un pas si léger qu'à peine l'entendons-nous approcher. C'est ainsi que la cécité avait atteint madame Rothsay. Sa vue avait baissé par degrés insensibles, en sorte que la privation totale de cet organe ne lui causa aucune mélancolie ; plus elle devenait dépendante, plus elle s'attachait étroitement aux bras secourables d'Olivia dont l'amour filial adoucissait toute peine, suppléait à tout besoin et tenait lieu à sa mère de forces, de jeunesse et de clairvoyance.

La seule amertume qu'elle connût, c'était celle de ne pouvoir admirer les tableaux d'Olivia ; non qu'elle comprît rien à l'art, mais tout ce qu'Olivia faisait *devait être beau*, et cette satisfaction lui manquait cruellement ; le visage de sa fille ne lui manquait pas, car elle le voyait continuellement dans son esprit. Peut-être même la grise silhouette que ses yeux, disait-elle, lui permettaient encore de découvrir, lui représentait-elle une Olivia beaucoup plus belle que la véritable, une Olivia dont les joues n'étaient jamais pâlies par la fatigue, dont le front n'était jamais sillonné par ces rides, résultat de l'effort que connaissent tous ceux qui s'absorbent dans un travail intellectuel. Et ainsi était épargnée à la mère plus d'une angoisse, car elle ne voyait pas sa bienaimée succomber parfois sous un fardeau dont elle n'aurait pu la soulager.

Mais en dépit de cette épreuve, la mère et la fille étaient heureuses, et même tout à fait joyeuses

par moments. La joie, une de ces fleurs du cœur
que l'amour sème sur sa route et qui finissent par
germer et croître dans les terrains qui leur semblaient le moins propices, la joie, originairement
si étrangère à la nature d'Olivia, s'était enfin accli-
matée chez elle. A entendre rire mademoiselle Rothsay comme sa mère l'entendait dans cet instant,
vous auriez pu croire qu'elle était la créature la plus
gaie du monde et qu'elle avait toujours eu cette disposition d'esprit. Outre ce rire si frais, si jeune,
l'expression de son visage l'aurait plutôt fait prendre
pour une jeune fille de dix-neuf ans que pour une
femme de vingt-six, car elle avait maintenant cet
âge. Les premières souffrances de la jeunesse passées, les aiguilles du cadran de la vie semblent
retourner en arrière.

— Comme vous êtes gaies aujourd'hui toutes
deux, toi et mademoiselle Vanburgh! disait madame
Rothsay, de sa place accoutumée, au fond du salon.

— En vérité, maman, comment puis-je faire autrement, répondit Olivia, lorsque je parle de ma
Charité et de la dame qui me l'a achetée? Figurez-
vous qu'elle a avoué à mademoiselle Vanburgh
avoir fait ce choix parce que l'arrière-plan lui rappelait son parc et que les deux petits enfants qui

figurent au premier ressemblaient à ses jeunes re-
jetons. Quel heureux hasard pour moi !

— Hum ! fit miss Méliora, mon frère disait que
vous avez eu tort de vendre votre tableau à des
gens aussi ignorants et aussi incapables d'apprécier
l'art.

— Peut-être a-t-il raison ; mais, reprit Olivia à
voix basse, vous savez que je n'ai pas encore vendu
mon tableau de l'Académie, et qu'il faut que ma
mère aille à la campagne cet automne.

— Madame Hudgers est une très-agréable personne, observa madame Rothsay, et elle s'étendit
sur son magnifique château de Tornwood-Hall. — Je
crois, ajouta-t-elle, que cela me ferait du bien d'aller
y passer quelque temps, Olivia.

— Eh bien, chère mère, vous savez qu'elle vous
l'a proposé.

— Oui, mais c'était seulement par politesse ; il
serait indiscret de lui donner l'embarras d'un hôte
aussi dépendant que moi, répondit madame Rothsay avec mélancolie.

En un instant Olivia fut à ses côtés, chassant
doucement cette impression pénible et ramenant le
sourire sur le visage de sa mère par le récit comique qu'elle lui fit de M. Hudgers voulant que

les trois aînés Hudgers fussent peints en rang derrière la Charité, afin que la scène allégorique offrît
un groupe complet de la famille. Il a aussi fait
demander si je pouvais peindre sa jument qui a nom
« Belle » et deux ou trois de ses lévriers, toujours
sur la même toile. Quelle idée bizarre se font de
l'art ces gentilshommes campagnards !

— Ma chère fille, tout le monde n'est pas aussi
savant que toi, répliqua madame Rothsay. Madame
Hudgers me plaît beaucoup ; toutes les fois qu'elle
est venue à Woodford-Cottage, elle n'a jamais manqué de me témoigner de la bienveillance.

— Et dans toutes ses lettres, elle parle de vous ;
ainsi ce doit être une bonne personne, et je veux
l'aimer aussi, puisqu'elle a tant d'affection pour ma
chère maman.

Olivia fut bientôt mise en demeure de donner
suite à ce louable projet, car une demi-heure
après, à la grande surprise de tous, madame Hudgers apparut.

Elle ne donna aucune raison de sa visite inattendue, si ce n'est que, se trouvant par hasard en ville,
il lui avait pris fantaisie de venir à Woodford-Cottage. Elle passa une demi-heure environ à causer
avec une parfaite aisance, jusqu'à ce que l'arrivée

des modèles d'Olivia vint rompre la tranquille oisiveté du salon ; alors elle se leva et prit congé.

— Mademoiselle Rothsay, ne quittez pas votre chevalet, je vous en prie ; mademoiselle Vanburgh m'accompagnera jusqu'à la sortie du jardin ; je veux voir sa magnifique clématite. Nous ne pouvons en avoir de pareille en **** Shire ; l'air y est peut-être trop froid.

—Ah ! comme j'aime un air vif et piquant ! s'écria madame Rothsay qui, comme tous les malades, éprouvait toutes sortes d'envies et d'inquiétudes.

— Eh bien, il faut venir en ****Shire avec mademoiselle Rothsay, ainsi que je vous l'ai proposé. Vous verrez que notre pays est bien beau et je serai enchantée de vous recevoir à Tornwood.

Elle insista avec tant de grâce et de cordialité, qu'elle charma madame Rothsay, à laquelle ces manières élégantes rappelaient son ancienne vie de Merryvale-Hall.

— Je serais tentée d'accepter, dit-elle en interrogeant sa fille. Je me sens un peu triste et j'aurais besoin d'un changement d'air.

— Vous en changerez, mère chérie, dit Olivia avec douceur, mais d'une façon évasive, car un reflet du vieil orgueil des Rothsay lui faisait conce-

21.

voir sous un jour désagréable la position de l'artiste obscure et de sa mère aveugle, à Tornwood-Hall. Après avoir conversé quelques moments de plus avec madame Hudgers, on parvint à changer le plan proposé en un autre plus praticable. Il y avait sur la propriété de Tornwood, disait la dame, un ravissant petit cottage qu'avait occupé jadis la gouvernante de miss Hudgers ; il était parfaitement meublé. Qu'est-ce qui empêcherait mademoiselle Rothsay d'amener sa mère y passer quelques mois d'été ? ce serait charmant pour tout le monde. La chose fut promptement décidée ; — promptement et d'une façon inattendue, comme le sont toutes choses où l'on dirait que ce n'est pas la volonté humaine qui choisit, mais la destinée qui tient la balance.

Madame Hudgers paraissait réellement si enchantée de ce projet, qu'en se retirant elle parla beaucoup moins à mademoiselle Méliora de sa clématite que de ses deux locataires ; ce à quoi la digne sœur du peintre trouvait tout autant de plaisir.

— Il y a chez mademoiselle Rothsay un je ne sais quoi de distingué qui montre qu'elle a toujours été en contact avec la bonne société. Savez-vous qui elle est ? Je vous demande pardon de la question, mais c'est une de mes amies qui, en considérant son tableau, a été frappée de son nom et m'a priée de prendre des renseignements.

Méliora expliqua brièvement qu'elle croyait la famille d'Olivia d'origine écossaise et que son père était un certain capitaine Angus Rothsay.

— Le capitaine Angus Rothsay ! Je crois que c'est là précisément le nom prononcé par mon amie.

— Irai-je appeler Olivia ? peut-être connaît-elle cette personne, proposa Méliora.

— Oh ! non, merci, mademoiselle. Je crois me rappeler à présent que mon amie m'a dit qu'elle était étrangère à mademoiselle Rothsay et qu'il était inutile de parler d'elle. Ne la dérangez donc pas de son travail à propos d'une question oiseuse. Mille remercîments pour le bouquet de clématite, chère mademoiselle Vanburgh, et adieu !

En disant ces mots, madame Hudgers monta dans sa voiture avec la grâce facile, souriante, de celle qui, née dans l'opulence, a épousé l'opulence et semble destinée à l'avoir pour compagne pendant toute sa vie.

Mademoiselle Méliora considéra quelques minutes avec une admiration intense les roues de la voiture, jusqu'à ce que celle-ci eut disparu ; puis elle reprit le

chemin de la maison, faisant découler des paroles
insignifiantes de madame Hudgers le plus brillant
avenir pour. sa chère Olivia. Certainement elle devait avoir de par le monde quelques parents puis-
samment riches qui viendraient un beau jour l'emmener, ainsi que sa mère, dans un magnifique équi-
page comme celui qui s'éloignait.

Elle se serait précipitée de suite vers ses amies,
pour leur communiquer ces nouvelles, si elle n'avait
été arrêtée dans le jardin par l'apparition de son
frère escortant deux messieurs qui descendaient de
l'atelier, politesse bien rare chez Michel. Méliora
s'expliqua cette déférence quand, dissimulée derrière un massif, elle entendit le peintre s'adresser à
l'un des deux visiteurs en l'appelant « Milord. »

Mais Olivia, à laquelle elle fit part de cette réflexion, fut d'une opinion différente ; elle savait que
le personnage en question était lord Arundale, un
gentilhomme sur lequel son amour pour l'art et la
science jetait infiniment plus de lustre que son titre;
c'était là, selon elle, le motif pour lequel M. Vanburgh lui montrait tant de respect.

— Sans doute, sans doute, répliqua Méliora toute
confuse de cette observation, mais comment s'imaginer qu'un homme aussi savant, aussi célèbre,

puisse avoir un extérieur aussi simple? En vérité, il était beaucoup moins imposant que le monsieur qui l'accompagnait.

— Et ce monsieur, comment était-il? demanda Olivia en souriant.

— Tout à fait du caractère que vous admirez le plus. Sa tête aurait pu vous inspirer pour votre Aristide le juste; n'est-ce pas votre type préféré de beauté? — quelque chose de sombre, de froid, de fier, avec des yeux d'aigle si perçants qu'ils m'ont pénétrée de part en part.

Olivia éclata de rire.

— L'entendez-vous, ma mère? Comme elle y va! Elle en fait un jeune héros tout à fait séduisant.

— Un héros! pourquoi pas? Seulement, il ne m'a pas semblé jeune, et quant à être séduisant, il l'est, mais à la façon du magicien ou du sorcier. Je n'ai jamais été si agitée à la vue d'un étranger, dans tout le cours de ma vie.

Ici, l'on entendit frapper à la porte du salon.

— Entrez! s'écria Olivia; et M. Vanburgh parut.

Pendant un instant, il se tint immobile sur le seuil sans proférer une parole; mais il y avait un éclat sur son front, une dignité triomphante dans

tout son maintien, qui frappèrent d'étonnement Olivia et mademoiselle Méliora.

— Frère, cher Michaël, dit cette dernière, vous
avez l'air content ; dites-nous vite vos bonnes nouvelles.

Mais lui, passant devant sa sœur sans la regarder, alla droit à mademoiselle Rothsay.

— Ma chère élève, réjouissez-vous avec moi : j'ai
enfin trouvé qui sait m'apprécier ; j'ai atteint le but
de ma vie... j'ai vendu mon Alceste.

Mademoiselle Vanburgh s'élança dans les bras
de son frère. Olivia, transportée de joie, aurait
volontiers serré la main de son maître, si quelque
chose dans son regard ne les avait repoussées
toutes deux. Son triomphe était celui de l'art ;
il n'avait nul besoin de sympathie humaine et ne la
demandait pas ; c'est un regard semblable que devait
avoir le grand Florentin lorsque, contemplant la
multitude qui avec un mélange d'admiration et de
crainte considérait son œuvre dans la chapelle Six-
tive, il s'enveloppa dans son manteau et, traversant
les rues de Rome, alla s'asseoir seul, sous l'ombre
de sa renommée, dans sa modeste demeure.

Michel Vanburgh continua :

— Oui, j'ai vendu mon grand tableau, le rêve, la

joie de ma vie, et je l'ai vendu à un homme digne de
le posséder. Je le verrai dans la galerie de lord
Arundale ; je saurai qu'il y restera après ma mort
et qu'il préservera de l'oubli le nom de Michaël Vanburgh. Ce triomphe est grand, mais c'est moins le
mien que celui de l'art. N'en êtes-vous pas fière avec
moi, ma chère élève ?

— Oui, en vérité, généreux et noble maître, je
vous félicite, je partage votre bonheur.

— Et puis, frère, frère ! vous allez être très-riche.
Le prix que vous demandiez pour votre Alceste
n'était-il pas de mille livres ? s'écria à son tour Méliora.

Michel sourit avec amertume.

— Vous voilà bien, vous autres femmes, pensant
toujours à l'argent.

— C'est à cause de vous, mon cher Michaël ; et les
yeux pleins de larmes de Méliora attestaient la
vérité de ses paroles.

Pauvre âme ! elle ne pouvait donner que ce
qu'elle avait, et sa pensée n'allait pas au delà du
bien-être que cet argent procurerait à Michel,
— une robe de velours neuve et un béret comme
ceux que portaient les vieux peintres italiens,
un voyage peut-être, afin que ses yeux fatigués

pussent se reposer sur les belles scènes de la nature. — Elle expliqua tout cela d'un air non offensé,
mais avec une nuance de tristesse.

— Un voyage! Oui, je veux voyager; il y a trente
ans que je soupire après cela, j'irai à Rome. Une
fois encore je m'agenouillerai sur le pavé de la
Sixtine et j'adorerai Michel-Ange.

— Et combien de temps resterez-vous absent, frère?

— Combien de temps? Jusqu'à ce que mon cœur
cesse de battre et mon cerveau de penser. Pourquoi
reviendrais-je jamais dans cette froide Angleterre?
Non, laissez-moi vieillir, mourir, être enterré à
l'ombre de la cité éternelle.

— Il ne reviendra jamais, jamais, murmura mademoiselle Vanburgh en jetant à Olivia un regard
désespéré. Vous verrez, il quittera cette jolie maison, et moi, et toutes choses sans regret.

Pendant quelques instants il régna dans le salon
un morne silence, pendant lequel la pauvre Méliora
plissait et replissait un coin de son tablier blanc,
comme elle le faisait toujours lorsqu'elle était en
proie à quelque grande perplexité. Bientôt elle se
leva et alla vers son frère.

— Michaël, si vous vouliez me prendre avec vous!
j'aimerais tant aller aussi à Rome!

— Quoi ! s'écria madame Rothsay, vous, ma chère demoiselle Vanburgh, qui êtes si complétement Anglaise, qui avez déclaré que vous détestiez changer de place et que vous vouliez vivre et mourir à Woodford-Cottage !

— Chut ! chut ! Ne parlons pas de cela, de peur qu'il n'entende, répondit Méliora en montrant son frère avec effroi. Mais il se tenait debout devant la croisée, absorbé dans ses pensées, considérant le ciel, sans rien voir et sans rien entendre. — Michaël, me comprenez-vous bien ? répéta Méliora ; puis-je aller à Rome avec vous ?

— C'est bon, c'est entendu, sœur, répondit-il du ton d'un homme auquel le sujet est assez indifférent et qui donne son consentement afin de s'épargner un ennui. Il revint à Olivia et la pria de monter avec lui dans son atelier ; il voulait la consulter sur le cadre qui conviendrait à son Alceste. Son élève était tellement associée à tous ses travaux, elle avait pénétré si avant dans les profondeurs de son âme, qu'elle était devenue peu à peu sa préférée, son enfant d'adoption, celle à qui il voulait léguer le manteau de sa renommée. Il n'avait qu'un regret qu'il exprimait parfois très-sérieusement ; c'était qu'elle fût une femme et ne fût que cela.

Ils montèrent tous deux et s'arrêtèrent devant le tableau. Méliora s'était glissée sans bruit derrière son frère, aussi inséparable de lui que son ombre ; mais cet amour constant, inaltérable, qui s'attachait si étroitement à son objet qu'il en était comme le reflet, que tous voyaient, que tous admiraient, Michel était le seul à ne pas s'en apercevoir.

Michel Vanburgh dévorait son œuvre avec des regards enflammés, tels qu'on n'en aurait jamais pu attendre de ces yeux habituellement si durs. C'était un père devant son enfant, un amant devant sa fiancée, un idolâtre devant son dieu. Il avait saisi sa palette et il peignait avec amour quelques légers détails de draperie de l'arrière-plan ; non qu'il crût ce travail nécessaire, mais pour se procurer le bonheur de retoucher encore ce précieux tableau. Il parlait en agitant son pinceau, afin de mieux dissimuler son émotion :

— Lord Arundale fait honneur à son rang, disait-il ; c'est vraiment un gentilhomme, on ne rencontre pas souvent ses pareils ; ç'a été une joie pour moi que de le recevoir dans mon atelier, cela m'a fait du bien de m'entretenir avec lui et avec son ami.

A ces mots, Olivia fit un geste significatif à Méliora.

— Comment était cet ami? est-il aussi agréable que lord Arundale?

— Sa conversation n'est pas aussi brillante; mais il est certainement le plus remarquable des deux par l'intelligence, ou je ne sais pas lire sur la physionomie humaine. Il a avoué franchement qu'il n'était pas artiste, ni même connaisseur comme lord Arundale; mais j'ai vu de suite à son coup d'œil que s'il ne comprenait pas mon tableau, il le sentait.

— Comment cela? dit Olivia avec un intérêt croissant.

— Il contemplait Alceste, l'Alceste que j'ai créée, assise sur son trône d'or, attendant la mort qui va l'appeler hors de son royaume et loin de son époux, l'attendant solennellement, mais sans frayeur : « Voyez, disait lord Arundale à son ami, voyez comme l'amour rend cette faible femme héroïque! comme la noble épouse peut mourir sans crainte! — Oui, une femme qui aime son mari. » Telle fut sa réponse, et elle était faite d'un ton si amer que je me retournai étonné. — Oh! comme j'aurais voulu fixer en cet instant son expression sur la toile! j'en aurais fait un Timon.

— Savez-vous comment il s'appelle? reviendra-t-il ici?

— Non; il a dû quitter Londres aujourd'hui. Je le regrette, car sans cela je lui aurais demandé de poser. Cette tête si sévère, si noble, eût été un vrai trésor pour moi !

— Mais enfin qui est-il, frère ? répéta Méliora.

— Un homme bien connu dans le monde savant, a dit lord Arundale. Il me l'a présenté, mais j'ai oublié son nom ; sa carte doit être quelque part dans mon atelier.

Méliora courut vers la cheminée et rapporta une carte de visite à son frère.

— Est-ce cela ? dit-elle.

Il fit signe que oui. Mademoiselle Vanburgh lut alors tout haut :

LE RÉV. HAROLD GWYNNE.

CHAPITRE XXIV

Le révérend Harold Gwynne défraya ce soir-là, pendant plus d'une demi-heure de crépuscule, la conversation d'Olivia et de madame Rothsay. La coïncidence qui ramenait ainsi ce nom presque oublié dans leur mémoire était curieuse, car leur dette une fois acquittée, M. Gwynne et tout ce qui le concernait avait été mis en oubli. Olivia conservait seulement ses lettres.

Elle eut alors la curiosité de les relire et d'en examiner avec attention l'écriture. Elle avait la prétention de déduire de cette particularité les caractères et les qualités des personnes, et le portrait que mademoiselle Vanburgh et son frère avaient tracé de M. Gwynne éveillait son intérêt.

— N'est-il pas singulier qu'il ait été si près de nous et que nous ayons ignoré sa présence ? Il semble vraiment nous hanter comme notre mauvais génie.

— Paix! ma chère enfant, c'est mal de parler ainsi ; rappelle-toi qu'il est le mari de Sara.

Olivia s'en souvenait ; tout en parlant d'une façon légère, elle n'avait point oublié cette amitié dont l'infidélité avait été la première déception de son cœur aimant. Depuis lors elle n'en avait point formé d'autre. Il y avait dans sa nature une sorte d'unité qui lui rendait impossible d'élever un nouveau sanctuaire sur les ruines du premier ; s'il en était ainsi pour elle des liens de l'amitié, comment aurait-elle envisagé ceux de l'amour ? Elle ne l'avait jamais connu. Lorsque le doux rêve, celui qui flotte dans toute imagination de jeune fille, le rêve d'être aimée et de donner son cœur en retour se fut dissipé, son âme, ainsi que nous l'avons expliqué plus haut, se replia sur elle-même, et après une période de souffrance aussi intense que si elle avait perdu, au lieu d'un être idéal, un être réel, elle se prépara à supporter courageusement sa destinée. Dans la société qu'elle fréquentait, Olivia rencontrait des hommes comme il y en a dans toutes les sociétés, les uns légers, superficiels, des hommes de plaisir ; les autres, hommes d'affaires, durs, positifs ; autour de ceux-là la masse, ni bonne, ni mauvaise. Des premiers elle

se moquait en les méprisant ; des seconds elle se
détournait avec dégoût ; quant à la troisième catégorie, elle la considérait avec la plus profonde indifférence. Nous ne voulons pas dire qu'elle n'eût rencontré accidentellement des gens de mérite vers
lesquels l'entraînait un penchant amical, mais ces
rencontres avaient toujours été passagères ; d'ailleurs, c'étaient des hommes déjà mûrs, des chefs de
famille, dont la réputation et le talent étaient reconnus de tous. La nouvelle génération, ces jeunes gens,
parmi lesquels ses compagnes choisissaient leurs
maris et leurs fiancés, n'était pas du goût d'Olivia
Rothsay. Lorsqu'elle considérait combien le niveau de
leur perfection était au-dessous de son idéal, elle se
trouvait tout à fait heureuse de son sort. En voyant
ses amies épouser des hommes auxquels elle n'aurait
pas accordé même une pensée, elle étouffa aisément
le rêve de sa mélancolique jeunesse et se fiança à l'art.

L'exemple de Harold Gwynne et de sa femme lui
suggéra plus d'une sage réflexion et lui fit faire plus
d'un commentaire sur la vie conjugale en général.

— Ce ne peut être une heureuse union que la leur,
ma mère, disait-elle ce soir-là, si M. Gwynne est
réellement l'homme que mademoiselle Vanburgh
et son frère nous décrivent.

Car la phrase « une femme qui aime son mari »
n'avait cessé de flotter dans l'esprit d'Olivia. Elle
savait trop bien que lorsque Sara Derwent s'était
mariée, elle n'aimait pas son mari. Quelle pouvait
être la condition actuelle de son ancienne amie?
Cette idée l'occupa longtemps ; elle en avait tout le
loisir, car sa mère, fatiguée de la chaleur accablante
de cette journée de canicule, s'était assoupie, son
bras entourant la tête d'Olivia, de sorte que celle-ci ne
pouvait faire un mouvement sans la réveiller.

Le crépuscule étendait lentement ses ombres
sur le jardin, les arbres commençaient à s'y dessiner plus incertains ; un orage s'annonçait dans
l'éloignement, et déjà quelques éclairs sillon-
naient l'obscurité. Un coup de tonnerre réveilla
madame Rothsay en sursaut. Elle poussa un cri.
Comme la plupart des femmes faibles de caractère, elle avait la plus grande frayeur de l'orage ;
Olivia eut toutes les peines du monde à calmer
cette terreur nerveuse. Elle y réussissait, lorsqu'un
second coup, plus violent encore, accompagné
de torrents de pluie, se fit entendre ; au même instant la sonnette de la porte du jardin fut agitée
avec force. Cet incident insignifiant mit le comble
à l'excitation de madame Rothsay.

— Le feu est à la maison! s'écria-t-elle. La foudre est tombée. Olivia , Olivia, sauve-moi!

— Vous êtes en sûreté, mère chérie; soyez donc sans crainte. Et Olivia, se levant, serra madame Rothsay dans ses bras, comme pour mieux la défendre.

Pâle, debout, la tête rejetée en arrière, semblant défier tous les périls, elle formait, avec sa mère tremblante qui cachait sa tête dans son sein, un touchant tableau qu'aurait pu admirer, à la lueur des éclairs, l'étrangère qui, en ce moment même, ouvrait la porte. C'était une femme que la tempête apparemment poussait à chercher un abri.

— Est-ce ici la maison de mademoiselle Vanburgh? demanda l'inconnue avec un accent étranger.

Olivia, pour toute réponse, lui fit signe d'entrer.

— Merci, répondit la nouvelle venue; excusez mon indiscrétion, mais je suis si épouvantée de cet orage, de ces coups de tonnerre si affreux, que je vous demanderai l'hospitalité jusqu'à ce que je puisse voir mademoiselle Vanburgh.

On apporta promptement de la lumière et Olivia offrit à l'inconnue de la débarrasser de ses vêtements trempés de pluie.

— Merci, je puis le faire moi-même, répliqua

cette dernière. En parlant ainsi, elle essaya de détacher son châle, riche tissu aux couleurs écla-
tantes ; mais ses doigts tremblants étaient inhabiles
à cette besogne ; alors, fronçant ses sourcils, elle
laissa échapper en français quelques exclamations
d'impatience.

— Vous feriez mieux de me permettre de vous
aider, dit Olivia avec douceur ; et en même temps
elle enleva le vêtement mouillé de l'étrangère, jeune
femme ou jeune fille, car on ne lui aurait guère
donné plus de dix-sept ans ; puis, elle la conduisit
auprès du feu de la cuisine pour se sécher.

Alors seulement, mademoiselle Rothsay songea
à observer de plus près la personne si brusquement
introduite sur la scène. On ne pouvait lui refuser
de la grâce, mais c'était moins la grâce naturelle
de la jeunesse que celle qui vient de l'éducation. Sa
taille élevée et bien proportionnée était comprimée
d'une façon pénible ; toute sa toilette et sa tournure
portaient le cachet de ce que nous autres insulaires
appelons « *francisé*. » Il n'y avait pas jusqu'à la
manière dont le ruban de son chapeau était noué,
qui ne fît voir que des doigts anglais en eussent été
incapables. En un mot, tout en elle indiquait une
jeune demoiselle du continent.

Si nous avons parlé de sa toilette en première
ligne, c'est qu'elle était faite pour attirer l'attention
dans notre pays. Celle qui la portait était elle-même
ce qu'on peut appeler une belle fille : ses traits
étaient un peu forts, mais elle avait une jolie bouche, des yeux très-noirs, bordés de longs cils, et ses
cheveux étaient blonds, particularité qui attira immédiatement les regards d'Olivia.

Il lui semblait que ce visage ne lui était pas étranger, mais elle ne pouvait dire où elle l'avait rencontré. Tandis qu'elle était dans cette perplexité,
la jeune femme, qui paraissait parfaitement à son aise
dans la maison, trouva ses vêtements suffisamment
séchés et proposa de retourner au salon, ce qu'elles
firent, l'inconnue ouvrant la marche et ayant l'air,
à la grande surprise d'Olivia, de connaître on ne
peut mieux le labyrinthe des diverses pièces de
Woodford-Cottage.

L'orage avait cessé et madame Rothsay, tout à
fait rassérénée, les attendait pour le thé. La jeune
personne présenta quelques excuses de ses façons
sans gêne et gracieuses à la fois, en demandant la
permission de demeurer auprès de ces dames jusqu'au retour de mademoiselle Vanburgh, permission qui lui fut accordée avec empressement.

Pendant plus d'une heure sa conversation ne tarit pas, roulant principalement sur la musique, la littérature, les habitudes françaises, et sur Paris qu'elle venait de quitter.

On en était là, lorsque la voix de mademoiselle Vanburgh se fit entendre dans le corridor. La jeune fille tressaillit à l'audition de cette voix, comme quelqu'un qui entendrait un air familier autrefois, mais depuis longtemps oublié; sa gaieté disparut; elle passa rapidement la main sur ses yeux, mais, lorsque la porte s'ouvrit, elle avait déjà complétement repris possession d'elle-même.

Quant à mademoiselle Méliora, un enfant se croyant poursuivi par un revenant n'aurait pas paru plus épouvanté qu'elle à l'aspect de la belle demoiselle qui s'avançait vers elle. La petite vieille fille se trouva tout abasourdie par la grande révérence, et l'accolade à la française, et les questions multipliées sur sa santé par lesquelles elle fut accueillie.

— Je suis parfaitement bien portante, merci, madame, répondit-elle dès qu'elle put trouver un mot à placer. Une amie de madame Rothsay, je présume?

— Non, en vérité, c'est la première fois que j'entends prononcer le nom de madame Rothsay. Ma visite est exclusivement pour vous, reprit l'étrangère dont les brillants yeux noirs pétillants de malice disaient clairement qu'elle s'amusait beaucoup de son incognito.

— Je suis charmée de faire votre connaissance, balbutia de nouveau la bonne Méliora.

— J'étais sûre qu'il en serait ainsi. — Je viens vous surprendre, ma chère mademoiselle Vanburgh; m'avez-vous donc réellement oubliée? Alors permettez-moi de me présenter moi-même ; mon nom est Christal Manners.

A ce nom on eût dit que mademoiselle Méliora allait demander à la terre de l'engloutir. Chaque année elle avait payé régulièrement la pension de sa protégée, prélevant cette somme sur la rente qui lui avait été léguée; mais ces préoccupations n'avaient pas été au delà. Chaque fois qu'elle pensait à Christal grandissant et devenant jeune fille, elle chassait ce sujet de son esprit avec effroi. Et voici que maintenant, l'événement qu'elle avait tant redouté venait fondre sur elle : l'enfant abandonnée reparaissait, mais sous la forme d'une élégante jeune fille, n'ayant d'autre appui dans ce monde, d'autre asile que celui que pouvait lui offrir sa bienfaitrice.

22

La pauvre mademoiselle Vanburgh, tout à fait accablée, tomba sur un siége en poussant des exclamations de détresse :

— O ciel ! pardonnez-moi, mademoiselle, mais en vérité je suis toute saisie. Ah ! ma chère Olivia, que faut-il faire ? Et son regard suppliant interrogeait son amie.

La jeune étrangère s'interposa immédiatement entre elle et mademoiselle Rothsay. Une pâleur mortelle avait remplacé ses fraîches couleurs, et son gai sourire s'était changé en un menaçant froncement de sourcils.

—Ainsi, vous n'êtes pas contente de me voir, dit-elle, vous l'unique amie que j'aie dans le monde, vous vers qui je suis venue de si loin, seule et sans protection ? Vous n'êtes pas contente de me voir ! eh bien, je vais m'en aller, je vais quitter cette maison. Oui, je m'en irai, je...

Ces paroles entrecoupées s'éteignirent dans un torrent de larmes. La pauvre Méliora se fit l'effet d'une criminelle endurcie et s'écria aussitôt en lui prenant les mains :

— Mademoiselle Manners, Christal, ma pauvre enfant ! je ne voulais pas dire cela... Non, non, ne pleurez pas !... Je suis très-heureuse de vous voir.

Nous sommes tous très-heureux de vous voir, n'est-ce pas, Olivia ?

Olivia se sentait presque aussi troublée que mademoiselle Vanburgh. Elle n'avait qu'un vague souvenir de la mort de madame Manners et de l'enfant envoyé en pension ; depuis lors elle n'en avait plus entendu parler ; aussi se représentait-elle difficilement, dans l'élégante jeune personne qui se tenait devant elle, cette enfant en haillons qu'elle avait aperçue autrefois à la fenêtre d'une misérable maison, regardant la Tamise. Évitant soigneusement toute question, elle s'occupa à consoler la pauvre éplorée et à rétablir autant que possible le calme et la paix dans leur intérieur.

La soirée s'écoula tranquillement, sans aucune nouvelle allusion au passé. Une fois seulement, Christal, racontant comment, aussitôt son éducation achevée, elle avait presque contraint la maîtresse de pension à la laisser revenir en Angleterre, vers mademoiselle Vanburgh, s'exprima en des termes passablement arrogants :

—Ce n'est pas pour vous être à charge, au moins, que je suis venue ici, dit-elle, car vous savez que mes parents m'ont laissé de quoi vivre, mais j'éprouvais le désir de vous voir parce que j'étais con-

vaincue que, sans parler du soin que vous avez pris
de ma fortune, vous aviez été bonne pour moi dans
mon enfance. Comment et dans quelles circonstances, je ne me le rappelle pas bien clairement ; je
crois d'ailleurs, ajouta-t-elle en souriant, que je
devais être une enfant très-stupide ; mais tout me
semble si obscur jusqu'à l'époque où je partis pour
le continent! Ne pouvez-vous m'éclairer sur ce passé,
mademoiselle Vanburgh?

— Une autre fois, une autre fois, ma chère, répondit la sœur du peintre avec embarras.

— Eh bien, je ne vous en remercie pas moins de
tout ce que vous avez fait pour moi, et je vous assure que vous ne me trouverez pas ingrate, reprit la
jeune personne en baisant la main de mademoiselle
Méliora et d'une voix émue qui aurait touché tout le
monde. Mademoiselle Vanburgh en fut complétement
subjuguée, elle, la plus douce créature de la terre,
douée d'un cœur si tendre. Elle serra sa protégée
dans ses bras en déclarant que jamais elle ne s'en
séparerait. Cependant, au milieu de cette effusion,
une pensée alarmante vint tout à coup la saisir :

— Que dira Michaël? Heureusement ceci fut
murmuré à l'oreille d'Olivia.

— N'y pensez pas ce soir, répondit celle-ci du

même ton ; mademoiselle Manners est fatiguée, il faut
qu'elle aille se reposer : demain nous aviserons.

Ce conseil ne tarda pas à être suivi ; Christal se
retira, non sans s'être confondue en remerciments
et en excuses vis-à-vis de madame et de mademoiselle Rothsay, et avec une distinction de manières
qui faisait beaucoup d'honneur à sa pension.

Après son départ, madame Rothsay, qui paraissait
assez étourdie de ce qui venait de se passer, fit peu de
questions sur l'étrangère, car elle se sentait fatiguée.

— Cette jeune fille ne me plaît pas complétement,
Olivia, dit-elle ; je ne sais pourquoi, je n'aime pas
le son de sa voix, et cependant il y a dans la forme
et la pression de sa main quelque chose qui m'a frappée ; il ne m'est pas arrivé depuis longtemps d'en
sentir une pareille.

— Elle a une très-jolie main, maman, tout à fait
aristocratique, et dont l'élégance rappelle un peu
celle de mon père, dont je me souviens si bien.

— Jamais on n'en vit une mieux faite que celle
de ton père, répondit madame Rothsay en poussant
un léger soupir ; il en était très-fier et prétendait
que les belles mains étaient héréditaires dans sa
famille. Tu tiens aussi de lui cette distinction.

Les pensées des deux femmes retournèrent vers

celui dont elles parlaient aujourd'hui avec un doux
souvenir.

Olivia se trouva heureuse en songeant au cher
mort et à sa mère. Quelle différence entre son sort
et celui de la jeune fille orpheline qui n'avait jamais
connu, elle venait de le confesser, ni l'amour de
ses parents morts, ni celui d'aucun-être-vivant ! Un
sentiment de pitié, presque de sympathie pour
Christal Manners, lui en monta au cœur.

Dès qu'elle eut accompagné sa mère dans sa
chambre, Olivia, en redescendant l'escalier, poussée
par l'intérêt que lui inspirait l'étrangère, s'arrêta
devant sa porte, écouta quelques instants la jeune
fille marcher de long en large d'un pas précipité,
comme sous le coup d'une grande agitation. Mademoiselle Rothsay se décida à frapper.

— Comment vous trouvez-vous ? ne vous man-
que-t-il rien ? demanda-t-elle.

— Qui est là ? Ah ! c'est vous, mademoiselle Rothsay. Entrez, je vous prie.

Olivia ouvrit la porte et trouva à sa grande surprise que l'obscurité régnait dans la chambre.

— Je croyais vous avoir entendu marcher, mademoiselle.

— En effet, je suis si agitée que je ne puis dormir. C'est la fatigue du voyage, je pense ; puis, cette chambre inconnue... Venez, je vous en prie, donnez-moi votre main.

— Quoi ! auriez-vous peur, ma chère enfant? dit Olivia, se rappelant que, bien que Christal eût l'air d'une femme, son âge était presque celui d'un enfant. Il ne faut pas vous effrayer d'être dans cette vieille maison, ni rêver de revenants et d'apparitions ; vous n'avez rien à craindre ici.

— Oh ! non, ce n'était pas cela. S'il faut vous dire la vérité, répliqua la jeune fille en étouffant un sanglot, je songeais à vous et à votre mère telles que vous étiez lorsque j'arrivai, toutes deux étroitement embrassées. Personne ne m'a serrée dans ses bras ainsi, ni ne le fera jamais. Ce n'est pas que j'aie à blâmer personne pour cela. Mon père et ma mère sont morts ; ce n'est pas leur faute. Ah ! s'ils m'avaient mise au monde et abandonnée, comme j'ai entendu dire que l'ont fait certains parents, c'est alors que je m'écrierais : « Parents dénaturés, si je m'endurcis faute d'affection, si je m'avilis faute d'être dirigée ou guidée dans la vie, que mes péchés retombent sur vos têtes ! »

Ces dernières paroles furent prononcées avec véhémence.

Olivia la calma.

— Silence, Christal ! — laissez-moi vous appeler ainsi, car je suis beaucoup plus âgée que vous. — Couchez-vous, tranquillisez-vous. Croyez-moi, soyez aimante et bonne, et vous ne manquerez jamais d'affection ; soyez humble, et vous ne manquerez pas de conseils. Vous avez de bons amis ici, qui prendront soin de vous, j'en suis convaincue. Ainsi reprenez vos esprits, ma pauvre enfant fatiguée, et ayez confiance en Dieu !

Ainsi parla doucement Olivia ; l'obscurité lui avait fait complétement oublier la belle demoiselle qui si peu de temps auparavant étalait ses grâces dans leur modeste salon. Assise au chevet de Christal, elle ne se représentait plus que l'orpheline sans appui, et elle e dit dans son cœur : S'il plaît à Dieu, je lui ferai out le bien qui sera en mon faible pouvoir ; qui sait si d'une manière ou d'une autre je ne pourrai pas consoler, aider cette pauvre enfant ?

Alors, s'inclinant, elle baisa Christal au front, avec une affection que celle-ci lui rendit au centuple. Olivia, le cœur content, alla rejoindre sa mère aveugle et goûter auprès d'elle un paisible repos.

CHAPITRE XXV

En moins d'une semaine, Christal Manners se trouva
complétement installée à Woodford-Cottage. Sous
quel titre, c'est ce qu'il était assez difficile d'établir;
ce n'était certainement pas sous celui de *protégée* de
mademoiselle Vanburgh, car elle affectait, vis-à-vis
de la petite vieille fille, de grands airs de supériorité
et de condescendance. Quant à M. Vanburgh,
elle l'avait baptisé secrètement du nom de « vieil
ogre » et se tenait à distance de lui le plus possible.
Cela lui était facile, car l'artiste était beaucoup trop
absorbé par ses travaux pour se mêler d'aucun détail domestique. Il paraissait croire que la jeune
Française était une invitée de mademoiselle Rothsay,
et jamais sa sœur n'essaya de le détromper à cet
égard. Le nom de baptême de Christal n'éveillait en
lui aucun soupçon, celui de son ancien modèle,

Cécilia Manners, s'étant depuis longtemps effacé de sa mémoire.

Ainsi la jeune étrangère fut bientôt comme chez elle dans la maison qu'elle animait par sa société. Elle s'attachait spécialement aux dames Rothsay, avec lesquelles elle passait presque toutes ses journées, rendant des services à Olivia dans son atelier, posant quelquefois pour elle, mais faisant le plus souvent l'office du mannequin ; car c'était une personne trop fashionnable pour être absolument gracieuse, et ses traits n'étaient pas assez réguliers pour exciter l'attention d'un artiste. Mais utile à sa façon, elle divertissait madame Rothsay par son babil et par ses chansons françaises. Olivia était contente de l'avoir auprès d'elle.

Dès le lendemain de l'arrivée de Christal, mademoiselle Vanburgh avait sommé son conseiller en titre, Olivia Rothsay, de venir discuter avec elle cette importante question ; tout ce qu'elle savait ou devinait, de l'histoire de la jeune fille, fut exposé à Olivia. Dans quelle mesure devait-on communiquer ces faits à Christal ? C'est ce qu'Olivia avait à décider, et celle-ci, se souvenant de ce qui s'était passé le soir de l'arrivée de l'étrangère, fut d'avis qu'il fallait, à moins que Christal elle-même n'exigeât le contraire, garder sur tous ces détails un charitable silence.

— Ses parents sont morts, elle en est convaincue ; n'importe ce qu'ils furent, ils ont soigneusement pourvu à ses besoins. Qu'ils aient été coupables, ou seulement malheureux, il convient que ni leur faute, ni leur infortune ne soit connue de leur enfant. Tel fut l'argument d'Olivia.

— Qu'il en soit donc ainsi, répondit la bonne Méliora. Et Christal n'ayant fait aucune question, — sa nature légère ne semblait susceptible que de recevoir les impressions du moment présent, — le sujet fut mis de côté.

Cependant l'époque de la séparation approchait pour les habitants de Woodford-Cottage. M. Vanburgh annonça que dans quinze jours il partirait pour Rome. Il n'était pas homme à s'occuper d'une chose aussi frivole que la location de sa maison ou la vente de son mobilier. Il abandonnait à sa sœur ces soins prosaïques ; aussi celle-ci était-elle fort affairée du matin au soir ; car lorsque Michel commandait, il fallait obéir, exécuter ses ordres, et il n'y avait personne pour agir que Méliora. Elle agissait alors, et tout se trouvait toujours fait à point ; comment ? c'était le dernier des soucis de son frère. Il était tellement habitué à son administration qu'il n'y faisait pas

plus d'attention qu'à la lumière du jour qui l'éclairait.
Si la lumière s'était subitement éclipsée, alors seulement Michel se serait aperçu qu'elle avait existé.

Il ne fut donc point étonné quand, avant le délai
qu'il avait fixé, mademoiselle Méliora déclara que
tout était prêt pour leur départ ; il ne resta plus
d'autre soin à l'artiste que celui d'emballer ses pa-
lettes et ses toiles, devoirs bien assez absorbants
pour lui, dont l'existence ne dépassait guère l'en-
ceinte de son atelier.

Cependant une difficulté insurmontable, semblait-il, jetait Méliora dans la plus grande perplexité. Que fallait-il faire de Christal Manners? Enfin, après y avoir pensé nuit et jour, elle se hasarda
à soumettre la question à la jeune fille elle-même.
Celle-ci la résolut de suite, sans hésitation, en
disant qu'elle n'avait pas la moindre envie d'aller à
Rome.

C'était un caractère étrange que celui de Christal
Manners, comme tous l'avaient déjà remarqué. En
dépit de sa légèreté, lorsqu'il lui arrivait une fois de
dire : « Je veux, » elle devenait aussi inébranlable
qu'un rocher : ni persuasion ni commandement ne
pouvait la faire changer. Dans cette occasion on
n'eut à employer ni l'un ni l'autre. Madame Hudgers

étant venue pour terminer, avec mesdames Rothsay, les arrangements relatifs à leur installation dans son voisinage, elle se prit tout à coup d'engouement pour « la jeune Française, » ainsi qu'on appelait généralement mademoiselle Manners, et elle pria madame Rothsay de l'amener à Tornwood. Olivia ne se décida pas sans quelque peine à admettre ce nouvel hôte dans leur intérieur; elle craignait que ce ne fût un fardeau pour sa mère. A la fin, cependant, la chose fut résolue, les arguments de Christal n'étant pas sans importance dans la balance. Le moment de la séparation finale arriva pour les deux familles qui, pendant tant d'années, avaient vécu en compagnie l'une de l'autre, si paisibles, si heureuses. Les Rothsay devaient partir les premiers, les Vanburgh le lendemain. Olivia et Méliora étaient si occupées, qu'elles avaient à peine le temps de s'affliger.

La dernière soirée qu'Olivia passa à Woodford-Cottage, elle alla trouver son amie qui arrosait ses fleurs d'un air mélancolique, absolument comme une mère qui, au moment de se séparer de ses enfants, pourvoirait à leurs besoins et à leur toilette.

— Permettez-moi de vous aider, chère mademoiselle Vanburgh : pourquoi tant vous fatiguer, après les tracas de cette journée?

Méliora releva tristement la tête :

— Oh! c'est vrai, c'est vrai, dit-elle; mais c'est la dernière fois que j'en prends soin, vous savez. Il ne faut pas que ces pauvres fleurs souffrent; je ne veux pas les abandonner tant que je suis là. Ces dahlias que j'ai cultivés toute l'année, ils auront besoin d'être arrosés chaque soir, pendant un mois au moins. Un mois! où serai-je dans un mois? O ma chère Olivia, je suis ridicule; mais, voyez-vous, cela me brise le cœur de dire adieu à mes fleurs!

Et la voix de la bonne Méliora s'altéra; quelques larmes coulèrent le long de ses joues, sans amertume, doucement, une à une, comme la pluie du printemps. Elle se remit bientôt, parla de son frère et de Rome; elle était convaincue que là, le génie de Vanburgh serait finalement apprécié et qu'il rivaliserait d'honneur et de fortune avec les maîtres anciens. Elle était bien aise d'y aller avec lui; peut-être le climat lui conviendrait-il mieux que celui de l'Angleterre, maintenant qu'elle vieillissait; non qu'elle se considérât comme tout à fait vieille, car elle était plus jeune que Michaël, qui avait toute une vie de gloire devant lui: mais enfin elle prenait des années. Son ignorance de la langue serait d'abord une source d'ennuis; mais elle avait

commencé à l'apprendre et, d'ailleurs, n'avait-elle
pas l'habitude de se suffire à elle-même? Bref, Méliora était convaincue que les plans de Michaël tourneraient au plus grand avantage de tous deux.

— Quant au pauvre vieux cottage, ajouta-t-elle,
lorsque vous retournerez à Londres, vous viendrez le
visiter quelquefois et vous m'en parlerez dans vos
lettres. N'oubliez pas d'y mettre quelques feuilles de
clématite. Qui sait? si vous devenez riche un jour,
vous achèterez toute la propriété et vous vous y
fixerez.

— Peut-être, si vous consentez à revenir de Rome
et à y vivre avec moi, répondit Olivia en souriant,
contente de relever le courage de son amie.

— Non, non, je ne quitterai jamais Michaël, jamais, jamais !

Méliora, en répétant ces paroles d'un ton mélancolique, reprit son arrosoir et continua sa tâche.
Sa compagne dévouée la suivit pendant quelque
temps, mais mademoiselle Vanburgh paraissait peu
disposée à la conversation; aussi Olivia, renonçant à la distraire, rentra à la maison. Elle se
sentait elle-même dans un étrange état d'esprit, inquiète, agitée comme toutes les fois qu'il se prépare
un changement important dans la vie. Toutes les

dispositions étaient prises, il ne lui restait plus rien à faire; impossible de rester en place et de se livrer à aucun travail. Après avoir erré comme une âme en peine, elle s'arrêta quelques instants dans le salon, où Christal amusait madame Rothsay de ses chansonnettes étrangères, et passa de là dans l'atelier de M. Vanburgh, afin d'avoir avec son maître une dernière conversation.

Michel était activement occupé à emballer ses plâtres et ses tableaux. Il témoigna qu'il s'apercevait de la présence de son élève en acceptant ses services, mais sans sortir de son indifférence habituelle, car l'insouciance de l'artiste avait peu à peu réduit les femmes qui l'entouraient à la condition de véritables esclaves.

— Allons, bon ! cela peut aller ainsi ; maintenant, donnez-moi le plus précieux de tous mes trésors, le buste de Michel-Ange.

Olivia grimpa sur une chaise et descendit le buste avec un soin et un respect qui parurent faire grand plaisir à M. Vanburgh.

— Merci, ma chère élève ; vous m'êtes vraiment très-utile, je ne sais ce que je ferais sans vous.

— Vous aurez cependant bientôt à vous en passer, répondit doucement Olivia d'une voix attristée.

Cette soirée est la dernière où nous serons réunis dans ce cher vieux atelier ; c'est la dernière conversation que nous aurons ensemble, mon bon, mon cher maître !

Le vieil artiste leva la tête d'un air surpris et contrarié :

— Quelle absurdité, enfant ! puisque je vais à Rome, vous y venez aussi, j'ai cru que Méliora avait arrangé tout cela.

Olivia secoua la tête.

— Non, monsieur Vanburgh, non, en vérité, cela impossible.

— Quoi ! vous ne venez pas à Rome avec moi, vous, mon élève, vous à qui je dois révéler tous les secrets de mon art ! Olivia Rothsay, avez-vous perdu la raison ? s'écria Michel en colère.

Celle-ci répondit tranquillement que ses projets étaient arrêtés ; quel que fût, d'ailleurs, son désir de visiter Rome, elle ne pouvait songer un instant à quitter sa mère.

— Votre mère ? Avons-nous le droit, nous artistes, de nous inquiéter des liens du sang ou de leur permettre de peser dans la balance de notre noble vocation ? — Je dis « notre » vocation ; car je suis sur le point de vous révéler ce que je ne vous ai point en-

23.

core avoué jusqu'ici, Olivia : c'est que bien que vous ne soyez qu'une femme, je suis fier de vous et que j'ai l'intention de vous créer un avenir de gloire. Je vous ai associée dans mes projets ; — ensemble nous visiterons la Cité éternelle, nous y demeurerons, nous y travaillerons ensemble, nous serons comme les frères Carrache — comme Titien avec son fils adoptif. Quels grands travaux n'entreprendrons-nous pas! Ah! pourquoi n'êtes-vous qu'une femme? pourquoi ne puis-je vous laisser mon nom, faire de vous mon fils adoptif aussi et mourir en vous léguant le manteau de ma renommée?

A ces derniers mots, le ton du vieil artiste, qui avait été véhément, irrité même, s'adoucit singulièrement. Il tomba sur un siége et parut attendre avec émotion la réponse d'Olivia. Celle-ci eut quelque peine à l'articuler au milieu des larmes qui étouffaient sa voix.

— O mon cher, mon noble maître, à qui je dois tout... que puis-je vous dire?...

— Ce que vous pouvez me dire? Que vous partez avec moi, que lorsque ma main affaiblie par l'âge aura besoin de la vôtre, je la trouverai toute prête, afin que le talent du maître sur son déclin soit oublié dans la réputation grandissante de l'élève.

— Ma mère, ma mère, elle ne pourrait vivre ailleurs qu'en Angleterre et je ne puis me séparer d'elle, dit douloureusement Olivia.

— Insensée ! s'écria Vanburgh irrité. Est-ce qu'une fille ne quitte jamais sa mère? est-ce que cela n'arrive pas tous les jours lorsqu'elle se marie? Tout à coup il s'arrêta et parut réfléchir; au bout de quelques instants, il dit avec brusquerie :

— Enfant, allez-vous-en, vous m'avez mis en colère. J'ai besoin d'être seul, je vous rappellerai plus tard.

Olivia s'enfuit éplorée. Pendant plus d'une heure elle entendit l'artiste marcher d'un pas pesant dans son atelier; enfin il s'arrêta, et le nom d'Olivia fut prononcé à haute voix. Répondant promptement à cet appel, celle-ci se présenta de nouveau. Toute colère avait disparu chez Vanburgh. Il se tenait debout, calme, un bras appuyé sur la cheminée; la lampe l'éclairait faiblement. Ainsi enveloppé dans les plis de sa vaste robe de chambre de velours, ses membres disgracieux paraissaient moins anguleux; son attitude n'était point sans quelque majesté, et tout son aspect était imprégné d'une dignité sereine qui lui allait bien.

Il fit signe à sa jeune élève de s'asseoir et s'exprima ainsi qu'il suit :

— Mademoiselle Rothsay, je m'adresse à vous comme à une femme ayant des sentiments nobles et généreux, car il en existe de telles. Je vous considère aussi comme un disciple fidèle de notre art divin, dont le culte doit dominer toutes les autres perspectives de la vie. C'est là ce qui m'a toujours dirigé moi-même.

Après ce début, l'artiste fit une pause ; mais voyant qu'il n'obtenait aucune réponse, il poursuivit :

— Voici bien des années que vous êtes mon élève et vous m'êtes devenue nécessaire, indispensable. Me séparer de vous est impossible ; cela désorganiserait tous mes projets, renverserait toutes les espérances que j'ai conçues pour vous. Il n'y a qu'un moyen de tout concilier. Votre sexe m'empêche de vous adopter pour héritier, mais je puis faire de vous ma femme.

Abasourdie de ces paroles, Olivia ne put que balbutier : — Votre femme ?... Moi ! votre femme ?...

— Oui, reprit Vanburgh, je vous en fais la proposition, non en vue de moi-même, mais en vue de notre art. Je sais que j'ai depuis longtemps dépassé la jeunesse, que je suis un homme austère, rude peut-être ; je ne puis, il est vrai, vous offrir mon amour, mais je puis vous donner la gloire. De mon vivant, je ferai de vous une artiste dont la réputation dépassera celle de toutes les femmes; à ma mort, je vous léguerai l'immortalité de mon nom; répondez-moi, n'est-ce rien, cela?

— Excusez-moi, je ne puis parler, je suis tout étourdie.

— Eh bien, écoutez-moi. Vous n'êtes point une de ces jeunes filles frivoles qui tourneraient en dérision mes cheveux gris. Je vous promets d'être respectueux, tendre pour vous, car vous avez été bonne pour moi. J'apprendrai à vous traiter avec la douceur qui convient à votre sexe; vous serez pour moi comme l'enfant chéri de ma vieillesse. Dites, Olivia Rothsay, voulez-vous m'épouser?

En achevant ces mots, Vanburgh fit un pas vers Olivia, lui prit la main avec dignité et tendresse; mais elle, retirant sa main, s'écria vivement :

— Je ne puis pas, je ne puis pas ; non, c'est impossible!...

Il la regarda un instant d'un air froid, orgueilleux. Son visage n'exprima ni colère, ni affection blessée:

— Je me suis trompé, dit-il simplement; pardonnez-moi.

Il s'éloigna et, retournant à sa place auprès du foyer, il reprit sa première attitude méditative.

Un silence s'ensuivit. Au bout de quelques minutes, Michel Vanburgh, qui regardait dans le vide, sentit qu'on lui tirait doucement la manche de son habit et vit debout auprès de lui sa délicate élève tout émue.

—Monsieur Vanburgh, mon maître bien aimé, mon ami, regardez-moi ; écoutez ce que j'ai à vous dire.

Sans bouger, Michel fit un signe d'assentiment.

— Je suis âgée de vingt-six ans, continua Olivia, et jamais personne jusqu'ici ne m'a parlé de mariage ; jamais je n'ai songé que cette idée pût venir à personne. Mais puisque vous m'en adressez la proposition, je crois qu'il est de mon devoir de vous répondre ainsi que je viens de le faire.

— Alors, vous persistez dans votre refus ?

— Oui, c'est mon devoir , non à cause de votre âge ou de ma jeunesse, mais parce que, comme vous l'avez dit, vous n'avez pas d'amour à m'offrir et que je ne vous apporterais pas non plus le mien. C'est pourquoi ce serait un péché que de nous marier.

— Comme vous voudrez, comme vous voudrez, répéta Vanburgh ; j'ai cru qu'il y avait affinité entre nos génies ; je vois que vous n'êtes après tout qu'une femme. Moquez-vous du vieux fou en che-

veux gris; oui, allez et épousez quelque jeune
beau, bien stupide.

— Regardez-moi, dit Olivia, avec un accent mélancolique; est-il probable que je me marie?

— Ah! j'ai eu tort de parler ainsi, répondit Vanburgh d'une voix humble et attendrie; la nature a
été dure pour nous deux, Olivia; nous devrions en
agir d'autant plus doucement l'un avec l'autre. Je
vous demande pardon.

Il lui tendit la main. Olivia la saisit avec vivacité
et la pressa contre son cœur.

— Ah! que je sois toujours votre élève, votre fille!
s'écria-t-elle; mon maître, mon cher maître, jamais
je ne vous oublierai tant que je vivrai!

— Bien, qu'il en soit ainsi! dit Vanburgh. Il alla
s'asseoir un peu plus loin, appuyant sa tête dans
ses mains. Qui sait quelles furent les pensées qui
vinrent alors traverser son esprit? des remords, des
regrets peut-être, de ce qu'il avait refusé, dédaigné
autrefois le complément de toute vie, de tout bonheur, l'amour d'une femme.

— Il faut que je vous quitte, dit enfin Olivia; vous
allez me dire adieu sans rancune, n'est-ce pas?
Vous ne conserverez aucun pénible souvenir de ce
qui s'est passé entre nous ce soir?

Elle s'agenouilla devant lui et baisa sa main. Michel s'inclina et déposa en retour un baiser sur son front. Ce fut le premier et le dernier baiser que depuis son enfance Michel donna à une femme.

Lorsqu'il se redressa, il n'y avait plus en lui que l'artiste, l'artiste seul. Dans son regard toute douceur avait disparu ; l'orgueil du génie y brillait, du génie puissant, audacieux, éternellement solitaire.

— Allez, Olivia, et rappelez-vous mes dernières paroles. La renommée est plus douce au cœur que toutes les joies de la terre ; elle est supérieure à toutes les souffrances. Si nous donnons à l'art toute notre vie, il nous rend l'immortalité.

Olivia s'éloigna, le laissant seul, debout, majestueux, les bras croisés sur sa poitrine, immobile, semblable à un roc isolé, sur lequel ne croît aucune fleur, mais dont le sommet baigne sans cesse dans la lumière du ciel.

CHAPITRE XXVI

— Eh bien, mère chérie, comment vous trouvez-vous dans notre nouvelle demeure? demandait Olivia à sa mère, le soir où, après un long et fatigant voyage, la nuit les surprit à Tornwood-Cottage, à peine installées. Ne vous semble-t-il pas que ce vent d'automne, passant par-dessus les grands bois, a quelque chose de tout à fait musical?

— Je suis satisfaite, ma fille, satisfaite partout où je suis avec toi ; j'aime le son du vent, il m'aide à me représenter dans quelle espèce de pays nous sommes.

— C'est une contrée semée de collines et ouverte au vent. Nous avons voyagé pendant plusieurs milles à travers la forêt, sur des routes tapissées de feuilles sèches. Les bois seront magnifiques à voir cet automne.

— Oui, ce sera très-agréable, je n'en doute pas,

ma fille, répondit madame Rothsay, si habituée à
tout voir par les yeux d'Olivia et à prendre plaisir
aux tableaux que cette dernière lui traçait, qu'elle
ne s'exprimait jamais comme une personne aveugle. Le monde extérieur ne laissait dans son esprit nulle lacune désolée. Partout où elles allaient
ensemble, tout lieu remarquable, toute personne,
tout objet qu'Olivia voyait, était soigneusement
noté dans sa mémoire. « Il faut que je dise cela à maman, » ou : « J'amènerai maman ici et je lui décri-
rai le paysage. » Elle le faisait en des termes si clairs,
si colorés, que la mère aveugle déclarait souvent en
jouir plus réellement que de tous les panoramas
qu'avaient autrefois contemplés ses yeux distraits.

— Je me demande dans quelle partie du ***Shire
nous nous trouvons, dit tout à coup Olivia. On pourrait vraiment croire que nous avons été conduites
ici par quelque fée ; nous ne paraissons rien savoir
de notre voyage, sinon qu'il a commencé à Londres
et fini à Tornwood ; je ne me suis point du tout in-
formée de la localité ni de ses ressources.

— Que t'importe le voisinage, ma chère Olivia,
puisque nous sommes bien installées, comme tu le
dis, dans une charmante maison? Dis-moi, ressem-
ble-t-elle à Woodford-Cottage ?

— Nullement ; c'est de tous points une maison moderne et confortable. Tout a été préparé pour nous, absolument comme si nous étions des amies qu'on reçoit en visite. N'est-ce pas bien aimable de la part de madame Hudgers?

— Bah ! je suis convaincue que madame Hudgers n'a su de sa vie arranger une maison. Croyez-moi, ce n'est pas elle qui a mis la main ici, s'écria Christal, qui possédait un jugement observateur.

— Alors ce sera cette même fée par laquelle nous avons été conduites ici, qui aura fait tout cela pour nous. Je lui suis très-reconnaissante de nous avoir préparé une si tranquille demeure.

— Oui, il me semble que je rentre chez moi, dit madame Rothsay d'une voix lente, fatiguée. Olivia, mon amour, je suis bien aise que ce voyage soit passé ; il était bien long pour moi ; nous ne retournerons plus à Londres de longtemps, n'est-ce pas? Nous resterons ici le plus possible?

— Aussi longtemps que vous voudrez, mère. Maintenant je vais vous montrer la maison.

Montrer la maison, cela voulait dire dans le langage pittoresque d'Olivia une longue description de tous les objets et des chambres qu'on traversait l'une après l'autre. C'était une jolie, une agréable demeure,

en vérité, et la pièce que mademoiselle Rothsay disposa pour sa mère et pour elle-même n'était pas la
moins commode de toute la maison.

— Cette chambre à coucher est charmante, dit-
elle, avec ses blancs rideaux, ses meubles en vieux
chêne, ses glaces à trumeau ornées de plumes de
paon, d'après la mode de la campagne. Puis voici
quelques gravures : un Lazare qui sort du tombeau.
Plus loin sont des vues de ma chère Écosse ; je
reconnais les lacs des Higlands et le château d'Édim-
bourg. O maman, mais voici le vieux donjon de
Stirling, le lieu de ma naissance ! Il faut que notre
bonne fée ait connu ce fait remarquable ; voyez
plutôt ! n'a t-elle pas été jusqu'à orner la cheminée
de deux beaux bouquets de bruyère en mon honneur ! C'est vraiment très-aimable à elle.

— Oui, ma bien-aimée, tout ce que tu me dis là
me fait plaisir ; mais je suis très-fatiguée et vais
sans plus tarder me livrer au repos.

Les préparatifs du coucher de madame Rothsay
furent bientôt terminés. Olivia, assise au chevet de
sa mère, attendait comme d'habitude qu'elle la vît
s'endormir avant de la quitter. Ses yeux erraient
machinalement sur tous les objets et dans tous les
angles de la chambre dont elle prenait possession.

Avec une sorte de vague curiosité, elle se mit à penser, ainsi que cela arrive souvent en pareille circonstance, combien tout ce qui lui paraissait nouveau
maintenant lui deviendrait familier avec le temps;
combien de fois elle poserait sa tête sur ce même
oreiller, dans cette même chambre, jusqu'à ce qu'elle
l'y posât peut-être *pour la dernière fois*; car, en
toutes choses ici-bas, il y a une dernière fois.

Lorsqu'elle sortit enfin de cette rêverie, ses regards allèrent se fixer sur sa mère. Le sommeil,
un profond sommeil, s'était emparé d'elle; une immobilité, une rigidité qui vous étonne quelquefois,
tant elle ressemble à l'éternel repos, se faisait remarquer sur les traits de madame Rothsay. Pour
chasser l'impression pénible qu'elle en ressentait
au cœur, Olivia se pencha vers sa mère et déposa
doucement un baiser sur son front. Mais en dépit
de ses efforts, sa mélancolique rêverie la dominait;
elle ne pouvait s'empêcher de penser qu'un jour,
peut-être bien éloigné, mais enfin, selon toutes les
probabilités humaines, inévitable, un jour viendrait
où elle embrasserait sa mère *pour la dernière
fois.*

Un frisson passager, une prière, et la lugubre
pensée s'envola. Olivia se rappela plus tard qu'elle

lui était venue le soir de leur arrivée à Tornwood-Dell, car ainsi s'appelait leur résidence.

Le jour qui se leva le lendemain fut un des plus radieux, des plus brillants, de ce beau mois de septembre. Olivia en eut l'âme toute rassérénée. Quant à Christal, elle était perpétuellement en mouvement, courant de côté et d'autre, faisant les mille découvertes de toute jeune fille qui n'a jamais vu la campagne pour de vrai. Elle aspirait à une longue promenade à travers champs et ne laissa aucun repos à Olivia, jusqu'à ce que celle-ci eut consenti à l'accompagner. Le but assigné à leur excursion était une église qu'on apercevait à quelques milles, sur une éminence.

Olivia avait distingué cette espèce de fanal, dès son arrivée; c'était le premier objet sur lequel ses yeux s'étaient reposés en contemplant le paysage; depuis sa fenêtre, dès l'aube, elle avait revu le clocher brillant dans le lointain aux rayons du soleil. Cette nature était si fraîche, si belle! Son cœur se dilatait comme si, avec ce premier lever du jour à Tornwood, se levait une nouvelle phase de sa vie. Plusieurs fois, dans le courant de la journée, ses regards se tournèrent vers l'église, au sommet de la colline; elle aurait volontiers demandé le nom du village qui s'imposait ainsi à son attention, si quelqu'un s'était trouvé là pour lui répondre. La proposition de Christal fut donc la bienvenue. Les deux jeunes filles se mirent en route, l'élégant clocher leur servant de guide; le pays était ravissant; la route longeait de grands bois, à l'extrémité desquels apparaissait l'édifice religieux; mais les pieds parisiens de Christal ne tardèrent pas à se lasser de ces chemins rustiques; elles n'avaient pas atteint la moitié de la montée, qu'elle demanda grâce et se se laissa choir sur le bord de la route.

— J'y renonce, dit la capricieuse jeune personne; j'entrerai dans cette chaumière que l'on aperçoit près d'ici et je vous y attendrai. Continuez seule votre promenade, mademoiselle Rothsay, et ne vous pressez pas, car il me faut un repos d'au moins une heure.

Olivia gravit donc seule le coteau; un joli sentier verdoyant conduisait au cimetière. Le village paraissait tout proche; mais ayant atteint le but de sa promenade, elle ne voulut pas pousser plus loin et s'assit sur une des tombes, afin d'admirer de ce point culminant la vaste étendue de pays qui s'offrait à ses regards. Éclairée par ce brillant soleil, cette paisible contrée renvoyait au ciel, semblait-il, tous ses sourires.

La vieille église aux murailles sombres, avec son majestueux cortége d'arbres séculaires, dérobait à la vue toute habitation ; aucun son ne se faisait entendre ; le chant des oiseaux, qui dans cette saison de l'année a cessé, ne venait pas même troubler la parfaite quiétude de cette scène champêtre.

C'était un lieu ravissant, rarement Olivia en avait vu de pareil ; une rêverie pleine de douceur s'empara de son âme ; involontairement ses yeux se mouillèrent de larmes. En les relevant vers le ciel bleu, après avoir embrassé toutes ces verdoyantes contrées, elle aspirait à posséder ces ailes de colombe dont parle le roi prophète. Jamais la terre ne lui avait paru plus belle, jamais elle n'avait senti comme en cet instant qu'on devait y être heureux. Que lui manquait-il donc ? Y avait-il au milieu de toutes ces images gracieuses, aimées, qui flottaient dans son imagination, une grande, lumineuse image qui devait les réunir toutes et en former un ensemble harmonieux ?

Était-ce par une sorte d'aspiration vague qu'Olivia se posa alors cette question : — Qu'en aurait-il été de ma vie si j'avais connu le mystère qui couronne toute existence humaine, l'amour ?

Ce mot la reporta en arrière, à sa dernière conversation avec Michel Vanburgh et à la conviction qu'avait exprimée celui-ci que la vie du cœur et celle de l'intelligence, l'une si riche, si belle, l'autre si froide, si solitaire, existent rarement ensemble. C'était vers cette dernière que sa destinée s'acheminait maintenant.

— Il se peut qu'il ait raison, cela vaut sans doute mieux pour moi ; oui, je veux le croire. Si ce vide du cœur n'est jamais satisfait sur la terre, Dieu se chargera sans doute de le combler dans la vie à venir!

Elle méditait ainsi, et la tristesse la gagnait, lorsque sa rêverie fut interrompue par l'apparition soudaine d'un enfant qui, après avoir ouvert la petite grille à l'extrémité opposée du cimetière, marcha d'un petit pas assuré et tranquille, se dirigeant sans hésitation vers un monument funéraire, à peu de distance d'Olivia.

La petite fille, car c'en était une, âgée d'environ huit ans, avait un air réfléchi et intelligent qui frappa mademoiselle Rothsay. Celle-ci s'approcha de l'enfant sans avoir été aperçue.

— Je ne veux pas vous déranger, ma chère petite, lui dit-elle avec douceur en voyant sa frayeur et son envie de se sauver. — Venez-vous souvent ici ?

— Oui, toutes les fois que je puis le faire sans

que papa et grand'maman me voient, répondit l'enfant en levant vers Olivia ses grands yeux noirs, des yeux profonds, qui, sans qu'elle sût pourquoi, la firent penser à Sara Derwent. Ce n'est pas qu'ils me le défendent, vous savez, car sans cela je ne le ferais pas, mais ils disent que ce n'est pas bon pour moi de rester ainsi assise à penser et ils me renvoient vite jouer.

— Et pourquoi aimez-vous mieux venir ici que d'aller jouer? demanda mademoiselle Rothsay dont la bonne grâce triomphait peu à peu de la timidité de la petite créature.

— Parce qu'il y a un secret et que je veux essayer de le découvrir; mais je ne veux pas vous le dire, de peur que vous ne le répétiez à papa ou à grand'maman, car ils seraient fâchés contre moi!

— Mais vous pourriez sûrement le dire à votre maman? moi, je dis tout à la mienne.

— Vraiment! vous avez donc une maman? alors vous pourrez peut-être m'aider à découvrir tout ce que je voudrais savoir de la mienne. Figurez-vous, continua l'enfant en secouant sa tête d'un petit air mystérieux, que lorsque j'étais toute petite je demeurais bien loin d'ici; je ne voyais jamais ma maman, et ma nourrice me disait qu'elle était partie. Il n'y a pas bien longtemps, lorsque je suis revenue à la

maison, — ma maison est là-bas, voyez — et elle
montrait une maison blanche qui apparaissait entre
les arbres et qui semblait être le presbytère,—alors
on m'a dit que ma maman était ici, sous cette pierre;
mais on n'a rien ajouté. Maintenant qu'est-ce que
tout cela signifie, je vous prie?

Olivia comprit à ces paroles que l'enfant jouait
sur la tombe de sa mère. Elle ne savait que lui
répondre. Il était singulier qu'on la laissât ainsi
grandir dans l'ignorance des imposants mystères
de la mort et de l'immortalité.

— Ma chère enfant, dit-elle enfin, si votre maman
est ici, ce n'est que son corps...

Mais là s'offrait une difficulté nouvelle. Comment expliquer en termes assez simples pour cette
jeune intelligence la doctrine de l'immortalité de
l'âme?

— Écoutez, petite, reprit Olivia; lorsque vous
vous endormez, ne vous arrive-t-il pas souvent de
rêver que vous vous promenez dans de belles contrées et que vous admirez de beaux spectacles, et
ces rêves sont si heureux, n'est-il pas vrai, que
vous vous inquiétez peu d'être couchée dans votre
doux lit ou sur la terre nue? Eh bien, il en est
ainsi de votre maman; son corps est comme

endormi, mais son esprit s'est envolé bien loin, sur
les ailes des rêves, et elle ne s'aperçoit pas qu'elle
est couchée dans son tombeau, sous ce gazon.

— Mais combien de temps son corps restera-t-il
ici? ne se réveillera-t-il jamais?

— Oui, sûrement, il se réveillera un jour, mais
nous en ignorons le moment; alors, elle sera enlevée dans le ciel avec Dieu.

A ces mots l'enfant fixa Olivia d'un air surpris :

— Qu'est-ce que le ciel et qu'est-ce que Dieu?

Ce fut au tour de mademoiselle Rothsay d'éprouver
un étonnement mêlé d'horreur. Sa conviction reli-
gieuse avait grandi si imperceptiblement avec elle —
à la fois instinct et enseignement — que la question
de cette jeune âme ignorante la remplit d'épouvante.

— Ma pauvre petite, ne savez-vous rien de Dieu?
personne ne vous a-t-il appris à le connaître?

— Personne.

— Eh bien, je vais vous l'apprendre, moi.

— Pardonnez-moi, madame, dit tout à coup derrière elle une voix d'homme, calme, austère, mais cependant harmonieuse; il me semble qu'il appartient
seul au père d'être le guide de la foi de son enfant.

— Papa! c'est papa! s'écria la petite fille en jetant
au nouveau venu un regard timide, presque craintif,

et en s'éloignant précipitamment du tombeau de sa mère.

Olivia resta face à face avec le nouveau venu. C'était un gentleman, un parfait gentleman, dans toute l'acception si rarement méritée de ce mot. Il pouvait avoir environ trente-cinq ans ; mais ses traits paraissaient jetés dans un moule rigide; les années devaient passer dessus sans y laisser aucune trace. Il devait avoir eu cet air-là à vingt ans, il pourrait avoir à peu près le même à cinquante. Il était beau ; mais ce qui dominait en lui et ce qui frappa Olivia au premier abord, c'était une sorte de dignité mâle et grave qui imposait ; on sentait en lui cette suprématie intellectuelle, ce contrôle sur lui-même et sur autrui, pour lequel certains hommes semblent être nés. Partout où il allait, sa présence seule devait signifier : C'est à moi de régner, c'est à moi qu'appartient la prééminence.

Quelque innocente que fût Olivia de toute offense vis-à-vis de ce gentleman ou de son enfant, elle n'en éprouva pas moins à son approche comme un sentiment de honte et de culpabilité. Ainsi que la petite fille, elle aurait voulu s'enfuir, être à cent lieues de la portée de ce regard scrutateur.

L'étranger attendait qu'elle lui adressât la parole;

mais, comme elle continuait à garder le silence, rougissant et ne sachant si elle devait lui offrir des
excuses ou se renfermer dans sa dignité de femme,
à son grand soulagement il se décida à la tirer
d'embarras.

— Je crains de vous avoir effrayée, madame, mais
je n'ai pas compris tout d'abord quelle était la personne qui parlait avec ma petite fille. Ensuite, quelques-unes de vos paroles m'ont induit à vous écouter.

— Quelles paroles, monsieur ?

— Vous parliez des rêves du dernier sommeil et
de l'immortalité ; votre façon d'interpréter ces sujets
était gracieuse, vos comparaisons poétiques. Quant
à savoir si un enfant pouvait les comprendre ou
non, c'est une autre question.

Olivia parut surprise du ton moitié sardonique,
moitié sérieux, avec lequel s'exprimait l'étranger.
Elle aurait désiré lui demander quel motif avait pu
le pousser à élever ainsi son enfant dans une profonde ignorance de tous principes chrétiens ; il parut
deviner ce qu'elle pensait, car il continua :

— Il est probable que vous trouvez très-étrange,
madame, que ma fille ne soit point au courant de
ces questions théologiques que vous avez la bonté
de vouloir lui enseigner. Vous trouvez sans doute

encore plus singulier que j'aie pris la liberté de
vous interrompre ; mais en ma qualité de père,
pour ne rien dire de celle de pasteur — Olivia
s'aperçut en effet, avec étonnement, que son interlocuteur portait le costume clérical — je me crois le
seul juge de l'enseignement religieux qu'il convient
de donner à mon enfant. Or, quant à présent du
moins, je ne vois aucune nécessité que sa faible
intelligence soit appelée à s'appesantir sur des sujets qui restent hors de l'atteinte des plus profonds
philosophes.

— Hors de l'atteinte des philosophes, mais non
de celle du chrétien à la foi respectueuse, se hasarda à dire Olivia.

L'inconnu fixa sur elle ses yeux pénétrants et
s'écria avec vivacité :

— Vous croyez cela ? vous sentez cela ? Mais reprenant de suite sa gravité : — Sans doute, reprit-
il, c'est là la source et l'explication de l'intensité du
sentiment religieux chez la femme. Elle ne s'arrête
pas à examiner, elle est toujours prête à croire :
c'est pourquoi vous. femmes, vous êtes beaucoup
plus heureuses que les philosophes.

Il était difficile de discerner dans son accent si ces
paroles devaient être prises pour un sarcasme ou

pour un compliment. Olivia ne se laissa pas rebuter
et reprit hardiment, sous l'impulsion d'un sentiment vrai et pieux :

— Il me paraît que, tandis que l'intelligence ad-
met la vérité, notre cœur, notre âme reste la seule
source d'où jaillit la foi. Sans cela, l'homme aurait
beau plonger dans l'infini, jusqu'à devenir semblable à un ange de lumière et de sagesse, il aurait
beau, à force de pénétrer, de scruter les mystères,
découvrir Dieu, il ne pourrait cependant jamais y
croire.

— Vous croyez donc en Dieu ?

— Je l'aime !

Elle n'ajouta rien ; mais sa contenance en disait
plus que toutes les phrases ; son interlocuteur le
comprit. Il se tenait silencieux devant elle, la considérant comme un voyageur qui se trouverait tout à coup,
dans le désert, face à face avec une apparition céleste.

Olivia, revenant à elle, rougit fortement :

— Je devrais m'excuser de parler si librement
sur un sujet pareil, avec un étranger, surtout avec
un ministre et dans un lieu comme celui-ci.

— Peut-il y en avoir un plus convenable, et qui
justifie mieux cette conversation, que celui où nous
sommes ?

En prononçant ces mots, il embrassa du regard le tranquille séjour des morts. Olivia se rappela alors qu'elle parlait à un mari sur la tombe de sa femme. Cette pensée lui fit éprouver de la sympathie pour l'homme dont les paroles étaient cependant si pénétrantes. Était-ce son habitude d'arracher ainsi tous les voiles, afin de ne voir que l'image lumineuse de la vérité? Ils gardèrent le silence pendant quelques instants, puis l'étranger reprit avec un sourire, le premier qu'on eût encore vu sur ses lèvres et qui répandit sur tous ses traits une inexprimable douceur:

— Permettez-moi de vous remercier de la bonté avec laquelle vous avez parlé à ma petite fille ; je crois avoir suffisamment expliqué pourquoi j'ai interrompu votre enseignement.

— Cependant il me semble étrange, reprit Olivia, faisant un effort pour vaincre sa timidité, qu'un pasteur puisse maintenir son enfant dans une si grande ignorance.

— Elle a peu vécu avec moi ; ma petite Ailie a été élevée dans une solitude absolue. Cela valait mieux pour une enfant dont la naissance fut suivie de près par la mort de sa mère.

Olivia craignit d'avoir rouvert une blessure saignante. Cependant, le ton et les manières du mi-

nistre étaient empreints d'un calme et d'une gravité
qui annonçaient clairement que, quelle qu'eût été
sa douleur, elle était maintenant cicatrisée. Une
pause assez embarrassante s'ensuivit, pendant laquelle mademoiselle Rothsay se demandait comment
se terminerait la conversation, lorsqu'à son grand
soulagement la petite Ailie reparut, courant à travers le cimetière vers son père.

— S'il vous plait, papa, grand'maman demande
à vous voir avant de sortir ; elle va chez John Dent, à
Tornwood, et...

— Chut ! petite bavarde, dit son père d'un ton
qu'il voulait rendre enjoué, mais qui conservait, en
dépit de ses efforts, toute sa sévérité. Quoique père,
il était évident qu'il ne comprenait rien aux enfants.
Nos affaires de famille ne peuvent intéresser madame. Dites-lui poliment adieu, et venez avec moi.

En achevant ces mots, il salua Olivia avec une
courtoisie cérémonieuse et s'éloigna, se dirigeant
seul vers la petite barrière de l'enclos, sans se retourner, ni pour jeter un dernier regard sur le
tombeau de sa femme, ni pour voir si son enfant le
suivait. Ailie, qui était restée parfaitement tranquille
en présence de son père, dès qu'il eut disparu, s'é-
lança vers Olivia et lui donna un de ces brusques

baisers qui sont si doux à recevoir des enfants ; puis
elle s'enfuit à toutes jambes.

Mademoiselle Rothsay les observa tous deux s'é-
loignant ; elle fut saisie d'un ardent désir dé savoir
quel pouvait être ce père si bizarre et cette petite
fille si intéressante. Tout à coup elle se rappela le
tombeau dont elle n'avait pas encore lu l'inscription : celle-ci était à moitié cachée par un lierre
abondant qui recouvrait une partie de la corniche,
et par l'herbe haute. Il fallut qu'Olivia s'agenouillât
pour la déchiffrer ; ce fut dans cette posture qu'elle
lut :

SARA DERWENT,

ÉPOUSE DU RÉVÉREND HAROLD GWYNNE,

MORTE A L'AGE DE 21 ANS.

Ainsi, le gazon sur lequel elle était agenouillée,
recouvrait Sara ; le baiser encore chaud sur ses lèvres lui venait de l'enfant de Sara. Olivia courba sa
tête vers la pierre funéraire : une vive émotion s'empara d'elle. Franchissant les longues années de séparation et d'oubli, son cœur retrouva toute son
ancienne tendresse. Elle revit de nouveau et l'aubépine en fleurs et l'allée sablée du vieux jardin, et la
belle jeune fille avec son air ouvert et son caressant
sourire.

Puis, elle pensa à la petite Ailie. Que n'avait-elle su cela plutôt! avec quelle affection n'eût-elle pas serré dans ses bras la petite orpheline et revu en elle l'image de son amie, la pauvre Sara! Enfin, poussée par un élan irrésistible, Olivia se leva et s'élança sur les traces de l'enfant; mais bientôt elle s'arrêta, se rappelant la présence du père.

Il était singulier, plus que singulier, de découvrir que le personnage avec lequel elle s'était entretenue, pour lequel elle ressentait un mélange de crainte et d'attrait, fût précisément le mari de Sara, cet homme dont le nom avait été mêlé d'une façon si pénible à son existence pendant plusieurs années.

Néanmoins, au milieu des sentiments contradictoires auxquels Olivia était en proie, perçait une inexplicable satisfaction que le mystère dont ce nom s'enveloppait fût dissipé et qu'elle eût enfin vu HAROLD GWYNNE.

FIN DU PREMIER VOLUME.

MICHEL LÉVY FRÈRES ÉDITEURS

DERNIERS OUVRAGES PUBLIÉS FORMAT GRAND IN-18

à 3 francs le volume

	vol.
C. A. SAINTE-BEUVE	
Nouveaux Lundis..........	1
Portraits contemporains. *Nouv. edition revue, corrigée et très-augmentée*................	2
OCTAVE FEUILLET	
M. de Camors, 10e *édition*........	1
VICTOR HUGO	
En Zélande, 2e *édition*..........	1
GEORGE SAND	
Mademoiselle Merquem, 2e *édition*	1
Cadio, 2e *édition*	1
ALEXANDRE DUMAS FILS	
Théâtre complet, *avec préfaces inédites*.	1
Affaire Clemenceau. 11e *édition*...	1
AUGUSTIN THIERRY	
Œuvres complètes. *Nouv. edition*	
ERNEST FEYDEAU	
Les Aventures du baron de Féreste.	
Comment se forment les jeunes gens, 2e *édition*...	1
CHARLES BAUDELAIRE	
ŒUVRES COMPLÈTES	
Les Fleurs du mal	1
Curiosités esthétique	1
L'art romantique....... ...	1
Petits poëmes en prose. — Les Paradis artificiels.............	1
LE COMTE AG. DE GASPARIN	
L'Église, 2e *édition*...........	1
MARIE ALEXANDRE DUMAS	
Madame Benoît 2e *édition*.....	1
Le mari de madame Benoît.......	1
PRÉVOST-PARADOL	
La France nouvelle, 10e *édition* .	1
A. DE PONTMARTIN	
Les Corbeaux du Gévaudan, 2e *édit*.	1
Nouveaux Samedis.............	6
ALEXANDRE DUMAS	
Histoire de mes Bêtes. 2e *édition*.	1
CUVILLIER-FLEURY	
Études et Portraits.............	2

	vol.
HENRI HEINE	
Satires et Portraits.............	1
Allemands et Français..........	1
L'AUTEUR	
DES HORIZONS PROCHAINS	
A travers les Espagnes, 2e *édition*.	1
GÉRARD DE NERVAL	
Le Rêve et la Vie.............	1
CLAUDE VIGNON	
Un Naufrage parisien, 2e *édition* .	1
MARIO UCHARD	
Jean de Chazol, 2e *édition*.	1
JULES CLARETIE	
Madeleine Bertin, 2e *édition*......	1
HENRI RIVIÈRE	
La Grande marquise............	1
JULES NORIAC	
Les Gens de Paris.............	
LE BARON DE BAZANCOURT	
Le Chevalier de Chabriac.......	1
LA COMTESSE DASH	
Bohème et noblesse.............	1
La Chambre rouge.............	1
PAUL JANET	
Philosophie du Bonheur, 3e *éd.*.	1
VICTOR JACQUEMONT	
Correspondance avec sa famille et ses amis pendant son voyage dans l'Inde (1828-1832). *Nouvelle édition revue et augmentée (la seule complète)*..............	2
W. DE LA RIVE	
La Marquise de Cléroy..........	1
ALFRED DE BRÉHAT	
Le Roman de deux jeunes femmes..	1
Le Testament de la comtesse.....	
LA MARQUISE DE CRÉQUY	
Souvenirs de 1710 à 1803. *Nouvelle édition, revue, corrigée et augmentée d'une correspondance inédite et authentique de la marquise avec sa famille et ses amis*.....	
LA COMTESSE DE BOIGNE	
Une Passion dans le grand monde 2e *édition*..........	
La Maréchale d'Aubemer.........	

PARIS. — IMP. SIMON RAÇON ET COMP., RUE D'ERFURTH, 1.

www.ingramcontent.com/pod-product-compliance
Lightning Source LLC
Chambersburg PA
CBHW050733030726
47505CB00002B/236